葛藤

文縞絵斗

講談社

写真　岩倉しおり
装幀　杉田優美（G×complex）

葛《かっ》藤《とう》

プロローグ

静寂に包まれた部屋の窓から吹き込んでくる冷たい風に、ふと我に返る。

左手には一升瓶のカケラを握っていた。掌には血が滲《にじ》んでいる。

足首のあたりがじんわりと生温かいことに気づき、視線を下に向ける。

熟《う》れたトマトをいくつもぶちまけたように、カーペットは真っ赤に染まっていた。

もはや物体と化した乳児を見て、つま先から震えが這《は》い上がってくる。

この小さな体のどこに、こんな大量の血液が巡っていたのだろうか。

殺すつもりなんてなかった。だが、脳天に突き刺さるような不快な泣き声を聞かされているうちに、嫉妬と憎悪に駆られ、燻《くすぶ》っていた殺意が刺激された。気づいた時には転がっていた一升瓶を振り下ろしていた。

後悔はしていない。むしろ異様な興奮からか身体《からだ》中の神経が沸き立っていた。

あいつの一番大切なものをこの手で殺めることができたのだ。

この光景を見て、あいつはいったいどんな顔をするのだろう。

騒ぐ気持ちを落ち着けようと大きく息を吸い込む。興奮と緊張からか、喉の奥が引っ付きそうなほど、カラカラに乾いていた。台所に向かい、使い慣れたコップに水を注いで、喉を湿らせるように口をつけた。すぐに戻るつもりで、鍵を開けたまま家を出た。

◆

三好丈治《みよしじょうじ》は、レンタカーを駐車場に停《と》めて、肩の荷が下りたように大きく息を吐《つ》いた。国宝級の美術品を運んでいるようなプレッシャーだった。

東京から高速を乗り継いでおよそ三時間、この日は実家のある長野市に、妻の紗英《さえ》と生後一ヵ月を迎えた娘の芽依《めい》を連れて帰省した。

車の外には、到着を待ちわびた両親の姿がある。有名人でも出待ちするような落ち着かない姿をドアミラー越しに確認する。孫を抱かせることが一番の親孝行だと、披露宴で上司が言っていた言葉を思い出す。

「芽依ちゃん、ばあばですよ」

母の美里《みさと》は丈治には目もくれず、紗英が抱く芽依の側《そば》へと駆け寄った。

母は、今まで見せたことのないような甘ったるい目をして微笑《ほほえ》みかける。

「ついさっきまで起きていたんですけどね」

紗英はそっと芽依の身体を母に預けた。それから、ぎこちない手つきで新品のベビーカーを開いた。芽依を乗せて、身体をベルトで固定するのに少し手こずっていると、母が「こうするのよ」といとも簡単にやってみせた。

「さすがお母様、ありがとうございます」紗英が頭を下げた。

「孫をベビーカーに乗せられる日がくるなんて……思いもしなかったわ」

母は涙を隠すように上を向いた。

紗英のワンピースのスカートが、山から吹き付ける冷たい風に煽《あお》られる。紗英は慌ててジャケットを羽織《はお》りながら身を縮めた。

「十一月だというのに、こんなに冷えるとは思わなかったよ」

丈治も自分の肩を抱《かか》えながら背広姿の父・紀雄《のりお》を見た。

「こんなもんだべ」父はぽつりとつぶやいた。緊張しているのか、初孫に実感がわかないのか、地蔵のように固まっている。

地元で農業を営む父は今年還暦を迎えた。農業で鍛《きた》えた肉体に、真っ黒に日焼けした肌と剃《そ》り上げたピカピカの頭部に、色付きの眼鏡《めがね》をかけたその様は、誰が見てもヤクザの組長である。にもかかわらず、眼鏡の奥の真っ黒な瞳《ひとみ》から、今にも溢《あふ》れそうな涙を食いしばる姿に、思わず噴《ふ》き出《だ》してしまいそうになる。

助手席に置いておいたカバンを持ち、ドアを閉めかけたところで紗英が言った。

「あなた、ブランケットがトランクにしまってあるんじゃないかしら」

紗英の声は弾んでいる。芽依が生まれてからの一ヵ月間、紗英の頰《ほお》は緩《ゆる》みっぱなしだ。それは、芽依が結婚八年目で授かった待望の愛娘《まなむすめ》であるからだ。

幼《おさな》い頃、不慮の事故で両親を亡くした紗英は、高校卒業まで岩手県の『いずみ園』という養護施設で育てられた。それゆえ、両親の愛情を知らない。だからこそ家族という形に憧《あこが》れと夢を抱いていた。

結婚後もなかなか子供ができず、三年目に不妊治療を開始するも成果は現れなかった。

三十を過ぎて、紗英の身体や心への負担を考えて治療を諦《あきら》めた矢先の懐妊であった。それを知った担当医は、紗英さんの子供への想《おも》いが奇跡を呼び込んでくれたのですね――とわがことのように喜んでくれた。

善光寺《ぜんこうじ》で無事にお参りを済ませ、一休みしようと木陰《こかげ》に向かってベビーカーを押していた紗英が、少女のような無邪気な笑みをのぞかせて振り返った。

「私、御朱印もらってきていいかしら」

視界の隅《すみ》に『御朱印受付所』の案内を示す矢印が見える。結婚前から紗英は、出先で寺社を見つけては御朱印を集めるのが趣味だった。常にバッグに御朱印帳を携帯している。

「紗英ちゃん、一緒に行きましょう」

母が紗英の腕に手を絡《から》める。母は子供を二人産んだがともに男だった。娘が欲しいと願っていた母にとって、紗英は娘のような存在なのだろう。

「あなた、少し待っていてもらえるかしら」

紗英の気持ちはすでに御朱印にいっているようだ。

「ああ、そこの木陰にでも親父《おやじ》といるよ」

紗英に代わり、風が吹き抜けにくい建物の陰にベビーカーを寄せた。芽依は気持ちよさそうに眠っている。ずれかかっていたブランケットを、顔だけがわずかに見えるようにもう一度掛け直す。

「ちょっとトイレに行ってこようかな」

父が先ほどからあたりを見回していたのはそのせいだったようだ。彼女たちが戻ってくるまでもうしばらくかかりそうだ。

「ああ」丈治は顎《あご》をしゃくるように返事をした。

御朱印の列に並んだ紗英と母の後ろ姿に目をやる。

電話やメールが入っていないか確認しようと、カバンから携帯を取り出した。

お宮参りに合わせて帰省するため、勤務する千住《せんじゅ》女学院に四日間の休みを申請した。顧問を務めるソフトボール部が新人戦を勝ち進み、ちょうど帰省と重なってしまい悩んでいると、「お宮参りは一生に一度のことだから行ったらどうでしょうか」と副顧問の生天目《なばため》が背中を押してくれた。

時刻は十四時を回っていて、そろそろ試合が終わる頃かもしれない。さっきから結果が気になっていた。携帯を開くと、数分前から立て続けに生天目から三件の着信が入っている。試合が終わったのかもしれない——逸《はや》る気持ちを抑えながらリダイヤルする。

すぐに生天目が出た。

「先生すみません。それで結果はどうでしたか……」と言いかけた丈治の言葉を遮《さえぎ》るように、生天目の緊迫した声が返ってきた。

〈三好先生、それが試合中に生徒が怪我《けが》をしてしまって〉

「け、怪我ですか⁉」想像していなかった展開に頭を整理しようと言葉に詰まる。

〈キャプテンの長原遥香《ながはらはるか》が守備の際に、相手の走者と交錯《こうさく》して、その弾みで倒れて後頭部を地面に打ちつけまして〉

長原は一塁手だ。おそらく全力で走ってきた走者と衝突したのだろう。

「それで、遥香の怪我の具合は、意識はしっかりしているんですか？」

〈しばらく起き上がれなくて、呼びかけにも返事は上の空という感じだったので、すぐに救急車を呼びました。救急車が到着する頃には、きちんと話せるようにはなっていましたが、脳震《のうしん》盪《とう》を起こしていたようなので、念のため病院で検査をしたほうがよいと――保健の中西《なかにし》先生に付き添っていただき、先ほど病院へ運ばれていきました〉

「そうですか。頭を打ったと聞いてヒヤリとしましたけど、意識はしっかりしているようで少し安心しました。ただ、場所が場所ですし、打ち所が悪いと後遺症などの心配もありますからね……私がいない時にすみません」

丈治は誰もいない木陰に向かって頭を下げていた。

〈三好先生のせっかくの晴れの日を台無しにしてしまってはと……連絡するのをためらっていたんですが〉

「そんなこと気になさらないでください。私もすぐに切り上げてこれから東京に戻ります」

顧問がいない際に事故が起きたとなれば、その責任を保護者から追及されかねないと、丈治はすぐにでも東京へ飛んで帰りたい気持ちで焦《あせ》っていた。

そんな丈治を慮るように生天目は言う。

〈先生、大丈夫ですよ。今のところ容態も安定しているようですし、念のため先生の耳に入れておいていただければ。もし何かありましたら、その都度《つど》、連絡するようにいたしますので〉

「ですが……」

〈こっちのほうは僕に任せてください〉頼もしく力のこもった声だった。

「申し訳ありません。何かありましたらいつでも電話ください。夜中でも飛んでいきますので」

　丈治は生天目の反応をうかがい、携帯電話をそっと耳から離しかけた。

〈それと、もう一つ〉一瞬の間が空いた。〈今朝、学校を出る時、先生が担任されている三年生の生徒の保護者から電話がありまして——進路のことで相談をしたいようでした〉

「そうですか。誰の保護者でしょうか?」

〈それが……こちらから折り返し連絡しますのでと、お名前と連絡先を聞こうとしたのですが、それは申し訳ないのでまた改めて電話しますと言われてしまいまして〉

　最後に生天目は申し訳なさそうに〈すみません〉と付け加えた。

「大事な相談であれば、また改めて電話してくるでしょう。気にしないでください」と、フォローするように言った。

〈一応、三好先生は休暇でご実家のほうに戻られているので、次出勤するのは水曜日になりますと伝えておきました〉

「助かります」と言って、丈治は電話を切った。

　生徒が怪我をしたと聞いて、家族でお宮参りに来ていることなど頭の中から完全に消えていた。

　長電話になってしまい、ベビーカーのある場所から離れ、背を向けていたことに気がついた。こんな姿、紗英や母にでも見られたら、父親としての自覚が足りないとこっ酷《ぴど》く叱《しか》られるところだった。ベビーカーに目をやると、風除けにと下ろしておいたサンシェードが上がっている。芽依の身体に掛けておいたブランケットは垂れ下がっていて、今にも地面につきそうだ。

慌ててベビーカーへ駆けよりシートを確認する。

「……い、いない」思わず声が漏れた。

さっきまでいたはずの芽依の姿がない。幻覚を見ているのではないか、芽依が寝ていたシートにそっと手を当ててみる。ほんのりと温かい。すぐ近くにいるはずとベビーカーの周りを確認するが、芽依の姿はどこにもない。生後一ヵ月の乳児がベルトを外して、自らの意思でベビーカーから落ちるなんてありえない。

紗英か母が抱いてどこかへ連れていったのではないか——そうあってくれと祈りながら丈治はあたりをぐるりと見渡した。さっきと何も変わらない風景に、きっとそうだと言い聞かせて紗英を待つことにした。

そこへトイレから父が戻ってきた。

「紗英と母さん見なかった？」

「今、そこで御朱印帳持って並んでいたぞ。もうすぐ順番が来るんじゃないか」

「芽依は？」

父の元へ詰め寄るのと同時に言葉が出た。

「何言ってんだお前、芽依ちゃんはここで寝てるだろう」

芽依の名前を呼びながら、いないいないばあをするように、満面の笑みでベビーカーをのぞいた父の顔から、凍《こお》りついたように血の気が引いていった。

「高校から生徒が怪我をしたって、電話がかかってきて、俺が目を離したほんの数分の間に、いなくなっていたんだ」

腰が引けたように情けない声を発していると自分でも感じていた。脳裏を過《よぎ》ったのは、芽依の安否より、芽依がいなくなったことを知って取り乱す紗英の姿だった。

丈治にとって芽依がわが子だという実感はいまだにわかない。紗英が産んだ子供ではあるが、自分が父親になった自覚もなければ、父親としての役割もわからない。もう一人小さな紗英ができたとでもいった感覚だろうか。子供がいらないわけではなかったが、特別欲しいわけでもなかった。だが、妊娠を知った時の紗英の喜びようを見て、心から子供ができてよかったと思ったのは事実だ。

芽依が生まれて一ヵ月。これから芽依は自分の中でどんな存在になっていくのだろうか……不安と期待が交錯していた。

今だって、高校からの電話で生徒の怪我の具合が心配になり、芽依の存在などすっかり頭の中から消えていたのだ。

きっと育児に対しての中途半端《ちゅうとはんぱ》な気持ちが、父親としての自覚の欠如が、今回の事態を招いたのだ。

だが、現実を受け入れられない自分がいる。戻りたい、生天目から電話を受ける前に戻りたい。丈治の思いとは裏腹に時間だけが刻々と過ぎていく。膝《ひざ》が生まれたての子鹿《こじか》のようにブルブルと震え、立っているのがやっとだった。

——芽依はどこに消えてしまったのか？

父が何かに取り憑《つ》かれたように駆け出した。そして、本堂に向かう広場の中央で参拝客の目を引くように大声で叫んだ。

「皆さん、生後一ヵ月の赤ん坊がいなくなりました。ピンク色のベビー服を着た女の子です。皆さんの周りにいませんか——赤ん坊がいなくなりました。皆さんの周りに——」

父は声を嗄《か》らして必死に叫ぶ。

丈治はベビーカーのハンドルを握ったまま一歩も動けなかった。芽依がいなくなったという焦燥感に駆られて、頭の中がパニックに陥《おちい》っている。

父の叫び声で境内《けいだい》は騒然としていく。小さな女の子が驚いて泣き声を上げ始めた。警備員が父の元にやってきて、声をかけた。どうやら不審者にでも間違われたようだ。

警備員に両脇《りょうわき》を抱えられても、父は必死に叫びながら芽依がいなくなったことを訴え続ける。

「孫がいなくなったんです。誘拐されたかもしれないんです」

父が発した〝誘拐〟という言葉に、ようやく警備員も事の重大さを理解したようだ。すぐに無線で連絡を取り始めた。

同時に、芽依は消えたのでもひとりでいなくなったのでもない。何者かに連れ去られたのだという恐ろしい結論に導かれていく。

我に返った丈治は、頭から冷水をかけられたように、全身に悪寒《おかん》が回っていく。

本堂の横で母に身体を支えられて泣き崩れる紗英の姿が目に入った。紗英に構っている場合ではない。芽依を取り返さなければ――。

丈治は参拝客を避けるように、本堂とは反対方向の通りに向かって走り始めた。まだそう遠くには行っていないはずだ。すれ違う人々の荷物に注意を払いながらまっすぐに伸びた石畳を蹴《け》り続ける。山から吹き抜ける冷たい風に体温が奪われる。

振り払っても振り払っても、最悪の事態が頭から離れない。紗英にどんな顔をして謝ればよいのだろうか？　いっそのこと、自分もこのまま芽依と消えてしまいたい。一瞬でも考えてしまった自分が怖かった。

いったい、なぜこんなことに……。

誰がこんなことを……。

自分に父親としての自覚が足りなかったからなのか。それとも過去に自分が犯した過ちへの天罰が下ったのか……。

あらゆる可能性を探っていく中で、もう一人の赤ん坊の顔が浮かび、おぞましさにぞっとした。

第一章　疑念

（一）ある少女との出会い

テレビ脇の置き時計が十六時を知らせるメロディーを奏《かな》でた。

三好紗英は、読んでいた推理小説を慌てて閉じ、寝転んでいたソファーから立ち上がった。

「あら、もうこんな時間」

二時間近く無心にページをめくっていたようだ。物語が終盤に差し掛かり、そろそろ犯人が絞られてくるクライマックスだったので、このままラストまで読み進めたかったが、この後の予定が押してしまうのでそういうわけにもいかない。

二階の寝室へ向かい、部屋着からジーンズに着替えた。財布と鍵《かぎ》をバッグに入れて玄関へ向かう。靴を履きながら下足場横の納戸を改装したシロのスペースをのぞく。

「シロ、全然食べてないじゃない……食欲ないの？」

紗英は、しゃがみこんで、シロの首元をそっとなでた。シロは通りの悪くなった声で、ため息をするように二度小さく吠《ほ》えた。シロは十七歳のミニ柴《しば》だ。一般的に柴犬の寿命は十二～十五年といわれている。すでに平均寿命を超えているシロは、人間でいったら八十、九十歳のおじいさんである。

元気な頃は朝夕の散歩は欠かせなかった。大雪や台風などで、何日か散歩に行けない時は、ストレスで嘔吐《おうと》や下痢《げり》をすることもあった。それがこの半年ぐらいは進んで散歩に行こうとしない。一日二回の散歩も夕方の一回だけになった。

今日はいつにも増して元気がない。普段はリードをつけて体を引っ張ってあげると、やっとこ重い腰をあげるのだが……今日は反抗するような瞳で紗英をじっと見つめたまま動かない。

「もしかして昨日のこと気にしているのかなぁ」

紗英は一度リードを置いて、シロの背中をさすった。シロは周りの環境や人間にとてもデリケートなのだ。

昨夜、夫の丈治とシロの今後のことでちょっとした言い争いになった。

というのも、丈治は、以前から体が弱ってきたら老犬ホームにいれ、そこでのんびりと余生を過ごさせればよいのだと言っていた。紗英も、病気になったり、食事や排泄《はいせつ》ができなくなった時には、それも一つの選択肢だと考えていた。今のシロは歳をとって元気がないこと以外に特に変わった様子もない。

まるでシロを邪魔もののように扱う丈治に、紗英は怒りより悲しみが込み上げてきて、「シロの面倒は私が責任持ってみるから、あなたは好き勝手やったらいいじゃない」と、感情的になってしまったのだ。

昔から勘のいいシロは、自分が原因で夫婦喧嘩《げんか》をしていることを察したのだろう。

昨夜のやりとりを思い出すと、再び涙が込み上げてきそうになる。

「ごめんね、シロ。どんなことがあっても私が最後までそばにいるからね」

紗英の頬を涙がつたうのを見たシロは、威勢良く「ワン」と吠えた。そして立ち上がると、ナビゲートするようにドアの前に立った。

紗英はシロのリードを引いて玄関を出ると、歩いて十分ほどの荒川河川敷《かせんじき》を目指した。紗英の家は北千住《きたせんじゅ》駅から商店街を抜けて、徒歩七、八分のところに立つ二階建ての一軒家である。結婚してすぐに、丈治がローンを組んで建ててくれたので、築二十年を超えた。結婚前から子供は三人欲しいと言っていた紗英の要望を取り入れてくれて、将来三つに区切れるように設計した二階の子供部屋は、一度も使われることなく、今は物置と化している。

一方通行の路地を百メートルほど歩くと、左側に区立の中学校が見えてきた。学校の前にさしかかると、一定のリズムで歩いていたシロの歩調がゆっくりになる。

校門からブレザー姿の男子学生の集団が出てくると、シロは身を小さくして紗英の後ろに隠れようとする。散歩に出かける時間が少し遅れてしまったので、ちょうど生徒たちの下校時刻と重なってしまった。

「大丈夫よ、シロ、行きましょう」

紗英は歩くように促《うなが》しながら優しく呼びかけるが、シロは紗英の足にまとわりつくように動こうとしない。生徒たちが目の前を通りすぎるのを確認してからようやく歩き出した。シロは極度の人間嫌いなのだ。特に中学生から高校生ぐらいまでの制服を着た生徒にはえらく怯《おび》える傾向がある。

シロが三歳になったある晩、当時は庭の犬小屋で暮らしていたのだが、家でテレビを見ていた紗英の耳に、シロの悲痛な鳴き声が聞こえてきた。

慌てて庭に駆け出ると、瞼《まぶた》の上から出血したシロの姿が飛び込んできた。通りに出ると、近所の中学校のブレザーを着た男女数人が、走って逃げていくのが見えた。すぐに何をされたのかわかった。学校帰りの生徒らがシロに向かってふざけて石を投げていたのだ。それが運悪くシロの頭に直撃したのだ。すぐに動物病院に連れていき手当てをしてもらった。幸い眼《め》を外れていたので、大怪我に至らなかった。それから、人の気配を感じると、怯えたような弱々しい声で鳴くので、室内で飼うことにした。

当時のことがトラウマとなり、中高生の笑い声を聞いたり制服姿の学生を見ると、悪さをされるのではないかと怯えてしまうようだ。

五分ほど歩くと河川敷へと繋《つな》がる大きな階段が見えてきた。昔はリードを引っ張る勢いで駆け上っていったのだが、今は立場が逆転している。紗英はシロの歩調に合わせてゆっくりと階段を上っていく。

目の前が開けて、川から吹き上げてくる心地のよい風がすっと身体の横を通り過ぎていく。

「気持ちいいね、シロ」

紗英は思わず話しかけていた。

シロは芝生を転がるように下りて、川沿いのいつものベンチへ向かおうとする。

が、数歩歩き始めてベンチに人影が見えた。高校生ぐらいの少女だろうか？　年配者の散歩コースになっているこの河川敷ではあまり見ない光景である。しかも友達といるのではなく一人で。少し近づいてみると、見覚えのある制服を着ている。丈治が勤務する千住女学院の生徒かもしれない。

少女は、物思いにふけるようにずっと川の向こう岸を見つめている。なんだか昔の自分を見ているようだ。

紗英は三歳の時、交通事故で両親を亡くした。両親は、親戚《しんせき》の葬儀に向かうため乗ったタクシーがトラックと正面衝突した。二人とも即死だった。紗英は近所の家に預けられていたので、巻き込まれずにすんだ。しばらくは母の姉夫婦が面倒を見てくれたが、彼女たちは、紗英を邪険に扱った。紗英を引き取る代わりに父と母の保険金を受け取る魂胆《こんたん》があったことを知ってしまい、小学四年生になったある日、紗英は家出した。それからは施設で過ごした。施設でも周りにうまく溶け込めなかった紗英は、学校が終わると夕食の時間まで、目の前の少女のように近所の公園で読書をしたりして、時間を潰していた。

あの頃の自分を見ているような錯覚にとらわれ、紗英は無意識のうちに少女のそばに歩み寄っていた。いや、違う――紗英の手がぐいぐいと引っ張られている。シロが少女の座るベンチに向かって歩いているのだ。

普段なら中高生のいる所を絶対に避けようとするのに……。

「シロ、今日はベンチにお客さんがいるから、他のところへ行きましょう」

リードを引っ張って無理矢理シロの向きを変えようとする。

しかし、シロは紗英に逆《さか》らうように少女の座るベンチへ走り出した。

「あっ！」

最近はリードを強く引っ張られることなどなかったので、しっかり握っていなかった。リードが紗英の手から離れた。

「待って！　シロ」

落ちたリードに手を伸ばすが、指先をかすめて道を這《は》う蛇のように遠くへするするっと行ってしまった。

万が一、川に落ちたら大変だ。紗英は何度も名前を呼んでシロを追いかけた。

すると、シロはいつものベンチの前で立ち止まり、少女の隣にちょこんと座った。

それを見て紗英もほっと安心して、リードを拾ってシロに呼びかけた。

「シロ、お姉さんの邪魔しちゃだめよ。さあ、行きましょう」

ベンチの上には参考書のようなものが置かれていた。勉強の邪魔になってはいけないとシロを促すがピクリとも動かない。

それどころか、少女の元にぴたりと身を寄せて、膝の上に置いていた左手の匂《にお》いを嗅《か》ぐように鼻を近づけたのだ。

「ダメよ！　シロ」

紗英はシロと少女を引き離そうと、慌てて腕を伸ばす。

先に少女の右手がシロの鼻に触れていた。

「かわいいですね。柴犬ですね？」

「ええ、もう十七歳の老犬なんですけどね」

紗英は申し訳ない気持ちで、控えめに少女の顔を見た。今時の女子高生とは違い、化粧をまったくしていない。柔らかい焦《こ》げ茶《ちゃ》色の瞳に、直線的なラインの鼻筋、吸い込まれそうになるほど真っ白な肌をしている。後ろに束《たば》ねた真っ黒な髪が西日を反射して眩《まぶ》しいぐらいに輝いている。

少女は紗英の目を見ると小さく微笑んだ。

「十七歳なんですね。じゃあ私よりも先輩です」

そのままシロの首筋を小さな手のひらでそっと撫でた。

シロは気持ちよさそうに鼻で鳴いた。

「苦手じゃなかったら、しばらく隣にいてもいいかしら」

紗英は少女の反応をうかがいながら聞いた。

「私、小さい頃からワンちゃん飼うことに憧れていて、でも母も父も動物が苦手だったので……嬉《うれ》しいです。シロちゃん、よろしくね」

その口調からも育ちの良さが感じられた。そもそも少女が通っている千住女学院は、都内では珍しい全寮制のお嬢様学校で、学力もさることながら、普通のサラリーマン家庭の収入ではなかなか入れない。

立派な両親に育てられたのだろう。少女に対して興味がわいてきた。

「その制服は千住女学院ね」

紗英は親しみを込めて言った。丈治が少女の高校で教師をしていることは言わないでおいた。

「はい。この四月に入学しました」

「お家はこのあたり?」

「栃木県です」

「それじゃ、ご両親ともなかなか会えないから寂《さび》しいわね」

少女はこくりとうなずいてから続けた。「学校にもなかなか馴染《なじ》めなくて……」途中で言葉に詰まった少女の声は心細さと不安で震えていた。

千住女学院は、中学からエスカレーター式で進む子がほとんどだと丈治が口にしていた。控《ひか》えめな少女は自分から友達の輪に入れないのだろう。まさに高校時代の紗英にそっくりだった。

重い沈黙を嫌うように、シロが少女に向かって二度吠えた。

「ありがとう。シロちゃん」

少女がシロの耳を撫でると、シロは気持ちよさそうに目を瞑《つぶ》った。

「この子、幼い時に近所の中学生にいじわるされてね。人間嫌いで、私以外の誰にも懐《なつ》こうとしないのよ。でも不思議、あなたには怯える様子もなく、むしろ楽しそうにしているなんて」

シロが少女に気を許した理由が何となく理解できた。紗英にどことなく雰囲気が似ているからではないだろうか。この少女の心に、紗英と同じような影が潜んでいるような気がした。

「シロちゃん、私のお友達になってくれるかしら」

少女がシロの瞳の奥をのぞき込むように言った。

シロは恋人に見つめられたような嬉しそうな顔をのぞかせて、少女の懐《ふところ》に顔を埋《うず》めた。

「よかったねシロ、お友達ができて」

紗英はシロの曲がった背中を優しくさすった。

「私、ヒカリっていいます。おば様、これからも時々ここでシロちゃんと遊んでもいいでしょうか？」

「もちろんよ。毎日シロとこのぐらいの時間に河川敷に散歩にくるのが日課なの。暇《ひま》な時にでも顔見せてくれると嬉しいわ」

シロがはしゃぐように尻尾を振っていたので、芝生の上に下ろした。すぐに、紗英の握ったリードを引っ張って広場のほうに行きたそうにしていた。

「もしよかったら、シロに付き合ってもらえるかしら」

「はい」ヒカリは細く長い指で紗英からリードを受け取った。

ヒカリはシロに引かれて広場の方へ駆け出した。

「シロ、あんまり遠くへ行っちゃダメよ」

少しずつ離れていく二人の影を追いながら、紗英は嬉しさのあまりその背中に呼びかけた。

あんなに人間嫌いだったシロが――初めて出会った少女と楽しそうに戯《たわむ》れている光景が信じられなかった。広場を駆け回るシロの姿なんてしばらく見ていなかった。

十七年間のシロとの思い出が頭の中に浮かび、自然と涙が頬をつたっていく。だが、紗英はしばらく余韻に浸っていたかった。涙を拭《ぬぐ》うことなく、ヒカリとシロを見つめていた。

気がつくと、西日がだいぶ傾き、街の方向から十七時を知らせるチャイムが響き渡ってきた。

その音を聞いたヒカリが慌てて戻ってきた。

「いけない、私、バイトの時間忘れていました」

そう言いながら、ヒカリがリードを差し出した。

「ごめんなさいね。こんな時間まで付き合わせちゃって」

リードを受け取りながら、紗英はヒカリの背中に手を伸ばした。

「制服汚れちゃったんじゃない」

「大丈夫です。これぐらい」

ヒカリはベンチにのせていた参考書を手繰《たぐ》り寄せて、慌《あわ》ててカバンにしまいながら立ち去ろうとした。

シロはまだ遊び足りないのか、ヒカリの足元にまとわりつきながら尻尾《しっぽ》を立てて離れようとしない。

「シロちゃん、ごめんね。また明日遊びましょう」

ヒカリはしゃがんで優しくシロに語りかけた。

それでも離れようとしないシロに、「あんまりしつこいと嫌われちゃうぞ」と笑って呼びかけた。

「ヒカリちゃん、気をつけてね」

紗英がかけた言葉を合図がわりに、ヒカリは小さく頭を下げて街の方向へ走り出した。

シロもつられて走りだそうとするが、紗英はぐっとリードを引いた。

河川敷の芝生を走り、階段を駆け上がる直前にヒカリが振り返って右手を大きく振った。

紗英も空気をかき回すように精一杯手を振ってヒカリに応《こた》えた。

ヒカリは、振り返ることなく街の中に消えていった。

しばらくじっとしていたシロは、ヒカリの姿が消えた方向を見つめながら寂しそうに遠吠《とおぼ》えした。

「ヒカリちゃん、また明日も遊んでくれるって、よかったね、シロ」

紗英はなかなか動こうとしないシロを促すように声をかけた。

来た道を引き返す途中、再び近所の中学校の前に差し掛かった。校門から部活帰りの賑《にぎ》やかな生徒たちの声が聞こえてきた。紗英は無意識のうちに立ち止まった。

いつもなら怯えて紗英の後ろに身を隠すはずのシロが――紗英のリードを引っ張った。

「あれ、シロ、怖くないの？」思わずリードを手繰り寄せて呼びかけた。

シロの耳に紗英の言葉は届いていないのか、そのまま立ち止まることなく校門の前で生徒たちとすれ違った。

さっきまで、あれほど生徒たちを怖がっていたシロの背中がたくましく感じられた。

家に戻ったシロは、興奮冷めやらぬ様子で、落ち着きなく玄関のあたりをウロウロとしていた。その姿は、散歩を待ちきれずにはしゃぐ、若く元気な頃のシロだった。

「よかったね、お友達ができて」

声をかけて、夕飯の準備をしようと台所へ向かった。

ふと、去り際のヒカリの言葉を思い出した。

――バイトの時間忘れていました。

確か千住女学院は、アルバイト禁止だったはずだが……。まあ紗英の記憶は二十年以上も前のものだ。時代も変わったのだろう。

そもそもあの学校に通う子の家庭が、アルバイトで生活費をやりくりさせなければならないとは考えられない。――もしかすると、社会生活の厳しさを学ばせるために、友達と遊ぶお金や携帯代などをバイト代でやりくりするよう、親に躾《しつ》けられているのかもしれない。

紗英は勝手に答えを導き出し納得していた。

ヒカリのことをもっと知りたい。紗英は少女に対して興味がわいてきた。

（二）　苦悩と後悔の日々

三好丈治は、北千住駅前のショッピングモールで、紗英の好物のケーキを買った。

昨夜、ちょっとした言い争いがあった。十七歳になったシロの今後についてを話し合いたかった。丈治はこの数ヵ月で明らかに弱り始めたシロの身体を心配し、老犬ホームへの入所を考えていた。もちろん今すぐにというわけではない。そういう選択肢もあるというつもりで切り出した。

ところが紗英には、世話が面倒になったか、シロを邪険に扱ったとでもとられたようだ。丈治が施設のパンフレットを差し出した途端に、顔を真っ赤にして立ち上がり、「私には、シロを最後まで看取《みと》ってあげる責任があるの。もしあなたがシロと一緒に暮らしたくないというのなら、私はシロを連れてこの家を出ていきます」と言ったまま、寝室に鍵を閉めて閉《と》じ籠《こ》もってしまったのだ。

仕方なく昨夜は、客間に布団を敷いて眠った。朝は固いトーストに冷めた珈琲《コーヒー》がおいてあり、メモ書きで「いってらっしゃい」と一言だけ添えられていた。出かける際に、二階の寝室に向かって「行ってくるよ」と呼びかけはしたが、返事はなかった。

初めは、丈治の言い分も聞かずに一方的に声を上げた幼稚な紗英に腹が立ったが、冷静になってみて、紗英の境遇をもう少し考えてあげるべきだったと反省していた。

紗英は幼い頃に不慮の事故で両親を亡くし、しばらく親戚に預けられていたのだが、彼らに邪険に扱われ、思春期を迎えた頃から施設で暮らしていた。紗英の性格からも、まわりと積極的に仲良くなれるタイプではない。きっと寂しい日々を過ごしていたのだろう。丈治の前では、施設で過ごした十年ほどの話は一切口にしない。施設での生活で、両親に見捨てられて入所してきた子供たちをたくさん見てきたのだろう。だから、丈治が理由も言わずにシロを老犬ホームに入れてはどうかと、唐突に切り出したことが悲しかったのだ。同時にそんなことを口にした丈治に幻滅してしまったのだろう。

勤務中も紗英が家を出ていってしまったり、万が一自殺でもしたら——とよからぬ想像ばかりしてしまい気が気ではなかった。

玄関前で立ち止まり、自宅の窓から明るい灯《ともしび》が漏れ、台所の換気扇が回っているのを確認し、ほっと息を吐いた。まずは、紗英が無事でいてくれたことに安堵《あんど》し、玄関の扉を開いた。

真っ先に出迎えてくれたのはシロだった。

最近は丈治が帰ってきても下足場横のスペースでじっと固まったまま、呼びかけにも顔で反応する程度だったのだが、今日のシロは嬉しそうに丈治の足元に寄ってきて、散歩に連れていけとでもいうように尻尾を立てて高い声で鳴いた。

すぐにエプロン姿の紗英も現れた。

昨日のことを根に持っているんじゃないかと構えていた自分が、拍子抜《ひょうしぬ》けしてしまうぐらい、明るい顔で「あなた、お帰りなさい」と言った。

丈治が昨日の一件を詫《わ》びようと姿勢を正すのに合わせて、紗英がシロを見て言った。

「今日のシロ、とっても元気じゃない？」

「ああ、玄関を開けたら真っ先に出迎えてくれて、びっくりしたよ」

「実はね、今日散歩の途中で」と言いかけて紗英は嬉しそうに口を噤《つぐ》んだ。「この話長くなるから後にするわ。ご飯ができるまでもう少しかかりそうだから、先にお風呂《ふろ》に入ってきたら。ちょうど沸いてるわ」

「ありがとう、そうするよ」靴を脱いでスリッパに履き替えたところで、紗英の視線が丈治の左手にあるケーキの紙袋に注がれていることに気がついた。

「ああ、これ駅前のショッピングモールで買ってきたんだ。紗英、好きかなと思って」

昨夜のことを詫びて、モノで紗英の機嫌をとるつもりだったが、あえてその話題をむし返さないほうがよい気がした。

「まあ！　あなたが手土産《てみやげ》を買ってきてくれるなんて珍しい」

そう言って、紙袋を受け取った紗英は、鼻歌を歌いながらリビングへと消えていった。

丈治は促されるままに浴室へ向かった。

湯船に浸《つ》かるが、なぜだか落ち着かない。紗英とシロのあまりの変わりように、この一日で何があったのかとあれこれ想像を膨《ふく》らませていく。紗英は散歩中に何かあったと言っていた。

気づくと、いつもの倍ぐらい浸かっていて、のぼせ気味になって浴室から出た。

リビングへ行くと、テーブルの上には、バイキングのように料理が所狭しと並べられていた。結婚してすぐに家庭に入った紗英は、料理の腕前はプロ並みだった。時々、友人を連れてくると、シェフ顔負けの腕前に皆びっくりする。

丈治が席に着くと、キンキンに冷えたグラスに紗英がビールを注いでくれた。

「あなた聞いて、今日ね、シロの散歩中にヒカリちゃんっていう女の子に出会ったのよ。そうしたらそのヒカリちゃんにシロが懐いちゃってもう――」

紗英は自分が十代の少女に戻ったかのように、可愛《かわい》らしい口調で語り始めた。

「あの人間嫌いのシロが――」口にビールが入っていることも忘れ思わず口にしていた。

「ええ、そうなのよ。私も最初は信じられなくて、でも嬉しそうにジャレ合っていたの。明日もヒカリちゃん来てくれるって」

「それで、さっき俺が帰ってきた時も、散歩に連れていってもらえるんじゃないかと、落ち着かない様子で興奮していたのか。もしかすると、シロはその少女に恋しちゃってるんじゃないのか」

丈治はグラスを一気に空けながら言った。

「えっ！　恋!?」

紗英は、年頃の息子に彼女ができ嫉妬《しっと》したかのような表情を浮かべて黙り込んだ。

丈治も酒が回り、紗英の反応が面白くなってきたので煽るように続けた。

「ああ、あの落ち着きのなさは、初めて女性を意識して、あらぬ想像をしている男子中学生だな」

「初恋って、シロはもうおじいさんよ」紗英は笑いながら右手を振って否定した。

「恋に年齢は関係なーい――って、昔どこかのミュージシャンが歌っていただろう。恋をすることで元気になって生きる原動力になる。素晴らしいことじゃないか」

「でも、それって何だか寂しいわ——成長とともに親離れしていくわが子を見ているみたいで……」

と言った紗英の瞳がいくぶん曇ったように感じた。

「そうだ、今日学校で、新一年生に向けた部活のオリエンテーションがあったんだが、今年もソフトボール部は入部希望者が多そうだよ」

慌てて話を変えようと、どうでもいい話題に切り替えるが、紗英はのってこない。

さっきまでのはしゃぎようが嘘《うそ》のように、丈治の頭の上を視点の定まらない目でぼんやり眺《なが》めていた。

「芽依がここにいたら、今ごろヒカリちゃんと同じ高校生になっているのよね……」

紗英は寂しそうにぽつりとつぶやいた。

「紗英、今日はシロが元気になってくれた記念日なんだから、その話題はやめないか」

紗英はテレビや雑誌に芽依と同じくらいの女の子が映っているだけで、重ねて見てしまうことが度々《たびたび》ある。

「私ったら、ごめんなさい。芽依が生まれてこの家にやってきた時、シロが大喜びして、妹ができたかように芽依の顔をぺろぺろしていた時のことを思い出してしまって」

紗英は下瞼《したまぶた》に溜《た》まった涙を隠すように、右手の袖《そで》で顔を覆《おお》った。

「紗英の気持ちは充分理解できる。だけど、僕らはいつまでも芽依のことに引きずられてばかりではいけない。天国の芽依だってきっとそれを望んじゃいないよ」

優しく語りかけながら紗英を見た。紗英の眉《まゆ》がぴくりと動いた。そのまま紗英はテーブルに身を乗り出しかけた。

「あなた、今、天国の芽依って言ったわよね？」

「ああ、きっと芽依は今ごろ天国で大きくなって、僕らのことを見守ってくれているんじゃないのか」

「ようするに芽依はこの世にもういないってことよね？　あなたは芽依がどこかで生きていてほしいと思わないの？」

それは芽依が殺されたってことよね？　酒も飲んでいないのに、紗英の顔がみるみる赤くなっていく。

「紗英、こんな話したくないが、芽依がいなくなってから十六年経《た》つんだ。芽依は誘拐された当時、歩くこともしゃべることもできない、生まれて一ヵ月の乳児だった。自分の意思でいなくなったんじゃない。何者かに身代金目的で誘拐されて殺されたんだ」

丈治は興奮して固くなった紗英の両肩を摑《つか》んで、必死に落ち着かせようとする。

「芽依が死んだって証拠は⁉　芽依がこの世にいないっていう証拠を今すぐ見せてよ。私がこの十六年間、なんとかやってこられたのも、芽依は私たちの知らない場所で、元気に暮らしてくれているんだと信じていたからなの。遺体もないのに、芽依が死んだなんて受け入れられるわけないじゃない」

紗英は涙で顔をくしゃくしゃにしながら、丈治の手首にすがりつくように訴えた。

「ごめんよ紗英、俺があの時、ほんの少し目を離したばかりに……自分を責めないでほしい。責めるなら俺を責めてくれ」

芽依が誘拐されてから十五年と半年、紗英は丈治のことを一度も責めたりしなかった。丈治が芽依の眠るベビーカーから目を離さなければ、父親としての自覚をもう少し持ち合わせていれば、こんなことにならなかったはずなのだ。両親からも、警察の事情聴取でも丈治の行動は何度も非難された。それでも紗英は一度も丈治を責めることはなかった。代わりに自分を責め続けている。紗英が一人で背負い込んだ重荷を少しでも代わってやれないものか。丈治は考え続けてきた。

芽依が誘拐されてから七年目、死亡認定を受けることも考えた。行方不明者は、生死不明の状態が何年も続いた場合、失踪《しっそう》宣告を受けることによって、七年後には死亡したものと認められる制度がある。そうすれば、形だけ残っている芽依の情報を戸籍から除去することができる。公的な手続きをする際、芽依の名前を目にするたびに、十六年前の記憶が鮮明に蘇《よみがえ》る。この苦しみをこれからも味わい続けなければならないことに、丈治は耐えられる自信がなかった。きっと紗英はもっと苦しんでいただろう。

紗英に内緒で資料を取り寄せ、役所まで何度も足を運び説明を受けた。両親や専門家にも相談した。しかし、彼らの答えはノーだった。

紗英の中で芽依が生き続けていることは、誰の目から見ても明らかだった。今の紗英にはそんな宣告を受け入れられるわけもなく、精神的にますますおかしくなってしまうのではないかと、結局申請はしなかった。

何もしないうちに、十年が過ぎ、まもなく十六年を迎えようとしている。どこかで切り出さなければ——紗英の将来を心配して丈治はそのタイミングをうかがっていた。しかし、目の前の紗英の状態を見る限り、この話は当分できそうにない。

　紗英が少し落ち着いたのを見計らい、紗英の腰に手を添えてソファーへ誘導した。

　ほとんど手をつけていない料理が並ぶダイニングテーブルを横切って、台所でコップに水を注いで紗英に飲ませた。

「あなたに一つ聞いてもいいかしら」紗英は落ち着いた口調で言った。

「なんだ？」

「もし今、芽依を誘拐した犯人が見つかったら、警察は逮捕してくれるのかしら？」

　またか、とうんざりしながら紗英からコップを受け取った。

「二〇一〇年に殺人事件などの重大犯罪に対する時効が撤廃された。それは芽依が誘拐されて殺された年にまで遡《さかのぼ》って適用される。このまま逃げようだなんてことは絶対に許されるわけがない」

　固く握り締めた拳《こぶし》の内側に指の爪《つめ》が食い込む。

「でもそれは、芽依が殺されていた場合よね」

　――芽依はもういないんだ。喉元《のどもと》まで出そうになった言葉をぐっと呑み込んだ。

　紗英は黙り込んだ丈治の顔をのぞき込むように続けた。

「私は芽依が生きていると今でも本気で信じているの。あなたは今さら思い出したくはないのかもしれないけれど、芽依が誘拐された時のことをもう一度思い返してみてほしいの。最初に誘拐犯から接触があったのは、芽依が誘拐された翌日の夜だったわよね」

「今でもあの時の事務的な男の声が耳に残っているよ。芽依と引き換えに、一億円の身代金を用意しろだなんてメチャクチャだよ。そんな大金を俺たちだけで用意できるはずがないだろ！」

次の朝、警察に通報したという理由で、一方的に交渉は決裂した。その後、犯人からの連絡はなく、最悪な結末を覚悟していた。

「その三ヵ月後に、もう一度犯人から接触があったわよね？」

犯人からの一度目の連絡は自宅の電話だった。しかし、二度目はまず郵便で送られてきた。芽依が誘拐されてすぐ、捜査本部は立ち上がったものの、犯人に繋がる手がかりも少なく、時間の経過とともに乳児は殺されたとの意識が捜査員にも蔓延《まんえん》していたことだろう。芽依を救出するという目的から、犯人を検挙するという方向へ、舵《かじ》も切り替えられていた矢先のことだった。

「ああ、紗英には申し訳ないが、一度目の交渉決裂で、しばらく犯人から連絡がなかった時は、最悪の結末を覚悟していた。三ヵ月後、まさかもう一度犯人から接触があるとは思わなかった。真っ先に事件を知った第三者のいたずらを疑ったよ。でも同封されていた写真を見て――」

「あなたも見たでしょ。あの写真は成長した芽依に間違いないと……」

紗英から念を押すように聞かれた。

「ああ、俺だって、あの写真を目にした時は芽依が生きていると、諦めかけていた希望が再びわいてきた。だから、両親にも頼んで一千万という身代金を用意したんだ」

あの時、封筒に入れられていた写真は芽依に間違いなかった。いなくなってから三ヵ月ほど経って、明らかに成長した芽依の姿だった。だから丈治は警察に通報せず、犯人の言うとおり、指定された場所へと出向き身代金を渡した。しかし芽依を返してくれることもなければ、その後犯人からの連絡は一度もない。

「少なくとも誘拐犯は、三ヵ月の間は芽依と一緒に生活をしていたと思うの。あの写真を見る限り、芽依は元気そうだった。生後間もない赤ちゃんの面倒を見るのは大変よ。夜泣きはするだろうし、数時間おきにミルクもあげなければならない。それを少なくとも誘拐犯は、三ヵ月続けてくれていた」

「そりゃ、芽依を人質に一千万という大金を手に入れるつもりだったんだ。言葉は悪いが金のなる木を大切に育てるのは当然だろう。そして身代金を受け取ったから芽依は殺された。そう考えるのが妥当だろう」

「そうかしら」紗英は思案するように首を傾《かし》げる。「初めは身代金を受け取ったら殺すつもりだったかもしれない。けれど、三ヵ月も赤ちゃんと一緒に生活しながらその成長を感じていたら、殺すだなんて発想は消えていたはずよ」

紗英は声を詰まらせながら、悲痛を訴えるような眼差《まなざ》しで丈治に意見を求めた。

「紗英の言うとおり、普通の人間であれば育てているうちに多少の情は移っていたかもしれない。かといって、そのまま芽依を生かしておくことは、誘拐犯にとって、いつ爆発するかもしれない大きな爆弾を抱えているのと同じだ。戸籍のない子供の存在などいずれ世間に漏れてしまう。結果的に殺されるしかなかったんだ」

「あなたは何もわかってないわ」紗英は怒りに燃えた目で丈治を睨《にら》みつけた。「芽依がこの家にいたのは、たった一ヵ月だったけど、あなたは芽依のことはすべて私にまかせっきりで、真剣に見てくれなかったからそんなことが言えるのよ」

「…………」返す言葉が見つからなかった。

「あなたの頭の中で勝手に芽依を殺さないで」

紗英は両手で顔を覆いながら立ち上がった。そのまま昨夜と同じように寝室に駆け込んでいった。

紗英の取り乱しようは尋常ではなかった。

この十六年間、我々夫婦は心の底から笑ったり、安らぐ時間があっただろうか。紗英がいなくなったソファーからしばらく視線を動かすことができなかった。

少なくとも丈治自身は、あの日の行動への後ろめたさから、本音で紗英とぶつかることができない。芽依の存在が夫婦の絆《きずな》を繋《つな》ぎ止めているだけで、二人の夫婦関係はとっくに破綻《はたん》しているのかもしれない。いったい、いつまでこんな生活を続けていかなければならないのか。この先ずっと、紗英に気を遣って生活していかなければならないと思うと、激しい嫌悪感が込み上げてきた。

いっそのこと、芽依の遺体が見つかってくれないだろうか。そうでもしないと紗英の中で芽依は生き続け、死ぬまで縛られ続けて生きていかなければならないのだ。

芽依が生きていると信じることは、同時に紗英の生きる希望にもなっている。紗英は今にも崩れてしまいそうな気持ちを、芽依が生きていると信じることで何とか留《とど》めていた。

芽依が死んでしまったら、紗英の生きる希望はなくなってしまう。

いずれの結末に行き着いても、紗英はこの苦しみから解放されることはない。

誘拐事件の被害者家族は、事件が解決しない限り一生このわだかまりを背負って生きていかなければならない。

出口のないトンネルをこの先いつまで歩き続ければよいのだろうか……。

(三) 善光寺・乳児誘拐事件(二〇〇五年十一月十二日)

長野県警・捜査第一課の畠中匡史《はたなかただし》は、久しぶりの連休を前に気持ちが昂《たか》ぶっていた。旅行に出かけたり特別な予定が入っているわけではない。四月に生まれたばかりの愛莉《あいり》のそばにべったりいられると思うと、気持ちがそわそわしてくる。翌日にデートを控えて落ち着かない学生時代にタイムスリップした気分だ。

「畠中さん、さっきから何ニヤけてるんですか?」

刑事部へ配属されたばかりの新米刑事が、引き気味に畠中の顔を見た。

「うっさい。さっさと業務に戻れ」

照れ隠しのつもりで肩をすくめ、帰宅の準備を始めた。

その時、上司の御子柴《みこしば》が血相を変えて部屋に飛び込んできた。

「善光寺で行方不明者が出たと所轄《しょかつ》から連絡があった」

「行方不明者?」

行楽施設でよくある迷子の類かと思い込んだ。それを県警に持ち込んでくるなんて大げさな

——と、つい口が滑《すべ》りそうになったが、御子柴の真剣な眼差しを見て慌てて呑み込んだ。

「行方不明になったのは、生後間もない乳児だ」

その言葉で、周りにいた署員の顔に緊張が走る。

誰も口にしないが、〝誘拐〟の文字が頭の中をチラつく。

「家族の話では、目を離した数分の隙《すき》にベビーカーの乳児がいなくなっていたんだと——」

ふと、娘の愛莉の安否が気になった。自宅から善光寺までバスに乗れば一本で行ける。妻が愛莉を連れて散歩に出かけ、事件に巻き込まれた可能性も考えられる。

全身から冷や汗がにじみ出て、ぞっと寒気に襲われた。

「誘拐された乳児の特徴は？」確かめずにはいられなかった。

「父親の話では、生後一ヵ月の乳児だそうだ」

不謹慎にも、その言葉に安堵のため息が身体中から漏れた。

同時にこれまで扱ってきた殺人事件の何倍もの重い緊張と不安が、真っ黒な煙のように署内に蔓延していく。

誘拐事件は初動捜査が鍵となる。そして警察の迅速な対応と的確な判断が被害者の命を左右し、ひいては犯人逮捕に繋がっていく。

すでに死体があがっている殺人事件とは違い、現在進行形の事件は、マスコミや世間の注目度も高い。無事に被害者を保護できれば、県警には賞賛の声が寄せられる。しかし——被害者の命が奪われようものなら、世間からバッシングの嵐《あらし》を受けることになる。

県警の未来とプライドにかけても、乳児を無事保護しなくてはならない。

御子柴の指示を仰ぐ前に、畠中はフロアを飛び出した。

同じ年頃の乳児がいるからこそ、畠中には被害にあった父親の気持ちが痛いほどによくわかる。誘拐犯から娘の命と引き換えに自分の命を求められれば、迷うことなく差し出すだろう。

それが親の無償の愛というものだ。

県警庁舎から善光寺までは直線距離にして約一キロ。普段は見回りがてら歩いて出かける距離でもあるが、この緊急事態にそんな呑気《のんき》なことはいってられない。駐車場に停めてある車のエンジンをかける。

　五分後、仲見世通りと交差する国道に差し掛かった。行楽シーズンとあって、善光寺口周辺はたくさんの観光客や外国人で賑わっていた。参拝を終えて帰路につく車で、駅へと繋がる道は渋滞している。畠中は賑やかな仲見世通りから、一本右に逸《そ》れた路地へと入り、一方通行の細い道を本堂の近くまで進んだ。

　時刻は十五時を回っている。すでに事件発生から一時間近くが経過している。

　赤ん坊を奪った犯人が車で逃走していた場合は、すでに市内を抜けて高速で遠方へ逃げた可能性もある。一刻も早く現場に向かわなければ——手汗で滑りやすくなったハンドルをぎゅっと摑み、周囲に目を凝《こ》らし進んでいく。しばらく進むと、すでに到着した所轄の車両が前方に見えた。その後ろに車を停めて、風で揺れる木々の隙間《すきま》から見えるお堂の屋根を目印に走った。

　野次馬を掻《か》き分けて規制線を潜《くぐ》ると、犯人の遺留品を探すように、地べたに張り付く鑑識の姿があった。

あたりをぐるりと見渡すと、木陰に置かれた空のベビーカーが目に入った。

「被害に遭われた方の身元は？」

目の前を通りかかった所轄の警官に声をかける。

「東京からお宮参りにきていた三好夫妻の一人娘、芽依ちゃん一ヵ月です」

「東京から？」

「市内にあるご主人の実家に帰省を兼ねて訪れていたようです。通報を受けて私がここへ着いた時、奥さまは、ベビーカーにもたれかかって、娘さんの名前を呼んで泣き崩れていました。過呼吸を起こしていたので、パトカーで休んでいただいています」

「防犯カメラは？」

畠中は電柱の横に取り付けられたカメラを指した。

「常駐する警備員の話では、本堂に向けて設置されているものがほとんどで、乳児が連れ去られた瞬間の映像を捉《とら》えたカメラはないようです」

乳児が連れ去られたのは、参道から外れた建物の陰だったので、カメラの死角となっていたようだ。時間が勝負の誘拐事件であって、周辺のカメラを一台一台解析している時間はない。

「目撃者は？」

「居合わせた参拝客らに聞き込みを行っているところですが、犯人らしき不審な人間を見たという証言はまだ……」

警官は目を瞑って軽く首を横に振った。

これだけの参拝客がいながら、目撃者がいないということは、犯人はベビーカーから奪った乳児を、わが子のように抱いて平然と立ち去ったのだろう。乳児の扱いに手慣れた人物の可能性が高い。二十代、三十代の女性か――。

計画的な犯行だったのか？　それとも突発的な犯行か？　犯人の目的は初めから三好夫妻の娘だったのか？　犯行の全容が見えてこない。

現場は鑑識に任せて、まずは犯人の逃走経路から探ることにした。施設全体の位置情報が記してある境内マップへ向かい、駐車場への最短ルートを確認する。本堂の西側にいくつか駐車場がある。駐車場へ向かいかけて畠中はふと思った。

駐車場の出入り口には防犯カメラが設置されているはずだ。駐車場を使えば、車種やナンバーを残すことになり、そこから身元が特定される恐れがある。さすがにそんなマヌケな犯人はいないだろう。となると、近隣の道路に車を停めて犯行に及んだ可能性も浮上する。しかし、長時間停めておくことは、駐車違反の取り締まりや、職務質問をかけられる恐れもあるので避けるだろう。となると考えられるのは、共犯者の存在だ。犯行を終えた実行犯とあらかじめ場所を決めておいて、そこで拾ってもらいそのまま逃走する。それなら周りから不審に思われる可能性も少ないだろう。

もう一つ考えられるのは、徒歩で逃げた可能性だが、仲見世通りや周辺の通りには、いくつも防犯カメラが設置されていて録画されている。しかも公共交通機関を使えば、足のつくリスクは車より格段と高くなる。道中で赤ん坊が起きて泣き出せば目立つ。徒歩圏内に住んでいない限り難しいだろう。

やはり犯人は車で逃走した可能性が高そうだ。

今回の犯行の目的が三好夫妻の赤ん坊を誘拐することであれば、身辺関係を洗っていけば尻尾を摑めるはずだ。あえて、三好夫妻が暮らす東京ではなく、長野で犯行に及んでいる点も、警察の目を掻《か》い潜《くぐ》るための犯人の緻密《ちみつ》な計算が見え隠れしている気がした。

そこへ御子柴から着信が入った。

〈明日、東京に向かうぞ〉

「東京ですか？」

〈メモ書きが見つかった。おそらく犯人がベビーカーに置いた直後に風で飛ばされたものだろう〉

「何って？」

〈娘は誘拐した。明日の夜、自宅に電話を入れる。返してほしければ我々の指示に従え――〉

御子柴は震える声で読み上げた。

犯人からの接触を想定して、三好夫妻には翌日自宅へ戻ってもらった。

乳児救出に向けて組まれた特殊班は、三好家の向かいのアパートの空き部屋を借りた。畠中ら捜査員は動きがあるまでこの部屋で待機することになった。

犯人に怪しまれないよう三好家に在中する捜査員は、親戚のふりをした逆探知班二名に絞られた。

事態が大きく動き出したのは、その日の夜だった。

――公衆電話からの着信です。

——すぐに逆探知の準備を始めてください。

三好家に入った捜査員の無線を通して、慌ただしい部屋の様子が聞こえてくる。

——逆探知、準備完了です。

——三好さん、できるだけ話を引き延ばしてください。

——はい、三好です。

小さく震えた声に現場の緊張感が伝わってくる。

しばらく、ジーッといったノイズ音が聞こえて、つづいて若い男の声が聞こえてきた。

——安心しろ。あんたの赤ん坊は無事だ。

——ほ、本当ですか……。

丈治はすがるような高い声を上げた。

——返してほしければ、現金で一億円用意しろ。

——一、一億ですか。そ、そんなお金ウチには……。

——なければ、親戚から借りるなり、自宅を担保にするなどして掻き集めろ。期限は三日。三日後の同じ時間に再び電話する。万が一警察が介入した場合、取引は即刻中止だ。娘の命はないと思え。

男の声は原稿を読んでいるような事務的な口調だった。

——わ、わかりました。あの、娘は元気にしているんでしょうか？　泣き声だけでも、聞かせていただけないでしょうか——お願いします、娘は本当に無事でしょうか——お願いします。

丈治の声は、今にも喉《のど》が詰まりそうで次第に涙声に変わっていった。

——……。

しばらく無音が続いた。おそらく犯人が電話を切ったのだろう。

静寂を切り裂くように、捜査員の声が響いた。

——探知できました。発信元は長野市内の公衆電話です。

御子柴がすぐに発信元の公衆電話に捜査員を向かわせるよう指示を出す。

十分後、現場に向かった捜査員から、犯人の逮捕には至らなかったと連絡が入る。

今回は空振りに終わったが、犯人像は少しずつ絞られつつあった。

犯人は、身代金を用意できないと言った丈治に対し、自宅を担保にしろと告げている。丈治の家が持ち家であることを知っていた犯人が、ポロリと口に出してしまったのではないか。

やはり、三好夫妻と面識があり、一人娘を狙っての犯行の線が強くなる。事件の日、東京で暮らす夫妻が、長野県の善光寺でお宮参りすることを知っていた人間に絞られてくる。

次の電話は、三日後の夜にすると告げて電話は切られた。

犯人逮捕と人質救出はこの三日の間に行わなければならない。

だが、三日の猶予は確約されたわけではない。犯人は警察が介入しているのを察してフェイクをかけてきた可能性も考えられる。三日後に電話すると言って警察を油断させておいて、その前に接触してくるかもしれない。いずれにしても時間は限られている。

おそらく、犯人は場所を変えて、再度三好家に連絡を入れてくるだろう。そのタイミングで市内、いや県内全域に捜査員を総動員して犯人を確保する。明日にでも捜査会議が開かれるだろう。

警視庁に応援を要請し、三好夫妻の身辺警護は彼らに任せることにした。

畠中と御子柴も、長野県内の捜査にあたるため、明日の朝、始発で東京を離れ、県警に戻るよう指示があった。朝まで仮眠をとることにした。

翌朝、別の捜査員の携帯の着信音で目が覚めた。

「――ほ、本当か？」

捜査員は電話に出てすぐ、不意打ちを食らったように驚愕《きょうがく》の声を上げた。

乳児が無事保護されたのか――畠中の一瞬の期待は、電話を握る捜査員の苦悶《くもん》の表情を見て、儚《はかな》くも打ち崩された。

「どうした？」

すぐさま御子柴が険《けわ》しい顔で問い詰める。

「たった今、犯人から三好家に連絡があったようです。取引は中止だと……」

「ちゅ、中止⁉　どういうことだ？」

御子柴はわき上がる怒りを抑えきれずに絶句した。

「どうやら犯人は、我々警察が介入していることを察知したようです。警察に通報したから取引は中止だと、一方的に告げて電話は切れたようです」

「なぜ、我々が潜んでいたことが向こうにバレている？」

「わかりません。ただ、犯人は一人ではなく、複数で動いていることが明確になりました。身代金の交渉役、誘拐した子供を匿《かくま》う役、そして、東京で三好夫妻の様子を観察する役――少なくともこの三役は存在するのではないでしょうか」

事態はより深刻な方へ向かっていることが明白となった。仮に身代金受け渡し場所に現れた犯人を確保できても、乳児を保護できる保証はない。すべてのカードは犯人側が握っている。余計なことをすれば人質の命はない。目の前で身代金を受け取る犯人がいても、捕まえることすらできない。

「捜査は振り出しだ。時間がない。畠中、戻るぞ」

御子柴は悔《くや》しさを滲《にじ》ませて唇《くちびる》を噛《か》んだ。

誘拐事件の被害者の生存率は、初めの二十四時間が七〇％、四十八時間が五〇％、それを過ぎると、生存している確率は時間の経過とともにぐんと低くなる。

まもなく発生から四十時間を迎えようとしていた。今回の交渉決裂で、被害者は殺されている可能性も考えられる。今後、一日、二日以内に犯人からの接触がなければ、極めてその可能性が高くなる。そうなれば、捜査本部も被害者救出から、犯人逮捕、被害者の遺体捜索へと捜査をシフトしなければならなくなる。それだけは何としても避けなければならない。

同じ年頃の子供を抱える父親として、内臓を掻き回されるような焦燥感があった。畠中は最後に忘れ物などないか確認して、大家に鍵を返し、駅のほうへ向かう。

「刑事さん、すみません」

背後から神妙な顔で声をかけてきたのは三好丈治だった。

「どうかしましたか？」

「もしも芽依を狙った犯行だと考えると、一人だけ思い当たる人物がいるんです」と言って、若い女性が写った写真と、名前と年齢が書かれたメモを差し出した。

「失礼ですが、この女性とはどういったご関係ですか？」

「長年彼女と不倫をしていまして、妻に子供ができたタイミングで別れたのですが、その女性の復讐《ふくしゅう》ではないかと……」

　丈治は消え入りそうな声であたりを気にしながら言った。

　その場で怒鳴りつけてやりたかったが、グッと堪え「復讐ですか？」と一呼吸置いて訊《たず》ねた。

「妻が妊娠するのと同じ時期に彼女のお腹にも子供が――その後、子供が産まれたとメールがきましたが私は……」丈治は下を向いて小さく首を振った。

　これ以上何も聞かずにこの女の身辺を探ってほしいと、その表情は語っていた。

　丈治が言うように仮にもその女の復讐であれば、殺すことが目的であり、誘拐してすぐに殺害しているはずだ。誘拐事件で身代金を受け取る場合、何かしらの足がつく。復讐が目的であれば、自分の身元がバレるリスクをあえて負ったりしないだろう。

　だが、事件と無関係であるとも断定できない。携帯番号が書いてあったので、電話会社に確認すればすぐに身元も割れるだろう。

　畠中が写真を受け取り、二、三歩歩き始めたところで再び呼び止められた。

「このこと、妻には内緒に……」

「万が一、この女性が事件に絡んでいるとなるとそういうわけにはいきませんが、できる限り奥様の耳には入れないように捜査いたします」

（四）混迷する捜査

善光寺乳児誘拐事件から三ヵ月を迎えようとしていた。

一億円の身代金を要求された翌朝、警察へ通報したとの一方的な理由で交渉は決裂。その後、犯人からの接触はない。時間の経過とともに、被害者が生存している可能性は限りなくゼロに近づいていた。

すでに乳児が殺されていたとしても、遺体が見つかり、犯人が逮捕されるまでは、捜査本部を畳むわけにはいかない。日を追うごとに、捜査員たちの苛立《いらだ》ちは募《つの》り、顔には疲労の色が塗り重ねられていった。

この日行われた捜査会議も、序盤から諦めムードが漂っていた。

当初は、東京に住む三好家が長野で事件に遭うといった事象からみて、犯人は三好夫妻と面識があり、長野市近郊に住むか、過去に長野県に住んでいた可能性が高いものとプロファイリングしていた。捜査本部もかなり的を絞って捜査に当たっていた。すぐに犯人の尻尾を摑めるだろうという余裕さえ感じられた。しかし、どんなに捜査を進めても、犯人の影さえ踏めぬまま時間だけが流れていた。

事件が解決しないことで、県警へのバッシングも日に日に大きくなっている。捜査の指揮を執る本部長への、周りからの圧力は相当なものだろう。

本部長は、敗戦処理を任された投手のように覇気《はき》のない顔でマイクを握った。

「時間になったので会議を始めようか。まず、近隣の聞き込みの状況は？」

所轄から新しく派遣された女性捜査員が、背筋を伸ばして立ち上がった。

「ええ……誘拐された乳児の顔写真と誘拐時の服装をポスターやチラシにして、長野駅から善光寺にかけての店舗で呼びかけてもらっています――有力な目撃証言や手がかりは上がっていません」

乳児の顔など、よほどしっかり確認しなければ区別はつきにくい。ましてや誘拐犯とすれ違った一瞬でその顔を記憶するというのは、保育施設にでも勤めていない限り難しいだろう。直接的な捜査に結びつくかどうかは抜きとして、必死に捜査をしている姿を被害者家族や市民へ、アピールする狙いもある。

「次、鑑識――」

「現場に残された犯人への唯一の手がかりは、ベビーカーに付着した指紋です。三好家と関《かか》わりのありそうな人物の指紋を片っ端から採取し照合していますが――これといった成果は上がっていません」

ベビーカーには、夫妻とその両親の指紋の上に、犯人のものと思われる指紋が付着していた。もちろん、指紋識別システムに登録されている犯罪歴のある人間との一致はない。

「ところで、三好丈治が不倫した末に身籠《みご》もらせたという女についてはその後どうなっている？」本部長は地取り班の固まる前方に呼びかけた。

「はい」若い捜査員が立ち上がり手帳を読み始めた。「教えられた番号はすでに解約されて使われていませんでした。携帯会社に確認したところ、女は栃木県内に住む二十六歳の人物であることが判明しました。高校を出て、専門学校に通った後、五、六年ほど都内で働き、一年ほど前に実家のある栃木に帰ってきています。事件当日のアリバイも勤務先に確認して裏付けがとれています。事件後もマークはしていますが特別怪しい様子はありません。もちろんベビーカーに残された指紋とも一致していません。また、三好丈治は女には赤ん坊がいると言っていましたが、子供はいません。同僚に確認を取りましたが、子供を出産した事実はないと……男にフラれた腹いせに子供ができたと言ってしまっただけじゃないでしょうか」

　周りの捜査員から失笑が漏れた。

「一度署に呼んで事情を聞きますか？」

　本部長は一呼吸おいてから顔を上げた。

「その必要はないだろう。その女と事件とは無関係であると断定してよさそうだな」

　本部長はまとめた。

　結局、丈治の思い込みだったのだろう。丈治としては、この女が事件の鍵を握っていてくれていたほうがよかったのか、それとも無関係であったと聞いてほっとするのかわからない。女の気持ちを考えると、この件は丈治には黙っておいたほうがよいのかもしれない。丈治がへんに接触する可能性も考えられる。後々、個人情報漏洩《ろうえい》などという問題にも発展しかねない。

　隣に座っている御子柴は、重い瞼を必死にこらえながら視点の定まらない瞳で、前方を見つめている。

　形式的なやりとりが十五分ほど続き、真新しい進展もなく「――引き続き各班、捜査にあたるように」と本部長が会議を締めかけたところで、畠中の後ろの席から渋《しぶ》い声が上がった。

「事件は、父親である三好丈治が、勤務先からの電話で目を離したほんの数分の間に起きています。生後一ヵ月の子を持つ父親が、どんなに急を要する電話だとしても、一瞬でも乳児から目を離すということが信じられんのです。いくら電話に夢中になっていても、第三者がベビーカーに近づいているのに気づかないということなどあるのでしょうか？　それも人目のつきにくい場所にベビーカーを移して――」

　口には出さないが、捜査員の中には、父親である丈治が怪しいのではないかと疑惑を抱き始める者もいた。だが、丈治が事件に絡んでいたという決定的な確信を摑むまで、互いの腹の中を探り合うようなことはこれまでしてこなかった。

　続くように畠中の斜め前方に座っていた捜査員が、発言のため手を挙げる。

「妻の出産直後、三好丈治は勤務する千住女学院の同僚に、『子供なんか作るもんじゃなかった、金さえあればベビーシッターでも雇って育児は任せたい』とも漏らしていたようです。妻に隠れて長年不倫をするような男です。その頃から夫婦仲も冷え切っていたのではないかと……」

　もちろん夫としての丈治は最低だ。夫婦仲も冷えきっていたのかもしれない。だが、家庭内でのトラブルを、犯罪の動機に結びつけようとする週刊誌のような発言にイラっときて、思わず男の後頭部を睨みつけた。

　すると、正面の本部長と目があった。

「畠中、お前、被害者と連絡を取り合っているだろう。そのあたりどう感じていた？」

本部長に意見を求められ立ち上がった。

畠中は、被害者夫婦と歳《とし》が近いことや、同じ年頃の娘を抱える父親として、事件直後から被害者の心のケアをする役目を任されていた。丈治には、月に一、二度連絡を入れ、捜査状況を伝えたり、周りで変わったことが起きていないか、気を配っていた。

「私も昨年子供が生まれまして、もうすぐ一歳になります。ですので、子を持つ父親の気持ちが痛いほどよくわかります。女性は妊娠してから十ヵ月間、腹の中で子供を育てます。人によっては酷いつわりを経験したり、出産まで不安な日々を過ごす人も多いでしょう。出産だって命がけです。ですから、生まれた瞬間からわが子と認識して愛《いと》おしく感じられるものです。反対に男性は、妻の妊娠中は子供ができたという実感がほとんどわきません。男性がいなくても赤ん坊は育ちますし、妻が苦しんでいるのを横で眺めているだけで、時にはつわりの辛《つら》さを八つ当たりされたりするでしょう。さらには、子供が生まれて、今日から父親になったと言われても、すぐには実感がわかないものです。私も初めの一、二ヵ月は何もできず妻に叱られっぱなしで、嫌な気分に陥ったこともありました。出産後に女性がホルモンバランスを崩し、精神的に不安定になり育児鬱《うつ》になるという話はよく聞きますが、男性だって同じように仕事と育児の両立ができなかったり、妻に叱られ落ち込んだり、時には喧嘩になったりということは普通の家庭に起こることです。男性は、これまで妻から男とみられていたのが、子供が生まれた途端に父親として見られることへの戸惑いもあります。仮に子供なんか作るもんじゃなかったと漏らしていても、それは本当に子供が欲しくなかったのではなく、変わってしまった生活への戸惑いを遠回しに伝えたかったのではないでしょうか。三好夫妻に起こっていたことは、ごく普通の夫婦の日常の出来事ではないかと私は思います」

この三ヵ月間、定期的に丈治と連絡を取る中で、彼は父親としての自覚のなさと、妻への謝意を何度も口にしていた。父親が自分の子供を誘拐に見せかけて殺すなんていうことは、映画や小説の空想の世界でしかないのだ。実際に子供を育てて初めて、父親の気苦労を知ることになる。

畠中の言葉は先ほど意見を述べた捜査員だけでなく、他の面々にも響いたようだ。

その後、丈治を疑うような発言は一切上がらなかった。

夕方、早めに帰路についた畠中は、娘の愛莉を風呂に入れていた。

この瞬間だけは日頃の捜査やしがらみをすべて忘れさせてくれる至福の時だ。

オシメをつけ、ベビーベッドに寝かしつけたところで、御子柴から着信があった。その音を聞いて、一気に現実の世界へ引き戻された。——緊急を要する案件か？　慌てて電話に出る。

〈ゆっくりしてるところ、悪いな〉

「ちょうど子供を寝かしつけたところです」

〈実はな、例の乳児誘拐事件だが〉電話の向こうの御子柴は一旦《いったん》言葉を止めて息を詰めた。

〈昨日、夫妻が犯人と接触したようだ。たった今、三好丈治から県警に連絡があった〉

「接触したって、どういうことですか？」すでに過去形であることに驚いた。

御子柴の口調から、犯人との交渉は失敗に終わったのだとなんとなく察しがついた。

いくつも疑問が渦を巻く。

まず犯人が三ヵ月も経ってから夫妻に接触したことだ。そして、三好夫妻がその交渉を警察に通報せずに自分たちで行ったこと。さらには、三好丈治が一日経ってから警察に連絡してきたことだ。

せめて畠中の耳にでも入っていれば――。違った対応もできたはずだ。これまで親身に対応してきたつもりだったが……畠中に何の連絡もなかったことに、信頼を裏切られた気分だ。

やはり三好丈治が事件に絡んでいるのかもしれない。先ほどの捜査会議での発言を取り消したい気持ちに駆られた。

（五）　身代金一千万円

芽依が誘拐されてから三ヵ月――。

クリスマスも正月も三好家には何一つ関係なかった。街中でベビーカーを見かけるたびに、芽依の面影《おもかげ》が重なり、丈治の胸は締め付けられるように苦しくなる。

「今日は夕方から雪の予報が出ている。夜にかけて積もるかもしれないから、早めに帰宅するように――」

そう言って、鉛色の空を見上げた。顧問を務めるソフトボール部の練習を早めに切り上げるようキャプテンに伝えた。

北千住駅から自宅へ歩き始めたところで、ぽつりぽつりと白いものが顔に当たった。日が暮れ始めてから気温も一気に下がり始めた。

身にしみるような寒さに、自販機でカイロ代わりに缶コーヒーを買った。

自宅に着く頃には、路面が白く染まっていた。

門扉を開けて郵便受けをのぞくと、丈治宛《あ》ての茶封筒が一つ入っていた。

手書きの手紙が届くなんてめったにない。差出人は何も記されていない。

まさか！　嫌な予感がした。一つだけ思い当たる節があった。

封筒を折り畳んでスーツのポケットにしまった。

何食わぬ顔で玄関の扉を開けた。

「急に降ってきたみたいだけど大丈夫？」

待ち構えていたように紗英がタオルを持って出迎えてくれた。

「こりゃ、明日は早起きして雪かきしないとならないかもな」

丈治は肩にのっかった雪を落としながら言った。

そのまま二階の寝室に上がると、スーツのポケットから茶封筒を取り出した。

万が一、紗英が気づいて先に封を開けていたら大変なことになっていた。大雪で早めに帰れたことは、丈治にとって幸運だった。千切るように封を切った。

やっぱりあの女の嫌がらせか……。

丈治は苛立ちを抑えながら中のものを乱雑に引っ張り出した。

封筒の中には便箋《びんせん》と写真が一枚ずつ入っていた。

それらをベッドの上に並べてみて「うっ！」という驚愕の声を漏らした。寒さで目がおかしくなったのかと何度も瞬《まばた》きをした。

予想していたものと違っていたこともそうだが、何より目に飛び込んできた写真に腰を抜かしかけた。

「——さ、さ、紗英」助けを求めるようにリビングに向かって叫んだ。

「どうしたの。大きな声上げたら、シロが驚いちゃうじゃない」

紗英が寝室の扉を開けて入ってきた。

「こ、これを見てくれ」丈治はまっすぐに指を伸ばして、写真を置いたベッドを指した。

「なあにぃ……」と、濡《ぬ》れた手をエプロンで拭《ふ》きながら、視線を落とした紗英の身体が不自然な体勢で固まった。

数秒の沈黙が訪れる。状況を理解するまでしばらく時間が必要だった。

「芽依、芽依よ、芽依に間違いないわ！」紗英の声が少しずつ上ずっていく。

紗英はわが子を手繰り寄せるように写真に手を伸ばした。

「あなた、芽依は生きているんだわ」感極まって丈治の体に抱きついた。

「見間違いじゃないよな。芽依で間違いないよな」

丈治は夢を見ているのではないかと信じられなかった。自分に言い聞かせるように何度も言った。

「顔の母斑《ぼはん》を見てよ。これは芽依が生まれた時にあったものだわ」

紗英は飛び跳ねながら半分泣いていた。

芽依には生まれた時に、左のこめかみから生《は》え際《ぎわ》のあたりに薄く青い母斑のようなものがあった。医者の話ではメラニン色素の沈着によるもので、成長とともに薄くなるから心配ないとは言われていた。もう一度写真を確かめてみる。芽依の顔にはうっすらと母斑が残っている。

そして写真の中の芽依は、生まれた時より大きくなっていて、首もすわりつつあった。髪も少しずつ生え揃《はそろ》っていた。記憶の中で止まっていた芽依の姿から明らかな成長が感じられた。

何より、誘拐された芽依の健康状態に安堵した。顔の血色もよく、着ている服も、包まれているブランケットもきれいに洗濯されているようで清潔さが感じられた。この気配りは子育て経験のある女性でないと難しいのではないか――犯人像を思い浮かべながら同封されていた便箋を手に取った。

「何て書いてあるの?」

丈治は便箋に書かれた文章をさっと流し読んだ。

それから紗英に伝えるように、一字一句を噛みしめるように読み上げた。

「三好丈治様。初めに言っておくが、あんたが俺との約束を破り警察に通報したから、取引を中止にしたんだ。だが、安心しろ。娘は元気にしている。今日は嬉しい報告だ。あんたに最後のチャンスをやろう。二日後の早朝、自宅に電話を入れる。そこで身代金の受け渡し方法を伝達する。明日中に身代金一千万円を用意しろ。俺の言うとおりに行動すれば娘は返してやる。リュックサックに現金を詰めて待機していろ。万が一、警察に通報したり、紙幣の記番号を控えたり、姑息《こそく》な真似《まね》をしたら即刻取引は中止だ。今度こそ娘の命はないと思え」

丈治は読み終わると、便箋から紗英に視線を移した。

「あなた」その声には絶望よりも希望の色が滲みでていた。

身代金の一千万という金額を確認して、自分たちの手で芽依を取り返せるかもしれないと思った。

おそらく紗英もそう感じたのではないか。

丈治はベッド脇のタンスを開けた。そこから通帳を取り出し預金高を確認する。大手銀行二社と地方銀行一社に合計六百万円預けてある。

紗英はバッグを掻き回し、中から出てきた通帳を開いて丈治の前に差し出した。二百万円ちょっと入っている。

二人合わせて八百万円……あと二百万用意できれば、芽依を助けることができる。

「残りは親父に借りられないか頼んでみるよ」

「芽依は助かるのよね」紗英はガラス細工のような透き通った瞳で見つめてくる。

「大丈夫だ。必ず助け出してみせる」紗英の細い肩をぎゅっと摑んだ。

「警察には？」

紗英の視線を感じて無言で首を振った。

三ヵ月前、一度目の犯人からの接触の際、警察に通報したことがきっかけで、取引は一方的に打ち切られた。同じ失敗は繰り返したくない。

「俺たちは犯人を逮捕することが目的じゃない。芽依さえ無事救出できれば……身代金だって何とか集められそうだ。警察の力を借りなくても芽依を取り戻せる。身代金を持って俺が犯人に会いに行く」

「でも……」

「大丈夫だ」強引に紗英を納得させた。

脅迫文は我々夫妻ではなく丈治宛てに送られてきた。丈治に恨みを持った人間の可能性も否定できない。紗英を巻き込むわけにはいかない。

必ず芽依を救出して、生きたまま紗英に抱かせるのだと強い決心が胸の内に宿っていた。

次の日、高校には体調を崩したと連絡して休みをもらった。朝から銀行を回って金の工面に走った。足りない分は長野の両親に事情を話し貸してもらった。

バッグの裏側にレーダー探知機を取り付けることも考えたが、丈治にとって、芽依が無事解放されるのであれば、用意した一千万円は少しも惜しくない。芽依の命と金を天秤《てんびん》にかけた時、余計な詮索《せんさく》をするより犯人の言いなりに動いたほうが得策だと考えた。登山用のリュックサックに百万円の束を十個詰めてファスナーを閉めた。

その日は寝付けずに、リビングのソファーで朝を迎えた。

次の日、明け方六時前に自宅の電話が鳴った。

公衆電話からかけていることを示すブザー音が鳴り、男が話し始めた。原稿を読んでいるようなぎこちない口調だ。

〈一度しか言わないから、しっかりメモを取れ〉

「ちょ、ちょっと待ってください」

丈治はテーブルに載ったチラシとペンを手繰り寄せた。

〈六時××分上野発の新潟行きの上越新幹線に乗れ。上毛高原《じょうもうこうげん》駅で降りろ。そこでお前の携帯電話に連絡を入れるから、改札を出たところで待っていろ〉

一度目の接触があった三ヵ月前の犯人の男と、声の調子は同じだった。

「あっ、あの……私の携帯の番号はご存じでしょうか？」

これまでの連絡はすべて自宅の電話だった。

〈教えろ、番号を教えろ〉

丈治が一度番号を伝え、復唱しようとした時、電話口の男は「わかった」と言って、早く電話を終わらせたそうにしていた。メモを取っていた様子もなかった。もしかすると、丈治の携帯番号まで知っている人物なのか？

そんな事を考えているうちに、電話が切られそうになり丈治は慌てて呼びかけていた。

「あの、芽依は元気にしてますでしょうか？　必ずお金は届けます。ですから芽依を返してください」

〈お前がこちらの指示どおりに動けば必ず娘は解放する〉

男はこれ以上話をしたくないというような苛立ちを含んだ声で電話を切った。

リビングの時計を確認すると、新幹線の発車時刻まで四十分を切っていた。

慌ててリュックサックを背負って玄関を出た。もしかすると紗英に会えるのがこれで最後になってしまうかもしれない。抱きしめて温《ぬく》もりを確かめておくべきだったと後悔しながら駅までの道を走った。

昨夜の雪の影響で、ＪＲも地下鉄も大幅に遅れていた。上野駅に着いたのは新幹線の発車時刻の十分前だった。自由席にはスキーへ向かう乗客がぱらぱらと座っていた。彼らに混じって観光客気取りで呑気に座っている気にはなれなかった。デッキへと移り、時間が流れるのをただひたすら待ち続けた。

およそ一時間で上毛高原駅に到着した。ホームへ降りたのは丈治一人だけだった。上毛高原駅は群馬県にあり、このまま電車に乗ってトンネルをくぐると新潟県の越後湯沢《えちごゆざわ》駅に到着する。他の電車への乗り継ぎはなく、新幹線の駅とは思えないような小さな駅だ。

そのまま改札を出たところで握っていた携帯が震えた。液晶には『公衆電話』の表示が──。

電車を降りたこのタイミングでの着信に、どこかで犯人に監視されているように感じてあたりを見渡す。──駅員以外、人影は見当たらない。

「……もしもし」

〈無事到着したようですね。そのまま上高《じょうこう》神社へ向かいなさい。そこで境内にある赤いベンチに座り、目を瞑って十数えたらリュックを置いて立ち去りなさい。そのまま東京の自宅へ戻りなさい〉

今までの男の声とは違う機械的な若い女の声に驚いた。すぐにボイスチェンジャーを使っていることがわかったが、声のイントネーションから今までの男とは明らかに別人だった。やはり犯人は複数だったのだ。

不思議と誘拐犯と話をしていることを忘れそうになった。命令口調だったが妙に丁寧で優しかったからか──。

「あ、あの……芽依はいつ解放してもらえるのでしょうか？」

身代金と引き換えに芽依が解放されると思っていた。東京へ戻れと言われ不安が頭を過った。金だけ奪われて芽依は戻ってこないのではないか……。

〈心配しないで大丈夫よ。ちゃんとお金を確認したら娘さんは解放します。明日の朝、インターホンが鳴ったら一分待ってから、玄関に出なさい〉

またもや丈治の反応も確かめずに電話は切られた。

妙にすらすらとした丁寧な口調だった。不思議と犯人を信じてもいいのかもしれないと思えるようになった。

それまでの電話の男性は、原稿を読まされているような感じがした。余計なことを喋《しゃべ》らずに早く電話を切りたい様子が、会話の節々からうかがえた。

この女性が主犯格で指示を出しているのではないかと感じた。

駅前のペンキが剝《は》がれかかった観光マップで、上高神社の場所を確認する。ここから直線距離にして五百メートルほど離れた場所に鳥居のイラストが記してある。

丈治は場所を確認して目的の神社を目指す。

十分後、住宅街を抜けたところに赤い鳥居が見えた。

地元民しか立ち寄らないような寂《さび》れた神社だった。入り口の前に電話ボックスがあった。ついさっき往復したような足跡がくっきりと残っていた。もしかすると犯人はこの公衆電話から——頭を過ったが、できるだけ不自然にならないように境内に向かった。

賽銭《さいせん》箱のすぐ脇に休憩用の木製ベンチが置かれていた。ペンキが剝げかかっていてもはや赤ではなかったが、あたりを見回してみて、敷地内にベンチは一つしかなかったので、そこに腰を下ろした。

丈治は犯人の言葉を思い出し、ベンチに座りリュックサックを隣に置いた。それから目を瞑ってゆっくりと十数えた。本当に犯人は芽依を解放してくれるのだろうか。一瞬このまま立ち去るのを躊躇《ちゅうちょ》した。立ち去るふりをして犯人が現れるのを物陰で待とうかとも考えた。しかし、余計なことをして取引を中止されたら……今度こそ芽依の命はないと思った。

一度も後ろを振り返ることなく来た道を歩いて、上毛高原駅から上りの新幹線に乗って東京へ戻った。

「あなたどうだった?」

自宅へ戻ると、紗英は待ち切れない様子で、部屋の中を行ったり来たりしていた。

「犯人の言うとおりに金は置いてきた。警察にだって言っていない。芽依は必ず戻ってくるよ」

明日の朝、インターホンが鳴ったら一分待ってから玄関に出ろ——という犯人からの言葉を信じるしかなかった。

翌朝、日の出より前に目が覚めた。紗英の姿はリビングのソファーにあった。おそらく一睡もできなかったのだろう。

家の近くに新聞配達のバイクが停まるたびに、犯人ではないか、芽依が戻ってきたのではないかと、息をこらしてインターホンが鳴るのを待った。

時計の針は重い鎖をまとっているかのように、じれったいほど進まない。

時間の経過とともに胸の底に不安がどんどん蓄積されていく。互いにその不安を口にしないのはなぜか……。

九時を過ぎたあたりで紗英が窓のほうへ向かった。カーテンの隙間から外に目をやる。

「本当に芽依は帰ってくるのかしら……」

窓から雪で遊ぶ子供たちのにぎやかな声が聞こえてきた。

「犯人は地方に住んでいる可能性が高い。もう少し待ってみよう」

きっと長野の両親も丈治たちと同じ気持ちで過ごしていることだろう。

紗英は隣で手を合わせて神に祈るようにぶつぶつとつぶやいている。何もできない虚《むな》しさにただ時間だけが過ぎていく。

時計の針が十七時を回った。窓の外はすっかり日が暮れていた。

「あなた……」紗英は涙声で丈治を見つめた。限界を悟るように小さく身悶《みもだ》えた。

自分たちはまんまと騙《だま》されたのではないか――。認めたくなかったが認めざるをえない。

芽依が戻らないとわかった途端に頭が冷静になってきた。被害者家族の心理と警察捜査の裏をかいた巧妙な罠《わな》に嵌《は》められたのではないか――。

最初に丈治が支払うことのできない一億円を要求してきたことも、警察に通報したと一方的に取引を中止したことも、すべて二回目の取引への叩き台だったとしたら――。

この三ヵ月で丈治はもちろん、警察も芽依を無事保護できる可能性は限りなくゼロに近いと諦めかけていた。そこへ芽依が生きているという証拠の写真とともに、身代金の要求が届いた。しかもその金額は、丈治が手持ちの金を何とか集めれば支払える金額だった。芽衣は生きていたということに舞い上がり、冷静に物事が見えなくなっていた。

丈治には、一度目の交渉の際に警察が介入したことにより、一方的に取引を中止された苦い思いが植え付けられていた。

もう一度同じ過ちを繰り返せば、今度こそ芽依の命はないと感じていた。

そこで、警察へ通報することなく自分たちだけで解決しようと犯人の言いなりになったのだが――。

本当に子供を解放するつもりであれば、身代金の受け渡し直後に解放したはずだ。翌朝、子供を家まで送り届けるなどそんな人のいい話があるはずないのに――。

すべては時間を稼ぐためにーーこの間にも犯人は金を持って、足がつかないように遠くへ逃げたのだ。

完全に犯人にコントロールされていた。

絶望が腹の底から突き上げてくる。

携帯を強く握った。

「娘が――娘が――」

丈治の怒声と紗英の悲鳴のような鳴き声が部屋中に交錯した。

(六) 昔の私を見ているよう

紗英が河川敷でヒカリと出会ってから三週間が過ぎた。

毎日の散歩の時間が待ち遠しかった。午後のワイドショーが終わる頃には、シロと一緒にそわそわとし始める。

ヒカリとは、待ち合わせしているわけではないが、紗英が河川敷へ現れる時刻に合わせ、川沿いのベンチで参考書を読みながら待っていてくれる。

河川敷に向かう階段を上っている時は、ヒカリの姿がベンチにあるか、不安と期待が交錯している。いつか何も言わずに紗英の前から消えてしまいそうな気がしていたからだ。

たまにヒカリの姿が見えない日は、シロと一緒にがっくりと肩を落とす。

彼女が千住女学院の一年生で、実家は栃木にあり、名前がヒカリという以外何も知らない。苗字《みょうじ》ぐらい聞いてもいいか？　だが、いつも聞き出せない。高校時代の自分と同じように、優しい笑顔のその裏には、踏み込んではいけない何かが潜んでいるような気がした。

親元を離れ、アルバイトまでして高校に通う決断をしたのであれば、普通の十五歳の少女には到底できる覚悟ではない。千住女学院に入れるぐらいなら実家だって裕福なはずだ。きっと彼女は変わりたいと自分の中で何かを模索しているのだろう。両親との間に何があったのだろうか？　時がくれば打ち明けてくれるだろうか。紗英と同じような道は歩んでほしくない。

今はそっと見守ることしかできない。

◆

高校三年の秋を迎え、紗英は進路の決定を迫られていた。

小学生から過ごしたこの施設をやっと出ることができるのだ。紗英が高三になってから、還暦を迎えた伯母夫婦が、やたら紗英の過ごす施設を訪れているのを目にしていた。

ある日、園の職員の会話を聞いてしまった。伯母夫婦は、紗英を高校卒業後に、家でしばらく預かるつもりでいるらしい。

それを聞いた紗英は、思わず頭がくらりとした。両親が死んでから、蓋《ふた》をしていた辛い幼少期の記憶が津波のように押し寄せてくる。

――この町を出なければ、私は過去に縛られたままだ。そして、変わりたい。

そんな時、唯一頼れる存在の園長から、東京の大学で専門的に何かを学んでみてはどうかと提案された。

紗英の学力なら、東京でも大抵の大学には進学できると背中を押してくれた。

決して勉強が好きなわけではなかったが、友達も少なかったので、暇つぶしに勉強はもってこいだった。休み時間に教室でぼんやりしているなら、参考書を開いていたほうが周りの目も気にならず、ずっと気が楽だった。両親が残してくれた保険金があるので、学費の心配はないという。

数日間考えた紗英は、教育学部のある東京の大学を受験することにした。特にはっきりとやりたいことが見えていたわけではないが、園長と接していく中で、子供たちと関わる仕事に興味を持つようになっていたからだ。

無事センター試験を通り、晴れて紗英は東京の大学へ入学することになる。

東京へ出たら変わりたい――三月に東京へ引っ越してからの一ヵ月間で、女子大生に人気のファッション誌を読《よ》み漁《あさ》り、まず色気のないメガネからコンタクトに替えた。これだけで印象はだいぶ変わっただろう。メイクやファッションを見よう見真似《みまね》で習得した。

原宿へも出かけて、初めておしゃれな美容室でカラーとパーマもしてもらった。

努力の甲斐《かい》あって、紗英は大学デビューに成功した。誰も岩手から出てきた田舎者《いなかもの》だと思っていなかっただろう。周りの目も高校時代から百八十度変わった。

これまでは、クラスの端《はし》でのけもの扱いを受けていた紗英だが、紗英の周りには自然と人が集まり始めた。高校時代、男子からは、名前をもじって〝ブサエク〟と呼ばれていた。名前で呼んでくれるのは、施設の職員ぐらいだった。

だが、大学の友人たちは誰もが親しみを込めて名前で呼んでくれる。気持ちも自然と明るくなった。幼少期の辛い記憶など、昔見た映画のように思い出そうとしても浮かんでこない。コンパに誘われて顔を出せば、男子たちの視線の中心は紗英にあった。当時若者の間で流行《はや》りだしたポケベルには、常に男友達からのメッセージが届いていた。自分が女性として見られていることで、こんなにも優越感に浸れるものかと、芸能人にでもなったかのように有頂天だった。

すぐにカレシもでき、周りが羨むようなキャンパスライフを送っていたが、浮気が発覚したあたりから、少しずつ孤独感が襲ってくる。

血の繋がっていない人間なんて平気で裏切るんだ。こんな時、両親や兄妹《きょうだい》がいてくれれば、傷ついた紗英の心を慰めてくれるのだろう。

——やっぱり血の繋がった家族がほしい。

彼の家に泊まりに行ったある夜、コンドームをつけようとする彼に紗英は言った。

「ねえ、生でしようよ」

「えっ、いいのか⁉」

きっと彼は、紗英が危険日ではないと思ったのだ。喜んで紗英の身体に馬乗りになった。その日はいつにも増して彼の息遣いが荒かった。

やがて彼の身体が止まり、膣《ちつ》の中にじんわりとした温かさが広がっていった。

「ありがとう……」

紗英は無意識のうちにつぶやいていた。

同時に、理由ははっきりとしないが、目の内側から涙が滲んでくるのを感じた。そしてその涙は頬を伝って、グレーのシーツの上にぽとりと落ちた。

「どうしたの？」

彼が右手で紗英の頭を優しく撫でながら訊ねた。

「私……ずっと一人だったの――」

紗英は、幼少期から大学進学へ至るまでの辛い過去を打ち明けた。そして最後に、ベッドの横にある棚に乗ったコンドームの箱を握《にぎ》り潰《つぶ》した。

「この〇・数ミリの薄い壁のせいで、私とあなたはこんなに近くにいるのに結ばれないのよ。こんなものいらない」そのままゴミ箱に叩きつけるように投げ捨てた。

彼は状況を理解できなかったのか、瞬きをして紗英の顔を見た。

次の瞬間、彼はこめかみの血管を膨らませ、顔面蒼白《そうはく》で紗英の両腕を摑んだ。

「紗英、お前、まさか！」

彼は、絶叫とともに紗英の腕を、爪が食い込むほどに強く握った。

「どうして？　私たちこんなに愛し合っていたじゃないの——」

「俺たちは学生だぞ。そんなことが世間で許されるわけないだろ！」

彼は強引に紗英の腕を引っ張ってバスルームに連れていった。

シャワーのハンドルを回すと、温度調節のメモリをH（湯側）に回した。紗英は強引に股《また》を開かされ、局部に高温の湯を当てられた。

悲鳴をあげて、紗英は必死に抵抗したが、彼は無言で膣の中を掻き回すよう何度も指を入れた。

妊娠はしていなかった。だが、その後、彼から連絡がくることは一度もなかった。構内では自然と彼のいるグループを避けるようになった。

すると、仮面を被《かぶ》っていた〝陰〟の部分が少しずつ現れる。人にどう見られようと、どうでもよくなってきた。気持ちが落ち込むことで、メイクやファッションなんてどうでもよくなっていく。紗英の周りにいた友人たちは、その変化を察して一人また一人と離れていく。終《しま》いには何日もポケベルの通知が鳴らなくなった。

結局一人ぼっちになり、学生生活の後半を過ごした。

やがて、大学三年になり、周りは就活をはじめ、続々と内定をもらっていく。紗英も形だけは活動をしていた。面接まで漕《こ》ぎ着けた企業もいくつかあった。しかし面接官が紗英を見る視線に、女としての価値を品定めされているようで、耐えられなかった。

——どうせ彼らも私を捨てた男と同じように、飽きたり歳をとって劣化したら切り捨てるのだろう。極度の人間不信に陥っていた。

就職先が決まらないまま年を越した。

そんな紗英を気にかけてくれていたのが、ゼミの教授だった。

教授から、知り合いが働く女子校で事務職に欠員が出たから、勤め先が決まるまでアルバイトでもしてみないかと持ちかけられた。断る理由はなかった。卒業後、このまま東京に残るのであれば、最低限一人で暮らすための収入を確保しなければならない。簡単な面接を受け、三ヵ月だけ働かせてもらうことになった。

紗英がやってきたのは、南千住《みなみせんじゅ》にある千住女学院だった。

堂々とした歴史ある門構えを潜った時は、中に入るのをためらってしまうほどだった。校内では、丈《たけ》の長いスカートに黒髪、化粧気のない女子生徒たちが、紗英が前を通ると、立ち止まって大きな声で挨拶《あいさつ》の言葉を発しながらお辞儀をする。大学生活で浮ついた連中ばかりと接していたので、身が引き締まる思いで彼女たちを見ていた。

何より一番心が和らいだのは、事務員として勤務する面々が皆、紗英より一回り以上歳上《としうえ》で、娘のように気にかけ可愛がってくれることだった。寮母の貫禄《かんろく》がある中年女性は、時々余り物で作った弁当を持ってきて、紗英に食べさせてくれた。定年間近でグレーの髪をした初老の男性事務員には、帰る方向が同じだからと、時々帰りがけに食事をごちそうになった。

アットホームな環境に、次第に紗英は心を許していった。

あっという間に三ヵ月の契約期間が終わろうとしていた。

ある日、紗英は人事の担当者に会議室に呼び出された。

「紗英さん、働いてみてどうですか？」

「皆さん、とてもいい方で毎日学校へ通うのがとても楽しかったです」

紗英は頬を綻《ほころ》ばせて答えた。

「それはよかった。この後の進路は決まりましたか？」

「そ、それが……まだ……」

「いやね……同僚たちも紗英さんがいてくれると、とても仕事がしやすいと言っていてね、四月で辞めてしまうのは残念だと」

「はあ……」紗英も思わずため息を吐いた。ようやく慣れてきたのに皆と離れなければならないのは寂しかった。

「実はね、上からも紗英さんさえよければ、このままウチで正職員として働いてくれないかって話が出ていてね」

「本当ですか⁉」思わず身を乗り出していた。何より同僚らが紗英に残ってほしいと言ってくれたことが嬉しかった。

「まあ、一般の企業に比べたら給与は低いかもしれませんが、紗英さんさえよければ……」

「私、ここで働きたいです。働かせてください」

紗英は立ち上がって勢いよく頭を下げた。

「よかった――紗英さんが残ってくれると知ったら皆喜ぶよ。すぐにでも知らせないと！　こりゃ、今夜は歓迎会だな」

人事の担当者はスキップしながら部屋を出ていった。

このまま学院に残れることもそうだが、自分が必要とされていると存在意義を認めてもらえたことが、何より嬉しかった。

（七）妻の異変

「新しく事務に入った娘《こ》、結構かわいかったぜ」

昼休み、昼食を終えた丈治が休憩室でケータイをいじっていると、後から入ってきた筧祐《かけいゆう》輔《すけ》が顔を見るなり言った。筧とは同い年ということもあり、プライベートなことまで包み隠さず話している。体育の教員で見た目からして肉食系の筧は、つい半年前、事務職で中途採用された女性と付き合い始めた。

三ヵ月もしないうちに二人は別れ、事務員の女性もいづらくなりすぐに辞めたようだ。筧の女ったらしっぷりは同僚の間でも有名である。

「お前、また手を出すつもりじゃないよな？」

「意外に好みなんだよな。寡黙《かもく》な感じで、男を警戒するような鋭い目つきが――あの手のタイプは一度嵌まれば、一気に心を開くんだよ」筧は笑いながら火を消して立ち上がった。筧は恋愛をゲームのように楽しんでいる。だから一度女が振り向くと一気に冷めるのだと、飲みの席で豪語していた。

「あまり調子にのっているとそのうち痛い目に遭うぞ」

丈治の忠告を、扉に手をかけた筧が振り返って鼻で笑うように言った。

「まあ、お前がいくっていうなら譲ってやってもいいぜ」

　次の日、事務室の前を通った時に、昨日の筧とのやりとりを思い出した。いったいどんな女性なのだろう――丈治は興味本位で覗いてみた。

「……何か、ご用ですか？」

　事務室の扉にある小さな窓をのぞいていると、後ろから声をかけられた。蚊の鳴くような小さな声だった。

　振り返ると、艶《つや》のある真っ黒な長い髪に、透き通るような真っ白い肌、まん丸な瞳、日本人形のような小さく上品な唇をした少女――と表現してもおかしくない女性が立っていた。

「あっ、いや……ちょっと、会議室の空き状況を調べようと思いまして」

「会議室ですね。少々お待ちくださいい」

　今どき珍しい、丁寧な言葉遣いだった。女性は一旦事務室に入ると、予定が書き込まれたノートを持って再び現れた。

「ご希望の日はいつですか？」

「そう……えっとね――来週の木曜日の午後だったかなぁ」

「木曜日ですね」

　そう言って、肩にのった髪を後ろに流した彼女から、ほんのりと甘いフルーツの香りがした。彼女の胸元の名札を確認すると、『副島《そえじま》紗英』と記されていた。

　瞬時に頭の中でその響きを復唱した。

「ごめんなさい。その日は外部からの来客で一日使う予定になっています」

「じゃあ、次の週はどうだろう？」

「その日も予定が……」

紗英が困ったように小さな口を尖《とが》らせた。その姿は抱きしめたくなるほど愛おしかった。

「――そ、そうですか。ま、また改めて調整してみます」

もちろん会議室を使う予定なんて少しもなかったのだが、紗英との空間を少しでも共有していたいと、必死に話を引き伸ばした。

これが一目惚《ひとめぼ》れというやつか――胸が飛び出しそうなほどドクンドクンと鳴っていた。これまで何人かの女性と付き合ってきたが、こんな気持ちは初めてだった。初めてキスをしたり身体を交《か》わす前の興奮めいたドキドキとはまるで違う。胸が締め付けられそうなほど苦しいのだ。

次の日から、遠回りをして出勤時に事務室の前を通ることが多くなった。遠目にでも紗英の姿を確認できると、その日はとてもハッピーに過ごせる。

ある日、いつものように事務室の前を通ると、ジャージ姿の筧が目に入った。

丈治は慌てて廊下の陰に身を潜めて、筧の様子を観察した。

そこへ反対側の廊下から紗英が歩いてきた。

筧は紗英の姿を確認すると、手を挙げて小走りで近づいていった。

二人は一分ほど談笑していた。何を話しているのかわからないが、帰り際に、筧が手を上げると、紗英は、はにかみながら小さく頭を下げて事務室の中に入っていった。

まずい――筧は紗英を狙っている。このままもたもたしていては、筧にとられてしまう。その日の夕方、定時で仕事を終えた丈治は、校門の向かいのコンビニにいた。

特に読みたい本があったわけではないが、立ち読みをしながら紗英が仕事を終えて帰宅するタイミングをうかがっていた。しばらくすると通りの向こうに紗英が現れた。丈治は店を出て、紗英の十数メートル後ろを尾行するように歩き始めた。紗英が信号待ちで止まった。今しかない。丈治は一気に距離を詰めた。

「どうも」

できるだけ自然を装《よそお》ったつもりだが、口が少しもつれた。

「あっ、三好先生――」

「僕のこと知っていましたか？」紗英が名前を覚えてくれていたことは驚きだった。

「ええ、筧先生から年齢が近いもの同士、交流を深めるために食事にでも行かないかと声をかけてもらっていたんです。その時に三好先生の名前もあがっていたので」

「そうだったんですか」丈治は驚いた。

そういえば、今日の昼、筧に「ちょっといいか」と声をかけられた。

丈治は朝の一件を目撃していて、筧が紗英に手を出そうとしていると思い込んでいた苛立ちから、「今忙しいから」と冷たくあしらってしまった。

あの時、筧は食事会の計画を持ちかけたかったのかもしれない。悪いことをしてしまったなと思っていると、目の前の信号が青になって紗英が歩き始めた。

偶然にも帰る方向が同じだった。到着した電車は、帰宅ラッシュと重なり身動きできないほどギュウギュウだった。紗英に続いて丈治が乗ると、おしくらまんじゅうのように前から後ろから身体を押された。発車してすぐに、電車が大きなカーブを通過すると、紗英がバランスを崩し「あっ」と小さな悲鳴をあげる。丈治は必死に紗英の腰に手をやって身体を引き寄せた。

紗英は小さな頭を丈治の胸に埋めるようにしがみついた。

「ごめんなさい」

紗英はすぐに離れようと顔を上げるが、後ろにいた乗客に背中を押され、再び丈治の胸に顔を埋めた。

丈治は紗英の腰に添えていた手を背中にそっと回した。上目遣いな紗英の視線を感じた。

「危ないから、少しこのままでいな」

紗英の背中に回していた手にぎゅっと力を込めた。

このまま時間が止まってしまえばいいのに――丈治は心からそう願った。

しばらくすると、紗英のお腹がグルグルと鳴った。

「ご、ごめんなさい」

紗英は顔を埋めたまま恥ずかしそうに頰を真っ赤にした。

「お腹空いたよね？」丈治が言うと、紗英は丈治の胸の中で大きくうなずいた。

数分後、電車はターミナル駅に着き、吐き出されるように乗客が降りていった。

紗英の身体が離れたタイミングを見計らって丈治は言った。

「よかったら軽く食事でもしていかない」

紗英は、一瞬驚いた顔をしていたが嫌悪感は見受けられなかった。

そして恥ずかしそうに微笑んで「ええ」と言った。

それから紗英とは、帰りがけに時々食事をするようになった。連絡先も交換した。初めは緊張していたのか、一方的に丈治が話すのに紗英が相槌《あいづち》を打つことが多かったが、次第に紗英も心を開いてくれて、自分のことを話してくれるようになった。

ある夜、新宿で食事をしていて、時間を勘違いして終電を逃してしまった。これまでの丈治だったら、――これはチャンスと、バーを経由してホテルへ誘い込みたいところだが、紗英とは真剣に付き合いたかったので、軽い男だと思われるのが嫌だった。

紗英を送り届けようと二人でタクシーに乗った。紗英のアパートの前でタクシーが停まった。後部座席の扉が開いた。だが、紗英は降りない。丈治の左のジャケットの袖《そで》が、わずかに引っ張られているような気がした。紗英は人差し指と親指で引っ掛けるように袖を握っていた。

もう少し一緒にいたい――紗英の発した精一杯のサインだった。丈治もタクシーを降りた。そして紗英の身体を力一杯抱きしめた。しばらくすると、紗英の身体が小刻みに震えていることに気づいた。緊張しているのか？　丈治は勢いに任せてキスをしようと、紗英の顔に視線を移した。紗英は拒絶反応を示すように、丈治の唇を避けようと顔をそむけた。

「ごめんなさい」紗英は何かに怯えた目をしていた。男性経験がないのだろうか？　理由はわからない。だが紗英は著《いちじる》しく動揺していた。

その日はそのまま紗英と別れた。

それから数日、紗英から連絡が途絶えた。メールを送っても返ってこない。事務室の前を通ると、丈治が来るのを察知しているかのように、紗英の姿はいつもの席にない。

昼食を摂《と》って、休憩室でくつろいでいると筧が入ってきた。

丈治の隣に座って肩に手を回してきた。

「ところであの子とはもうヤッたのか？」

筧は丈治と紗英の関係性をそれとなく察知していた。顔を合わすたびに聞いてくる。

「お前には関係ないだろ」

「関係ないわけないだろう。俺はお前に譲ったんだぞ、お前がいかないなら俺がいくからな」

その言葉にカチンときた。

「彼女をモノ扱いするんじゃない！　彼女を傷つけたりしたら許さないぞ！」

丈治は思わず筧の胸元を掌で押した。

「お、お前、本気なのか？」

「わからない。だが、彼女を思うと一歩が踏み出せないんだ。彼女を抱いたら……すべてが終わってしまいそうで怖いんだ。自分でもこんなに恋愛に臆病《おくびょう》だったなんて、信じられないんだ……」

しばらく黙り込んだ筧の顔から、さっきまでのふざけた笑みは消えていた。

「思いきってしちゃえよ、プロポーズ。本気なんだろ。彼女とずっと一緒にいたいんだろ。彼女のこと一生守りたいんだろ――なら、答えは一つしかないだろ」

筧のアドバイスを受けて、丈治は紗英にプロポーズをした。紗英は待っていたかのように即答でＯＫしてくれた。

紗英の意向で結婚式は二人だけで行った。紗英の両親は、彼女が幼い頃、事故で亡くなっていて、兄弟もいない。親戚ともあまりうまくいっていないようで、紗英が派手な結婚式を好まない理由も理解できた。

学院の決まりで、結婚後も夫婦で留《とど》まって働き続けることはできない。紗英はその年の秋に事務員をやめて、丈治が暮らす一ＬＤＫのマンションで新婚生活をスタートさせた。同時に、千住女学院のある南千住駅から一駅の北千住駅の住宅街に土地を買い、一戸建てを建てることにした。

結婚前から「三人は子供が欲しい」というのが紗英の口癖《くちぐせ》だった。夫婦のスペースを一階にとり、二階は子供が成長したら区切れるように設計した。紗英はそれをとても気に入ってくれた。

紗英との結婚生活は順調だった。紗英は、家事を完璧《かんぺき》にこなしてくれた。丈治の両親ともうまくやってくれた。

一つだけ不満があるとすれば夜の営みだった。紗英と身体を交わすのは月に一度。紗英が妊娠する可能性のある排卵日に合わせてだ。紗英は毎日基礎体温をつけて、自身の体調を徹底的に管理していた。それ以外の日に丈治が紗英の身体に触れようとすると、紗英は拒絶するように身体を固くする。なんとか紗英をその気にさせようと、優しい言葉をかけたり、身体にそっと触れてみたりするのだが、さっぱりつれない態度に気持ちが萎えしぼんだ。

初めは月に一度のセックスを楽しみに一ヵ月を過ごしていたのだが、次第に色気のかけらもない事務的なセックスに快楽さえも感じなくなっていく。雰囲気なんてまるでないのだ。丈治が腰を振り続けて精子を放出する。行為が終わった途端、紗英は素っ気ない顔をしてパジャマを着て眠ってしまう。

種馬になった気分だった。

ある日、大学時代の同窓会に出席した。そのまま二次会へと流れ、都内のクラブで深夜まで飲み明かした。フロアで知り合った二十歳の専門学校に通う派手な女に言い寄られ、そのままホテルへ直行した。積極的な女で久しぶりに興奮するセックスだった。相手に求められるだけで、同じことをしているのにこんなにも違うものか——決して紗英の愛を感じていないわけではない。セックス以外、紗英に不満もないし、丈治がいなければ紗英は生きていけないだろう——もしかすると、妻というよりは妹を見るような目で見ていたのかもしれない。だから紗英とのセックスは興奮しないのだ。容姿もそこそこ、安定した職につき、稼ぎも人並み以上、夫としての自分は傍《はた》から見れば上出来だろうと自負していた。ならば、性の快楽ぐらい他で求めたってバチは当たらないはずだ。丈治は女との関係を自分の中で正当化していった。

その後、名前と携帯番号しか知らない女とは定期的に会った。互いにプライベートは干渉しないと、割り切った上で丈治は既婚であることを伝えておいた。あくまで女とは身体の関係だけで、互いに本気にならないようストッパーをかけていたつもりだった。

だらだらとそんな関係を続けていながら、紗英と結婚して三年を迎えた。

ある晩、夕飯を食べていると、紗英がいつにも増して神妙な顔をして「話があるの」と箸《はし》を置いた。

「どうしたんだ？」丈治もつられるように箸を置く。

　一瞬、不倫がバレたのではないかとどぎまぎした。

「病院で検査したら――自然妊娠は難しいかもしれないって……」

　紗英は検査結果が記された用紙を差し出した。両手で顔を覆い、幼女のようにわんわんと泣き始めた。

　丈治も二年間まったく妊娠の兆《きざ》しがないので、もしかしたら自分の精子に問題でもあるんじゃないかと心配になり検査をしたが正常だった。どうやら、紗英の身体のほうに問題があったようだ。

　僕らは、二人でも充分幸せじゃないか。子供なんかいなくても――丈治は紗英に歩み寄りぎゅっと抱きしめてあげようと思った。

　しかし、紗英が次に発した言葉に戸惑った。

「あなたにも協力してほしいの――不妊治療には旦那さんの協力が不可欠だって」

　そこまでして子供を産む必要ってあるのか？　――丈治は反論しようとしたが、紗英の鬼気《きき》迫ったような眼差しに思わず言葉を呑み込んだ。

　それに、不倫していることで紗英に対しては引け目があった。仕方なく不妊治療に協力することにした。

　一年経ち、二年経ち――紗英の身体には一向に妊娠の兆しが現れない。治療施設の主治医と話をする時は、子供は諦めてくださいという言葉を何度も期待した。そんな宙ぶらりな日々が五年近く続いた。

　しかし、紗英の子供への執着は年々増していった。子供もいないのに、生まれた時のためにと、ベビー服を買っては、まだ見ぬわが子を想像していた。この先子供が産めないと宣告されたら、紗英はおかしくなってしまうのではないかと心配になっていく。

紗英の三十歳の誕生日を間近に控えたある休日、いつものように紗英の買い物に付き合っていた。偶然通り過ぎた街中のペットショップで紗英が立ち止まった。紗英の視線の先には生まれたばかりの真っ白なミニ柴の赤ちゃんがいた。今まで見たこともないような紗英の眼差し——まるで生まれたばかりのわが子を見るような優しい瞳をしていた。瞳の奥には涙が小さく光っているようにも見えた。

「欲しいのか？」丈治が訊ねると、紗英は一瞬ハッと我に返ったような顔をして「ううん」と慌てて首を振った。

なんとなく名残惜《なごりお》しそうに紗英はその場を去った。

家で一人になった丈治はふと思った。

紗英の子供への執着心をペットで代用することはできないだろうか。犬や猫を育てる感情は人によっては育児に近い感情だと、テレビの動物番組で耳にしたことを思い出す。老後、子供が成人して家を出ていった老夫婦は、急に張り合いがなくなってしまう。その代わりをペットが担ってくれると——。

これだ！　次の日、丈治は仕事帰りにペットショップに立ち寄った。

ミニ柴のいるケージの前で店員を呼んだ。

「すみません、この犬、プレゼントしたいんですけど——」

「プ、プレゼントですか？」店員が驚いて聞き返してきた。

◆

紗英には友人や知人はほとんどいなかった。決して人に嫌われるタイプではない。丈治の友人が家にやってきたり、商店街でご近所さんとすれ違う際は、愛想《あいそ》よく挨拶して、ニコニコとしているのだ。だから知人からは「社交的でステキな奥さんですね」とよく言われる。しかし、他人がある一定以上の境界線の中に入ってこようとすると、紗英のほうから寄せ付けないオーラを放ち拒《こば》むのだ。

紗英には何度か「人生損してるぞ」と伝えたことがある。紗英からは「あなたの側にいられるだけで幸せよ」と、一見嬉しいことを言われたが、その言葉の奥には、丈治がいないと生きていけない、一人では何もできない――という真意が隠れているのではないかと感じた。紗英には、何をしたい、どこへいきたい、何を食べたい、何かが欲しい――といった欲がまったくない。丈治がここへ行こう、あれがしたいと提案したことに一度も反対したことがない。いつもニコニコして受け入れてくれる。結婚当初はそれで充分だったが、次第に生活に張り合いのなさを感じてしまう。

唯一感情を表し、自分の意見を押し通すのは、シロの生活環境のことぐらいだった。

だが、ここ最近の紗英は変わっていた。

ヒカリという少女と出会い、シロが元気になったことがよほど嬉しかったのだろうか。活動的になったように感じた。夕食の時もほとんど会話をしようとしない紗英が、その日あったことを積極的に話すようになった。話題はシロとヒカリのことだけだが……。ほっとする半面、紗英の性格からして、ヒカリとの関係が親しくなりすぎるのには若干《じゃっかん》の不安はある。

　これが同年代の主婦友達であれば何の問題もないのだが、ヒカリは流行に流されやすく、好きなことがコロコロと変わる女子高生だ。そもそもヒカリは、紗英ではなくシロと触れ合うことを楽しみにしているのだろう。ペットを連れた中年男性が、若い女性が話しかけてくるのは、自分に魅力があるからだと勘違いして、気分をよくしている光景を街中で見かけるが、あくまで彼女たちはペットに惹《ひ》かれているわけで、ペットを連れている中年男性になど、なんの興味もないのだ。――残酷な結末にならないでくれればよいが……。

　そんなことを考えながらいつもどおり十九時過ぎに帰路についた。

　自宅の前に差し掛かると、いつもと違う違和感があった。部屋の窓から灯《あか》りが一つも漏れていない。

　丈治が帰宅した時に紗英が家を空けていることなんて、年に数回しかなかった。その時は事前にどこへ出かけると伝えてくれるのだが……。

　紗英に何かあったのではないか――不安になりながら玄関の扉を開ける。

「ただいま」

　呼びかけてみるが声が反響するだけで何も返事はない。

　玄関脇の小部屋にシロの姿もない。

　まさかシロの具合でも悪くなったんじゃないだろうか――。

　その時、外から犬の鳴き声がした。玄関の扉が開いた。その隙間からシロが顔を出し、丈治がいることに驚いたように、ワンと吠えた。

　続けて紗英が入ってきた。

「あなた、ごめんなさい。すぐに夕食の準備しますからね」

　紗英はシロのリードを解くと、買い物袋を抱えて、慌ててキッチンへ入っていった。

　十五分後、スーパーで買ってきた惣菜《そうざい》を皿に並べただけの料理が出されたダイニングテーブルについた。

「こんなに遅くまで散歩か？」

　少し意地悪く、生温かいメンチカツを箸で摘《つ》まみながら紗英の顔を見た。

　紗英はバツが悪そうに間を置いた。

「シロがなかなか帰りたがらないものですから……つい」

「例の女の子も一緒なのか？」

「ええ、ヒカリちゃんが河川敷でシロの面倒を見てくれるのよ。その間に買い物とか用事を済ませられるのでとても助かってるの。今日は時間がなかったものですから——ごめんなさい」

　紗英は手抜きしたことを責められていると勘違いしたのか頭を下げた。

「忙しい時は無理して作る必要ないんだ。たまには出前をとったり外に食べにいってもいい。ただ……」丈治は一度息を呑んで紗英の目を見た。

「紗英が会っている子は高校生だろ。向こうの子がシロに会いたいと進んで会いに来てくれているのだとは思うが……傍から見ると、親子でもないのに、ちょっとおかしな関係に思われるかもしれない。そのあたり紗英は大人なんだから、うまくバランス見てあげないと——向こうの親御さんだってあんまり気分はよくないだろう」

　どこかで反論したり、紗英の本心を聞かせてほしかった。しかし、紗英は黙ったまま丈治の話に耳を傾け、小さくうなずくだけだ。

　そして最後に「そうね、気をつけるようにするわ」と言って、食事もほとんど手をつけないまま立ち上がり寝室に籠《こ》もってしまった。


　次の日の夕方、丈治は仕事を早めに切り上げ、シロの散歩コースになっている河川敷へ向かった。あの人間嫌いだった紗英とシロが心を許すヒカリという少女とはいったい何者なのだろう。

　そんな興味を抱きながら、河川敷を上流に向かうように歩いていた。野球場とサッカー場のあいだに位置する芝生のスペースで、シロを遊ばせるのが日課となっていた。紗英に気づかれないようにそっと近づき遠目から確認する。まず目に飛び込んできたのは、真っ白なシロの身体。そして、シロのリードを握っているのは――見覚えある制服の少女。丈治が勤める千住女学院の制服ではないか！　なぜ、紗英はそれを隠している？

（八）　共通点

　ヒカリと出会ってからまもなく一ヵ月になる。

　いつものように裏路地を抜けて、河川敷の土手の手前に差し掛かった。リードを引くシロの力がぐんと強くなる。日に日にシロが元気になっていくのが目に見えて感じられた。

「ごめんねー、シロ、今日からしばらくヒカリちゃんはいないのよ」

主婦の紗英にはあまり関係ないが、世間はゴールデンウィーク真っ只中《ただなか》だ。ヒカリは今日から栃木の実家に帰ると言っていた。生まれて初めて親元を離れた生活で、親の愛情が恋しくなったのではないか。先週最後に会った時、お土産に何を買っていこうかと嬉しそうに話していた。

土手のてっぺんに先に着いたシロが、嬉しそうに尻尾を振っている。

おかしいなぁ、ヒカリちゃんはいないはずなんだけど——。

シロに続いて土手に上った紗英は目を疑った。実家に帰ったはずのヒカリがいつものベンチに座っている。見慣れた制服ではなく、ジーンズにTシャツというラフな格好で——。

シロに引っ張られながらヒカリの元に駆け寄る。

「ヒカリちゃん」

振り返ったヒカリの顔にいつもの笑顔はなかった。

「今日は栃木のご両親のところに帰るはずじゃ——」

「…………」ヒカリは無言のまま紗英の目を見て、小さく首を左右に振った。

「ご両親と何かあったの？」

ヒカリが固く結んでいた唇をそっと開いた。

「何も……昨夜、栞おばちゃんから電話があって、父も母も忙しくてバタバタしているから、来月、落ち着いたら来なさいって……」

栞というのは、近所に住んでいて幼少期から何かと面倒を見てくれている父の幼馴染だと付け加えて教えてくれた。

「そう、せっかく楽しみにしていたのに残念だったわね。でもお仕事が入っちゃったならしょうがないわね」

普段は聞き分けのいい大人びたヒカリが、初めて見せた幼い一面だった。実家に帰り、両親に会えることを相当楽しみにしていたのだろう。これほどまでヒカリに愛されている両親に少しだけ嫉妬心を覚える。

「忙しいだなんてきっと嘘です。父も母も私に帰ってきてほしくないから――」

ヒカリは涙をこらえるように身体に力を入れた。

「そうかしら、何かどうしても外せない用事があったりしたんじゃない？」

紗英は何とかこの場を取《と》り繕《つくろ》おうと明るい声で言った。

ヒカリは反論するように紗英を睨んだ。思わずその瞳の奥に宿る冷たい光にドキッとした。

「いつだって、言いづらいことは栞おばちゃんに言わせて――きっと、あの人たちは、私が邪魔だから全寮制の高校に入れたかったんです」

ヒカリは両親のことを〝あの人たち〟と呼んだのだ。まるで赤の他人を呼ぶような感情のない口調だった。

「そんなことないわよ。ご両親はヒカリちゃんの将来のためを思っているのよ。千住女学院のような立派な学校は、学費だってかかるでしょ」

「ウチは父が定職についていないから、母の稼ぎだけで家計をやりくりしていたんです。私立の学校にいかせるためのお金なんてあるはずないのに――そこまでしてでも私を追い出したかったんです」

十五歳の少女の言葉とは思えなかった。ドラマの台本でも読まされているんじゃないかと思うぐらい、人形のようにおっとりしたヒカリの外見にはそぐわない言葉だった。

さらにヒカリは続けた。「東京に来てからだって、栞おばちゃんは、毎日私のことを心配してLINEをくれるのに、母は連絡すら一度もしてくれなかった。今頃、私がいなくなって清々しているんですよ」

度々登場する栞という女性に、ヒカリは絶対の信頼を寄せているように感じられた。一人っ子のヒカリにとっては、歳の離れたお姉さん的存在なのかもしれない。紗英は「栞さんに相談してみたらどうかしら?」と切り出しかけた。

しかし、ヒカリは話の途中で大きく首を振った。

「栞おばちゃんは、自分のことより私や家のことばかり心配していて、このままじゃ栞おばちゃんの幸せを……」

ヒカリはそこまで言いかけて、今にも溢れそうな涙を必死に堪えて歯を食いしばった。

栞を自分たち家族の問題に巻き込み、彼女の人生を台無しにしてはならないという思いが、子供ながらに胸の奥に燻っていたからなのだろう。親元を離れ、千住女学院に入学を決めたのは栞の立場を考えてのことだろう。十五歳の少女には重すぎる問題を、ヒカリはいくつも抱え続けて生きてきたのだ。

不穏《ふおん》な空気を察してか、シロはクンクンと震える声で鳴いていた。感情的になったヒカリを宥めるようにと、紗英に必死に伝えようとしているように見えた。

紗英はゆっくりと口を開いた。

「ご両親だって、いつまでも自分たちのそばに、ヒカリちゃんにいてほしいと思っているに決まっているわよ。だけど、そばにいたらつい可愛くて甘やかしてしまう。子供の成長のために、あえて辛い環境に放り込むことも親の愛だと思うわ」

「あの人たちは、本当は私なんか生まれてこなければよかったと思っているんです」ヒカリは悔しさを噛み締めるように歯を食いしばった。それから絞り出すように続けた。「母のお腹に私ができてしまったから、父は仕方なく結婚したんだって――私がいなければもっと自由に暮らしていたのに、お前のせいで俺の人生台無しだって――酔っ払った父に言われたことがあるんです。母はそれを聞いて何も言い返してくれなかった……」

ヒカリは言葉に詰まり、ベンチの上で膝を抱え込むようにして泣き出した。

ひどい――紗英は思わず口にしそうになった。あなたたちは親として失格よ――紗英がヒカリの気持ちを代弁してあげたいぐらいの怒りに震えていた。

――いったいヒカリの何が不満なの！　こんなに心がきれいで優しい子を……。このまま今の両親の元に置いておいたら、ヒカリの心はいつかガラスのように割れて二度と修復できなくなってしまうわ。あなたたちがヒカリを邪険に扱うのなら、私にヒカリをちょうだい。そのほうがヒカリにとって何倍も幸せよ。ヒカリの抱える闇《やみ》の正体が少し見えた気がした。

思いっきりヒカリの身体を抱きしめてあげたかった。

なかなか泣き止まないヒカリの背中にそっと手を添える。

「辛かったよね。おばちゃんもね、小さい頃に両親を亡くして、ずっと施設で育てられたの。だからヒカリちゃんの寂しい気持ち、すごくわかるわ」

ヒカリが同年代の友達と距離をおいているのは、周りの友人が家族と楽しそうにしているのを見ると、独《ひと》りぼっちの自分が、余計に可哀想《かわいそう》に思えてくるからではないか。幼い頃の紗英と同じだ。

紗英も昔の悲しい記憶が蘇り、涙が溢《こぼ》れそうになる。

「ヒカリちゃんさえよかったら、今晩おばちゃんの家でご飯食べていかない？」

彼女の寂しさを少しでも埋めてあげることができれば――このままヒカリを一人にして帰らせることはできなかった。

「えっ⁉」ヒカリは顔を上げると、鼻をヒクつかせて、涙に濡れた瞳で紗英を見た。そして、控えめな声で「いいんですか？」と聞いた。

「もちろんよ」紗英は大きくうなずいた。

このあいだ丈治から向こうの親御さんの気持ちを考えると、ヒカリと親しくしすぎるのはよくないと忠告されたことを思い出す。自宅にヒカリを連れて帰ったことを丈治が知ったら、よく思わないのは目に見えていた。だが、昨日から丈治は学生時代の友人らとゴルフ旅行へ出かけている。帰ってくるのは明日の夜だ。丈治に知られる心配はない。ヒカリが両親から受けていた仕打ちを想像すると、紗英がヒカリと多少親密な関係になろうと、一つも罪悪感はわいてこなかった。

「ヒカリちゃんの好きなもの作ってあげるわ。何か食べたいものはある？」

急に言われても、ヒカリは困ってしまうだろうと思いながらも聞いてしまった。

案の定ヒカリは愛想笑いを浮かべた。

それから小さな声で「……ハンバーグ」と言った。

「ハンバーグね。じゃあ一緒に買い物して帰りましょう」

紗英は立ち上がってヒカリの手を摑んだ。

ヒカリは満面の笑みで「はい」と言った。

駅前の商店街にある行きつけの肉屋で挽肉《ひきにく》を買った。それからスーパーに寄って、野菜などの食材と食後に食べるデザートを選んだ。

会計した商品を袋に詰めて、店を出ようとした時に店員から「お母さま」と呼び止められた。

一瞬自分が呼ばれているとは思わずに、そのまま店を出ようとすると、店員が駆け足でやってきた。

「こちら、お忘れになっているようです」

購入した商品をうっかり台の上におき忘れてしまっていたようだ。

「わ、わたし――」紗英は驚きのあまり自分を指していた。

戸惑っている紗英の横でヒカリが店員から商品を受け取った。

店を出て少し歩いたところで、ヒカリがクスクスと笑いながら紗英の顔を見た。

「さっきの店員のお兄さん、私たちのこと母娘《おやこ》だと思っていたみたいですね」

「嫌よねー、おばさんと母娘だなんて」

紗英は照れを隠すように前髪を触りながら下を向いた。

ヒカリが紗英の顔をのぞき込んできた。

「私と紗英さんってどこか似ているのかもしれませんね」

「そうかしら——でも、ヒカリちゃんみたいなかわいい子のお母さんだと間違えられたことは光栄よ」

紗英は嬉しかった。きっと芽依が生きていたら、こんなふうに毎日ときめいていたのかもしれない。〝お母さま〟と呼ばれた響きの余韻を楽しむように、いつもよりゆっくり自宅へと続く路地を歩いた。

自宅に帰り、夕食の準備を始めると、ヒカリも手伝いたいと言ってきた。ハンバーグを捏《こ》ねたり、サラダの野菜を切ってもらいながら、高校生とは思えない慣れた手つきに驚いた。

「ヒカリちゃんは、家でもよく料理するの？」

「はい、母が毎日遅くまで働いていたので、小学生の頃から家のことをするのは私の担当だったんです。料理は栞おばちゃんが教えてくれたんです」

包丁がまな板をたたくリズムさえ心地よく感じてしまう。こんな温かい家庭に紗英は憧れていたのだ。

気づくと、二人では食べきれないほどの料理が食卓に並んでいた。

ヒカリといると、会話が弾《はず》んでしまい、なかなか箸が進まず、それだけでお腹もいっぱいになってしまった。

後片付けをしようと紗英が皿を重ねてキッチンに持っていこうとした時、ヒカリがそれを制して立ち上がった。

「洗い物は私やりますから、紗英さんはゆっくりしていてください」

「でも……」紗英は困ってしまった。ならば一緒に——と言いかけると、

「家に招待していただいて、ご飯までごちそうになって、これぐらいはやらせてください」

「そう、じゃあお願いしようかしら」紗英はヒカリの厚意に甘えることにした。

ヒカリがキッチンで洗い物をする姿を、リビングからじっと眺めていた。さっきからヒカリの行動一つ一つに、芽依を重ね合わせてしまう自分がいる。いけないとわかっていても勝手に頭がそうなってしまう……。

後片付けが終わると、二人でテレビの前のソファーに移動した。紅茶を淹《い》れて買ってきたデザートを食べた。

「お腹いっぱいになったら眠くなってきちゃった」

紗英はソファーの上で身体を崩した。

「私も。紗英さんのお家《うち》すごく落ち着きますね」

「ヒカリちゃんも少し楽にしたら」

紗英はクッションを一つ差し出した。

ヒカリは頭の下に入れて横になった。

テレビからは心地よい音楽が流れてきた。

しばらくすると、くうくうと寝息が聞こえてきた。

「あら、気持ち良さそうに寝てる」

紗英は微笑ましい気持ちになり思わずつぶやいた。大きな身体でガーガーといびきをかいている丈治と比べたら、天使と悪魔だ。

愛おしさから、ヒカリのほんのりと赤みがかった頬に、自分の頬を寄せたくなる。風邪をひいてはいけないと、椅子《いす》にかけてあったブランケットをヒカリの身体にかけようと持ってきた。

ヒカリは身体を丸くして寝ていたので、背中のTシャツがめくれて、隙間から背筋がのぞいていた。思わず見とれてしまいそうな真っ白な背中だった。紗英はそっとTシャツの裾を引っ張った。背中とシャツの隙間の首根っこの下に小さなホクロが二つ見えた。きれいなヒカリの背中なので、余計にその二つの黒い点が目についた。

その瞬間、頭の片隅《かたすみ》をチクリと刺されたような、記憶の奥底に刻まれた何かが刺激された。

——やっぱりあなたと芽依は親子なのね。

——そうか？　生まれたばかりの写真を見た親父もお袋も、俺じゃなくて紗英に似てよかったと口を揃えて言っているよ。

——だって見て、芽依のこの背中。

——あっ⁉

——あなたと同じ場所に二つのホクロがあるのよ。もし不慮の事故で離れ離れになっても、このホクロがあなたと芽依が家族だという証《しるし》ね。

紗英はそう言いながら嫉妬していた。

「芽依……」紗英は消えそうな声でつぶやいた。

もしも芽依が生きていたら——ヒカリと同じ高校一年生だ。先ほどスーパーでも店員に母娘に間違われた。ヒカリの寝顔を観察するようにじっと見つめる。確かに十代の頃の自分に似ているかもしれない。

あの人間嫌いのシロが、自らヒカリの元に近づいていったのだ。犬は人を匂いで判別しているとも言われている。まさか、生まれたばかりの芽依とわずかな時間を過ごした匂いを覚えていたのかしら。

だが、ヒカリの両親は授かり婚で結婚している。娘に嘘をついているとは考えられない。両親や親戚など周りの目だってある。さすがに妊娠期間もなくいきなり子供が生まれたなんて話を信じるわけがない。

常識的に考えて芽依であるわけがない。

その時、ヒカリが身体をくねらせて目を覚ました。

「ごめんなさい。私、すっかりくつろいでしまって……」

ヒカリは瞼を擦《こす》りながら起き上がった。

「いいのよ、気にしなくて」

「あっ！」ヒカリはリビングの時計を指した。時刻は二十時半を回っていた。

「寮の門限に間に合わなくなっちゃう」そのまま、玄関に向かって走り始めた。

扉に手をかけてヒカリは振り返った。

「紗英さん、今日はごちそうさまでした」

「いいのよ。私もとっても楽しかった。途中まで送っていこうかしら」

「いいえ、大丈夫です」ヒカリは小さく頭を下げた。

「気をつけてね。なるべく明るいところを歩いて帰るのよ」

紗英は道路まで出てヒカリの姿が見えなくなってもしばらく手を振り続けていた。

部屋へ戻ると、さっきまでヒカリが頭を置いて寝ていたクッションはほんのりと温かかった。

ふと、真っ黒で艶があり、絹のように張りのある長い髪の毛が二本、ファスナーに引っかかっていた。紗英は愛おしむようにそれを摘み上げ、顔の高さへと持ってきた。間違いなくヒカリの髪の毛だ。

ゴミ箱へ捨てに行こうとして紗英は思いとどまった。寝室へ向かい日記を取り出した。日記をつけるのは学生時代からの習慣だった。今日のページを開き、そこにセロハンテープでヒカリの毛髪を二本貼《は》った。そして今日あったことを無心で書き綴った。

最後にこう記した。

――芽依はきっと生きている。

(九) 復讐の序章

丈治は二日間のゴルフ三昧《ざんまい》でへとへとになり、ゴルフバッグを抱えて玄関のドアを開けた。

リビングから出迎えにきた紗英は難しい顔をしていた。

「何かあったのか?」

シロが元気になってから少しずつ明るくなっていたので、聞かずにはいられなかった。

「いいえ、何も……」

紗英は丈治の視線をごまかすように、にこりと笑った。

玄関横のシロも元気そうだ。気にしすぎなのかもしれない——と浴室へ向かった。

朝から夕方までコースを回っていたので、湯船に浸かり大きく息を吐くと、一気に眠気が襲ってくる。このままでは眠ってしまいそうだったので、冷水で身体をさっと流し、上がった。

今度は急激な喉の渇きを感じた。身体だけさっと拭いて、髪も乾かさずに、腰にタオルを巻きつけて冷蔵庫に直行する。

キンキンに冷えたビールが渇いた喉に染みていく。丈治は椅子に座ったままその余韻に浸っていた。

しばらくすると背後に紗英の気配を感じた。

「だいぶ太ったよな」

丈治はわざとらしく右手で腹の肉を摘んでみせる。このところの不摂生で腹回りが一気に立派になった。

背後を振り返ると、紗英が真後ろに立って丈治の後頭部をじっと眺めていた。

「あなたって、左右につむじがあるのね?」

「今まで気づかなかったのか?」

とうの昔から知っていたと思っていたので驚いた。

確かに若い頃は毛量が多く、直毛だったのでつむじがほとんど見えていなかった。だが、高校時代坊主《ぼうず》にしていた頃は、ちょうど二つのつむじが目玉のようにも見えて、からかわれもした。四十を過ぎてから一気に髪に張りとコシがなくなり薄くなってきた。洗髪後は、ワカメのように地肌にべったりと張り付いてしまう。

つむじが二つあること自体あまり珍しいことではない。日本人の約七パーセントもいるのだ。遺伝が関係している場合とそうでない場合もあり、実際のところその関連性はわかっていない。だが、つむじの生《は》え方や巻き方は、親、兄弟で似てくる可能性は大きい。丈治の左のつむじは母に、右のつむじは父にそっくりだと、兄に言われたことがある。

「……このつむじの生え方、あの子にそっくり」

紗英は丈治の頭の上でうわごとのように呟いた。

「あの子って、シロの散歩に顔を見せるヒカリって子か？」

「ええ。今あなたのつむじをぼんやりと眺めていたら、ヒカリちゃんの顔が浮かんできたのよ」

紗英は愛おしそうに言った。

「まだ頻繁《ひんぱん》に会っているのか？」つい叩きつけるような口調になった。

二十数年一緒にいる丈治のつむじには、これまで何一つ関心がなかった紗英が、たった一ヵ月親しくしているヒカリを、しっかりと観察していることに少しだけ嫉妬した。

「だって、毎日シロはヒカリちゃんに会うのを楽しみにしているのよ」

「そういう問題じゃないだろう」聞き分けのない子供を叱るように言った。

シロを都合よく使って、ヒカリに一番会いたいのは紗英自身なんじゃないのか——思わず口走りそうになった。シロは昔から頭がよく敏感だ。紗英に明るくしていてもらいたいから、無理をして散歩に出かけたり、ヒカリに懐いたりしているのではないか。

「別に河川敷で会うぐらいいいじゃない」

紗英は丈治の怒りをなだめようと、丈治の首元にそっと手を当てた。その手が背骨のあたりをすっと流れていき、背中の真ん中あたりで不意に止まった。

「ホクロ……このホクロ、ヒカリちゃんにもあったのよ。あなたと同じ位置に二つぽんぽんと……」

紗英は背中のホクロの場所をマーキングするように、人差し指で立て続けに押した。

「あなた覚えているかしら……芽依が生まれてすぐ、芽依とあなたの背中にあるホクロを見つけて、あなたと芽依が家族だという証ねと言ったことを——。その後、私にはどうしてないのと、私が拗《す》ねたことを」

覚えている。十六年前、紗英が軽はずみに発したその言葉に、丈治は心臓が止まりそうになった。額から滲み出る冷や汗を必死に手で隠した。

紗英にあの件を知られてしまったのではないかと、生きた心地がしなかった。紗英がカマをかけてきたのだとしたら——それからしばらく気が気でなかった。そして芽依が誘拐され、ホクロのことなど頭からすっぽり消えてしまっていたが——。

忘れもしない芽依が生まれてから数日後、ある女から届いたメールだ。

たった数行の文章だったのに、今まで見てきたグロテスクな画像や映像を遥《はる》かに上回る戦慄《せんりつ》が走ったことは、今でも感覚として背筋に残っている。

◆

「今日のジョー、元気ないけど何かあった？」

行きつけのラブホテルで、行為を終えて軽くシャワーを浴びて戻ってきた丈治に、ベッドの上の彼女は少し不満そうに唇を尖らせた。彼女は歳下だが、呼び捨てで『ジョー』と呼ばれるのは、自分が若くなった気分がして悪い気はしない。

この一、二週間、とても彼女と身体を交わす気分にはなれなかった。長年、彼女との関係を続けてきて初めてのことだ。

丈治は冷蔵庫からミネラルウォーターのペットボトルを出した。一口含んでベッドの端に座った。

丈治の身体を包み込むように彼女が背後から両手を回して抱きついてきた。物足りないからもう一回戦の彼女なりのアピールなのだ。いつもであれば、振り向きざまに彼女を押し倒し、唇にかぶりついて……といきたいところだが――。

彼女の上に覆いかぶさったところで自然と身体が止まった。

今日こそ言わなければ――丈治は彼女の横に転がるように身を寄せた。

彼女も空気を読んでくれたようで、それ以上求めてくることはなかった。

しばらく二人で、無言のまま天井を見つめていた。

「なあ、覚えてるか？　初めて会った夜のこと」

「まさかジョーとこんなに続くとはね。私たちこっちの相性が相当いいのね」

「お前ももう二十六か」

「ジョーだってもうすぐ三十五でしょ」

「歳をとるのって早いわね」

彼女との出会いは、大学時代の友人と同窓会の後に訪れた深夜のクラブだった。当時、彼女は二十歳の専門学校生だった。身体の相性はバッチリだった。きっと当時の彼女は付き合っていた男に不満があったのだろう。

「本命の男はいるのか？」

「何よ急に」彼女は少し動揺していた。これ以上話を掘り下げないでというように下を向いた。

「以前、好きな人が地元に住んでいるとか言っていたよなあ？」

「互いのプライベートは探らないって初めに約束したわよね」

彼女は人差し指を伸ばして丈治の唇にそっと触れた。

「そうだけどさぁ……」話の展開に困った。

「なあに、真面目《まじめ》な顔して、奥さんと別れるから私と付き合ってほしいとか言い出すのやめてよねー」

彼女は張り詰めていく緊張を嫌うように笑い声をあげた。

「真面目な話なんだ」

丈治はベッドから上半身だけ起こして、横になったままの彼女と向き合うように目線を合わせた。

「実は、嫁に子供ができたんだ」

丈治は大きく肩を落とした。半分は彼女に対する申し訳なさからの演技も入っていたが、もう半分は、半永久的に続くと思っていた彼女との関係をこれ以上続けることができない無念さからだ。

不妊治療をストップしようとしていた矢先の紗英の妊娠だった。紗英のためを思えば喜ばしいことなのだが、いまいち実感がわかない自分がいた。

「えっ⁉　よかったじゃない。なんでそんなおめでたい報告を、別れを切り出す恋人みたいな暗い表情で言うのよ」

彼女は無理に笑っている気がした。

だが、丈治は間髪を容《い》れず勢いにまかせて言った。

「俺の勝手な都合でこんなこと言うのは非常に心苦しいが、君との関係にケジメをつけなければならないと思っている」

紗英の妊娠が判明してから今後の未来を想像していた。父親になるということは、今までの何倍もの責任がのしかかってくる。万が一不倫が発覚した時は、夫婦二人の問題では済まされないと――これまでどおり彼女に会うことが怖くなった。

しばらく下を向いて黙り込んだ彼女は「そうね」と一言つぶやいて、洗面所に向かった。

あまりにもあっさりとした反応に拍子抜けした。無言で荷物をまとめて部屋を出ていく彼女の後ろ姿を、負い目と安堵が入り混じる不思議な感情で見送った。

それから一週間ほどして、彼女からメールが届いた。

――この数日間、食欲もなく吐き気も続いたので病院へ行ってきました。てっきりあなたとの失恋のショックから……精神的なものだと思い込んでいました。診察を終えた先生から一言「おめでとうございます。もうすぐ二ヵ月ですね」と言われました。結婚してくれとは言いません。あなたの家庭を壊すつもりもありません。ただあなたの子だということは伝えたかったのです。あなたの心のどこかにしまっておいて下さい。そうすれば私はこの子と二人で実家に帰ってやっていけます。

丈治は昼休みにこのメールを見た。今まで敬語など使ってきたことのない彼女からの丁寧な文章が、逆に丈治の不安を煽る。

居ても立ってもいられず、すぐに彼女に連絡を取った。

「さっきのメール、どういうことだ?」

〈それは書いたとおりよ〉

「俺たちは初めから割り切った関係だって、君も言っていたじゃないか。何を急に」

丈治は苛立ちを抑えきれずに強い口調になった。

〈頭ではわかっていたけど、気持ちはそうじゃなかったの〉彼女は苦しそうに言った。〈あなたの子供がお腹の中にいると知った時、本当の気持ちに気づいたの……〉

これまで『ジョー』と親しみを込めて呼ばれていたが、あなたと呼ばれると一気に他人になったような気分にさせられる。

「なあ、本当に俺の子なのか？」

彼女はしばらく黙り込んでいたが、〈あなたには何も迷惑かけないから〉と消えそうな声で言った。すすり泣いているように聞こえた。

彼女は丈治以外にも何人かの男性と身体の関係を持っていた。以前は本命の男がいたようなことを匂わせていたし、丈治が別れを切り出したタイミングでいかにも……だった。裏に男がいて言いがかりをつけて丈治を脅して、金銭でも奪おうとしているんじゃないかと真っ先に疑った。

「俺の子供だなんて信じられない。仮に俺の子供だとしても、子供の幸せを考えたら産ませるわけにはいかない。堕ろしてくれ――」

互いに割り切った関係で付き合っていたわけだし、中絶費用を払えぐらいであれば手切れ金として考えるつもりだったが、丈治の子供だとわかった上で産ませてくれというのは筋違いだと憤っていた。

〈……わかったわ〉

それっきり彼女からの連絡は途絶えた。本当に実家に帰ったのかどうかはわからない。

その後、何度か電話をしてみたがつながることはなかった。

三ヵ月が過ぎた頃には、彼女の記憶も頭の中でかすれ、消えかかっていた。

そして、紗英が臨月に差し掛かった頃には、連絡先とともに完全に丈治の頭の中から彼女の記憶は消えていた。

芽依が生まれて数日後、自宅に戻ると登録のないアドレスからメールが届いていた。

——先日、無事女の子を出産いたしました。赤ちゃんの背中を見てやっぱりあなたの子だなあと確信しました。赤ちゃんの背中にはあなたと同じ位置にホクロが二つありました。

身体を真っ二つに切り裂かれたような恐ろしい戦慄が背筋を走り、携帯を握りしめたまま動けなかった。

それからしばらくの間、いずれ身元を探り当てた彼女が赤ん坊を連れて、丈治の自宅や学校に押しかけてくるのではないかと気が気ではなかった。

——それからすぐに、芽依は誘拐された。

◆

ヒカリは彼女と俺の娘なのか——。

これは十六年越しの復讐なのか。まさか、彼女はヒカリを紗英に接近させるため、千住女学院に入学させたのではないか。恐ろしい妄想が勝手に膨らんでいく。

ヒカリの正体を確かめずにはいられなかった。

次の日、いつもより早く家を出た。

一番乗りで職員室へ入る。奥に在校生の個人情報が閲覧できるパソコンがある。ＩＤとパスワードを入れてデータベースにアクセスする。

ありとあらゆる情報で検索できるようになっている。名前や出身校、学力テストの成績、私立の女学院ということで、親の職業まで記されている。

　紗英が親しくしている少女の情報は千住女学院の一年生であることと、名前がひかりであることだけしかわからない。丈治は名前の欄のふりがなに「ひかり」と入力して、検索をかける。しばらくして画面に「該当なし」と表示された。

　おかしい？　確かに紗英は一年生と言っていた。念のため二年生と三年生にも同様の検索をかけるが――該当なし。苗字に「光」という字がつくのかもしれないと、思い当たる節はすべて確かめてみるが――。

　そんなはずはない……。

　河川敷で紗英と会っていた少女は、確かに千住女学院の制服を着ていたのだ。遠目に見ただけなので顔ははっきりとわからない。

　だが、そんな生徒はデータベースに存在しない――。いったいどういうことだ？

　まさか、彼女は紗英に近づくために、ヒカリに千住女学院の制服を着せていたのではないか。いったい何を企《たくら》んでいるのか？　誘拐で娘を失った我々夫婦に、立派に成長したわが子を送り込んで優越感に浸っているつもりなのか？

　この十六年間、復讐心を糧《かて》に生きてきた彼女が動き出したような予感に膝の震えが止まらなかった。

　この先とんでもない何かが起こる序章なのか……。

　頼む。紗英だけは巻き込まないでくれ――。

第二章　葛藤

（二）親の使命

「摩耶子《まやこ》さん、手が空いたらでいいので、前沢《まえざわ》産業さん宛ての請求書もう一度出してもらえないかね。先方が失《な》くしてしまったみたいなんだよ」

「はい。この作業が終わりましたらすぐに」

矢島《やじま》摩耶子は、ベルトコンベアから流れてくる商品を段ボールに詰めながら、ちらりと声のほうを振り返り返事をすると、すぐに作業に戻った。

翌週に迫った東京・銀座《ぎんざ》で開催される『秋のふるさとフェア　in銀座』に出店するため、商品の梱包《こんぽう》・発送作業に追われていた。このイベントは、年に一度の社運をかけた大勝負だ。

摩耶子が働く『いなか農場』は、社長夫妻が営む従業員十数名の町の小さな工房である。地元の物産や工芸品などを農家や職人から委託され、周辺の観光施設や道の駅などに出荷する。

会社の経営は、六、七年前に廃業寸前まで傾いた。会社を畳もうかと弱気になっていた社長に、摩耶子は東京のアンテナショップへの出品と、ネット販売を持ちかけた。

初めは社長も人手が足りないからと消極的だった。仕方なく摩耶子はルートの開拓からネットショップの構築など、すべてを一人で行った。偶然アンテナショップに置いた、地元名産の『生トマトのケチャップ缶詰』が、メディアで取り上げられたことをきっかけに口コミで広まり、ネットショップの売り上げが急速に伸びた。

何とか倒産の危機は免《まぬが》れたものの、ここ一、二年は売り上げが伸び悩んでいる。

「摩耶子さーん」

今度は奥の事務スペースで電話を受けていた男性に呼ばれた。この夏から働き始めた十九歳の青年だ。東京の大学に進学したものの、数ヵ月で退学して地元に戻ってきた。憧れと現実のギャップに戸惑い、慣れ親しんだ故郷に戻ってくる若者は意外と多い。

「どうしました？」

「中山《なかやま》さんのお婆《ばあ》ちゃんが、足をくじいちゃって、しばらく山に行けそうにないって。このままでは予定の山菜を確保できないかもしれません」

青年の目には焦りの色が浮かんでいる。

今回のふるさとフェアの目玉は、『おばあの山菜』と名付けた地元名産の新鮮な山菜を毎朝東京に直送して、買い物してくれた先着百名にプレゼントすることだ。山菜は昔からこの町の名産品であり、役所も山菜ツアーなどを企画して、町のＰＲに予算を組んで応援してくれている。何としても確保しなければならない。

「仕方ないわ、代わりの方を後で私が手配するので、協力してくれる農家のリストを印刷しておいてください」

山菜を採ってきてくれる農家の多くは高齢者ばかりだ。体調を崩したり不慮の事態に備えて、代わりの農家にいくつか目星はつけてある。本来であれば彼にやってもらいたいところだが、一から教えている余裕はない。摩耶子が直接交渉したほうがスムーズにいくだろう。

再び作業に戻ろうとした時、摩耶子の背後で部長の声がした。

「お前たち、口を動かす暇があったら、さっさと手を動かせ！　そんな働きっぷりじゃバイト代はやれねぇぞ」

部長は先週からバイトに来ている女子高生に向かって言った。

「えーっ⁉　私もう来月ジュンと旅行行く約束しちゃったし」

「私も、ママからお金借りて買い物しちゃったのよー。オッチャン、ムリムリ」

少女たちは親戚のおじさんにでも話しかけるような口調で言った。まるで放課後の教室のようだ。

部長は呆《あき》れたように肩をすくめた。

「なあ、ここは学校じゃないんだからな。普段はオッチャンでもいいけど、バイト中ぐらいは、しっかり敬語使ってくれよ。私のことだってきちんと名前で呼びなさい」

「ふぁぁーい」女子高生たちは気怠《けだる》そうに返事をした。

無理もない。子供の頃から周りの大人たちに、親戚の叔父叔母のような感覚で育てられてきた彼女たちは、プライベートと仕事を線引きできるほど器用ではない。そんなませていない点が、都会の子供たちとは違って、かわいくて憎めないところでもあるのだが。

部長は、のこのこと摩耶子のほうに近づいてくると、空いてる机の角に尻を乗せた。

「ホント、今の子供たちは都合よく子供と大人を使い分けるから困ったもんだ」

「かわいいもんじゃないですか」

摩耶子は心がほんのりと温かくなり、思わず微笑んだ。

高校生ともなると、反抗して子供扱いされるのを嫌ったり、時には都合よく子供のように甘えたい年頃なのだ。そうやって少しずつ子は成長して、親の元から離れていくのだろう。

「摩耶子さんところの樹里亜《じゅりあ》ちゃんとは大違いだな」

きっと部長は褒め言葉のつもりで言ったのだろう。しかし、摩耶子には少し皮肉めいて聞こえた。

樹里亜は今どきの子とは違って、キャピキャピしたり、感情を表に出して笑ったり、泣いたりする姿をほとんど見せない。それは摩耶子の育てかたに原因があったのだろうと、彼女たちを見ているとつくづく思う。

「樹里亜ちゃんは、来年受験だろ。樹里亜ちゃんの学力があれば、どこにだって行けるだろう。やっぱり私立の進学校か？」

「さあ……本人の行きたいところに行かせてあげられれば。ただ……ウチはお金がないので公立しか入れてあげられないけど」

摩耶子はうつむきかげんに視線をそらした。

樹里亜と進路のことは具体的に話していないが、県立高校へ進学するつもりでいることは、その様子から想像がついた。今の家計をみれば、樹里亜から私立に入りたいなどとは言い出せないだろう。樹里亜の考えをしっかり聞いてあげなければ――仕事に追われ、進路のことを本人に任せっきりだったことを反省する。

息苦しくなるような沈黙が続き、部長が気まずい空気を変えようと話題を変えた。

「そうだ、旦那は頑張ってやってるか？」

「それが……」一番触れてほしくない話題だった。

「えっ！　また辞めたの？」

周りに聞こえるような声でわざとらしく驚いた。

ズカズカと人の内情を聞いてくる、田舎特有の人間関係に時々うんざりする。

「ええ、上司とソリが合わなかったみたいで……」

摩耶子は声を潜めて言った。

本当は、年下の上司に命令されて、喧嘩の末に辞めさせられたのだ。

これで仕事を変えるのは何度目だろう……。虚しくなるので途中から数えるのはやめた。

なんで圭祐《けいすけ》と結婚してしまったのか——。樹里亜さえ身籠もらなければ——。

いや——圭祐の本性を見抜けなかった自分が悪いのだ。運命のせいにするより、自分の選んだ道が間違っていたのだと思うほうが、いくらか気持ちは楽だった。

部長はまだ、何か聞きたいようで摩耶子の隣の机に腰をかけ離れようとしない。

そこへパートの西森《にしもり》が近づいてきた。摩耶子より少し年上で、化粧っ気もなく体格のよい肝《きも》っ玉《たま》母さんみたいな女性だ。

「部長、さっき高校生たちに言ってましたよね。口を動かす前に手を動かせって。そんな所にいたら作業の邪魔です」

西森はシッシとするように手を払った。

部長は西森に頭が上がらない。「おお、悪い悪い」と言って机から跳び下りると、足早に事務所の奥へと消えていった。

摩耶子は西森に視線で礼を言った。

仕事のメドがついたのは、二十時過ぎだった。さっきまで高校生たちでにぎやかだった作業場には誰もいなくなっていた。稼動中の機械のモーター音と、窓の外から虫の鳴く声だけがしんみりと聞こえてくる。

ぼんやりと部屋の中を眺めていると、人の気配と同時に人感センサーが反応して、入り口の扉の向こうに明かりが灯《とも》った。やってきたのはこの作業場の二階で暮らす社長だ。

ほんのりと赤みがかった頰はアルコールのせいだろうか。夕食を食べて様子を見にきたようだ。

「摩耶子さん、まだいたんだね」

「ええ、今日中に終わらせておきたい書類があったものですから」

「残業代ぐらい出してやりたいんだが、会社がこんな状況で……」

社長は申し訳なさそうに頭を掻いた。

「気になさらないでください。こうして働かせてもらっているだけでありがたいですから」

お世辞で言ったつもりはないが、社長は腰を丸めて「悪いねえ……」とつぶやいた。

「これだけチェック終わったら帰ります」

摩耶子は机に載った納品リストにちらりと目をやった。

「あんまり頑張り過ぎて体調崩さないようにね。ウチは摩耶子さんだけが頼りなんだから」

社長は左手に持っていたペットボトルのお茶を、摩耶子の前に置いて部屋を出ていった。

職場は摩耶子の存在意義を唯一認めてくれる場所でもある。働いている時は、余計なことや嫌なことを忘れて没頭できる、趣味でもあり時に癒《いや》しを与えてくれる。

摩耶子から仕事がなくなったら——きっと何も残らない。それどころか、誰もその存在価値を認めてくれなくなるだろう。だから働き続けるしかない、一生仕事を好きでい続けるしかないのだ。

今の摩耶子と圭祐を繋いでいるのは——お金でしかない。もしも摩耶子の収入がなくなったら、間違いなく圭祐は摩耶子を捨てて家を出ていくだろう。

自分は圭祐にとってどんな存在なのか——そんなことを考えていると目頭が熱くなってきた。

目の前の仕事に没頭しようと、頭から振り払って書類に手を伸ばした。

すべての仕事を終えて会社を出たのは二十一時過ぎだった。

周りを木々に囲まれた駐車場までの道のりは真っ暗だ。スマホの光を懐中電灯代わりにして車まで辿《たど》り着いた。

普通であれば、仕事が終わり家に帰れるのだからホッとするところだろう。しかし、運転席に座り右足をのせたアクセルペダルはこの日も重たく感じた。

市内を抜けて山道を十五分ほど走る。この時間になると対向車もほとんどない。

自宅まで五百メートルほどの県道にさしかかった。左折しようとウインカーを出したところで、目の前をトヨタの２０００ＧＴのワインレッドのクラシックな車体が通り過ぎていった。

運転席には——。

「栞《しおり》——」クラクションを鳴らそうと思ったが、あっという間に通り過ぎていった。

栞は車好きで、童顔で小柄《こがら》な身体に似合わずイカツい車に乗っている。この町では余計に目立ってしまう。町中ですれ違ってもすぐに栞だとわかる。

ウチに来ていたのかしら……。それなら声ぐらいかけてくれればいいのに。

玄関を開けると、部屋に充満していた酒とタバコが混じり合って淀《よど》んだ空気が、摩耶子に向かって襲いかかってくる。どっと疲労感が増す。

リビングで寝っ転がってタバコを咥《くわ》えていた圭祐が顔を上げた。

「おう、ちょうど良かった摩耶子、酒が切れたところだ、買ってきてくれ」

圭祐は家政婦でも呼びつけるような傲慢《ごうまん》な態度で言った。

テーブルの下には缶ビールや酎《ちゅう》ハイの空き缶が無残に散らばっている。

「昨日も買ってきたばかりよ。もう、いいかげんにして」

摩耶子は空き缶を片付けながらうんざりしていた。

「俺の言うことが聞けないっていうのか！」

圭祐は恫喝《どうかつ》すると、持っていた吸いかけのタバコを摩耶子に向かって投げつけた。

タバコは摩耶子の手前の床に落ちた。摩耶子は動じることなくそれを拾いあげた。今に始まったことではないので大きく動揺することはない。圭祐も本気で摩耶子を狙ったわけではないのはわかっている。

「家計がギリギリなのはわかっているでしょ。樹里亜だって来年から高校にあがるのよ。いろいろお金もかかるんだから――」

圭祐の目が殺気立った。遠回しに働いてくれと言われていると感じたのだろう。

「仕方ねえだろ！　働きたくたって、働かせてくれねえんだから」

「だったら家のことを少しはやってくれてもいいでしょ」

摩耶子は食べ終わった皿を片付けようと、テーブルの食器に手を伸ばした。

見慣れないタッパーが置いてあった。

「これ、ウチのじゃないけど？」持ち上げて圭祐に聞いた。

「栞が持ってきてくれたんだ」バツが悪そうに答えた。

「栞来てたの？」

「ああ、晩飯を作りすぎたからって届けてくれたんだよ」

栞は圭祐の幼馴染《おさななじみ》でいまだに独《ひと》り身《み》ということもあり、時々、ウチでご飯を食べていったり、摩耶子が遅い時は圭祐や樹里亜の食事の世話をしてくれることもある。

「圭祐が酔っ払って呼んだんじゃないの？」

「ち、ちげえよ、栞が勝手に……」

摩耶子が仕事で疲れているというのに、呑気に栞と酒を飲んでいる圭祐に嫌気がさした。

栞も栞よ——いくら圭祐の幼馴染とはいえ、摩耶子がいない時に黙って二人きりで……デリカシーがなさすぎる。

「勝手にしたら！」

摩耶子はやり場のない怒りをぶつけるようにして圭祐を睨んだ。散らばったゴミを集めて投げつけるように袋に入れていく。

「そんなこと言わないでくれよ」圭祐は泣きそうな声を出す。「俺には摩耶子しかいないんだ。お前に見捨てられたら——」

圭祐は呂律《ろれつ》の回らない口調で、すがるように摩耶子の腕を掴んだ。そのまま背後から抱きつくように摩耶子の体を手繰り寄せると、シャツの上から両乳房を鷲掴《わしづか》みする。

「ちょっと……」

摩耶子は必死に身をよじらせて抵抗するが、圭祐の唇が迫っていた。

「なあ、いいだろ」

圭祐は酒臭い息を吹きかけながら言った。気づくとシャツがはだけて、背中が半分露《あら》わになっていた。圭祐の手がブラジャーのホックを外そうと背中に伸びる。

「二階に樹里亜がいるのよ。やめて──」

摩耶子は力いっぱい圭祐の胸を突いた。

「摩耶子……」情けない声を出して圭祐は床の上に倒れこんだ。

摩耶子は立ち上がってめくれていたシャツを引き伸ばした。

逃げるようにキッチンへと向かう。こうやって、酒の勢いで性の捌《は》け口にされる自分がみじめでたまらない。

本当であれば、真っ向から拒絶したい。しかし、摩耶子にはそうもいかない事情があった。

もしも圭祐の性や暴力の対象が樹里亜に向けられたら──摩耶子が矢面《やおもて》に立つことで、何とか回避しなければならないという思いがあった。

中学三年になった樹里亜の身体は、胸の膨らみも目立ち始めていた。少しずつ大人の女性へと近づいていた。いつか圭祐は樹里亜に手を出すのではないか。

いや……もしかすると摩耶子の知らないところで、すでに樹里亜に手を出しているのかもしれない。

自分はどうなろうと樹里亜だけは守らなければ――樹里亜を一人前の女性に育てることが、摩耶子の使命なのだ。

（二）　世間の目

食器の触れ合う音が不気味なぐらいに響くリビングで、紗英はテーブル越しに丈治と向き合っていた。丈治はただならぬ顔つきで箸を口に運んでいく。

まさか、ヒカリを自宅に呼んでいたことがバレてしまったのではないか――そんなわけない。一昨日、ヒカリが帰ってから部屋中掃除をした。食器を使った形跡を残さぬよう、きれいに拭いて元の場所に戻した。床だって髪の毛一本落ちていないように入念に掃除したはずだ。監視カメラや盗聴器でも仕掛けられていたらどうしよう……。

不安が重く押し寄せてくる。

「そういえば、例のヒカリちゃんって子と、まだ会っているのか？」

口に物を詰め込んだ丈治が聞いてきた。たった今思い出したかのようなわざとらしい演技は、口火を切るタイミングを計っていたのだろう。

「ええ、毎日は会っていないけど、散歩途中で時々……」

シロの元気な様子を見れば、会っていないと嘘をついたところで丈治には見抜かれてしまうだろうと思い、控えめに言った。

「そうか」と言って、口の中に残った物を、グラスのビールで流し込むように呑み込んだ。

紗英は次の言葉を待った。

丈治が箸を置いて思案するような神妙な顔になる。

「シロがヒカリちゃんに会って元気になったことは、とても嬉しいことだと思うし、できればこのままの関係でいてほしいと思うよ。だがな……前にも話したとおり、赤の他人であるお前が、自分の娘と親しくしているのを向こうの両親が知った時、どうとらえるかな……。もしも紗英が同じ立場だったらどう思う？」

丈治の口調は穏《おだ》やかだった。

意表をついた言葉に、質問の意図を汲《く》み取ろうと、紗英はしばらく目を瞑って考えた。

「あなたの言うとおりね。もしも自分の娘が顔も知らない他人と会っていたら、気になってしまって、相手の人のことを調べてしまうかもしれないわ。そこで親しく楽しそうにしていたら、ヤキモチをやいてしまうに決まっている。いい気分はしないわね」

紗英はうなずくように頭を下げた。

丈治の言い分には説得力があった。しかもヒカリは親元を離れて寮で暮らしている。そんな時に見ず知らずの他人に頻繁に会っていたら、何か悪いことに巻き込まれたりしないかと、普通の親なら心配になってしまうのが当然だ。

「それだけじゃない。子供もいない我々が、年頃の少女と一緒にいたら、近所の人は何があったのかと疑問に思うだろう」

「そうね」と納得したようにうなずいた。

「ところで、ヒカリちゃんはどこの高校に通っているとか聞いていないのか？」

丈治の鋭い目で問いただされて、思わずギクリとした。

「いいえ……」と平静を装って首をひねってみせるが、内心は大きく動揺していた。口が滑っても、丈治が勤務する学院の生徒だなんて言えるわけがない。

近所の人は丈治が千住女学院の教師をしているということを知っている。そこの制服を着た生徒と紗英が頻繁に会っているところを目撃されたら——よからぬ噂《うわさ》が立つことぐらい容易に想像がつくはずだ。

ヒカリだって、紗英の夫が自分の通う高校の教師だなんて思いもしない。もしも初めから知っていたら、紗英になんて近づいてこなかっただろう。今後もしそのことを知ってしまったら——なぜそれを黙って自分に接していたのかと、ヒカリは不審に思うだろう。自分だったら信じていた人に裏切られた気分になる。

向こうの親御さんだってそうだ。娘の通う学校の教師の家を訪れていたなんて知ったら——へんな関係を強要されていたり、何か弱みを握られているんじゃないかと真っ先に心配になるだろう。

それに——紗英と丈治は幼い娘を幼少期に誘拐され失っている。

事情を知った人に、紗英とヒカリが会っているところを目撃されたら——あの夫婦は誘拐された娘の代わりに、夫が勤める学院の生徒を物色している、なんてありもしない噂を立てられてしまう。

そんなことになったら、丈治は学校にいられなくなってしまう。

やはりヒカリとは距離を取らなければならない。紗英は覚悟を決めた。

「あなた、ごめんなさい。私の行動は軽率でした。今度会った時に、ヒカリちゃんにはしっかり伝えます」

とは言いながらも、どう伝えるべきか気持ちは重かった。

「まあ、デリケートな問題でもあるから、いきなり会わないなんて言ったら、向こうだって自分に何か非があったのかと心配してしまうかもしれない。少しずつ散歩コースを変えてみるとか、シロの具合がよくないので散歩にはいけないとか、うまく理由をつけて、さりげなく切り出してみるのがいいだろう。せっかく元気になってくれたシロには申し訳ないが……」

丈治は一つため息をついた。きっと、どう切り出そうか相当悩んでいたのだろう。気を遣わせてしまった申し訳なさに胸が痛んだ。

この数日間、丈治に元気がなかったのはそのせいかもしれない。

紗英は身勝手な行動を反省した。

次の日、シロを連れて河川敷へ向かった。いつものベンチにヒカリの姿があった。

こちらに気づいたヒカリが満面の笑みで手を振る。

それに応えるようにシロが駆け出した。

ヒカリは紗英からリードを受け取ると、芝生の上でシロと寝転んでジャレ合い始めた。この見慣れた光景も今日で見納めかもしれないと思うと、ヒカリを見つめる視界が歪《ゆが》んできた。

ヒカリが時おり見せる屈託のない笑顔に、昨夜決めた気持ちが揺らいでしまう。

どのタイミングで切り出そうか……。

結局、ヒカリがバイトに行く時間まで言い出せなかった。

「じゃあ、私はこれで」いつものようにヒカリからシロのリードを受け取った。このリードが紗英とヒカリを繋ぐ魔法の絆だった。

シロはこれがヒカリとの最後の別れになると察知しているのか、ヒカリの足元にまとわりついたまま離れようとしない。ヒカリはしゃがんでシロの首元に手を当てた。

「シロちゃん、また遊ぼうね」

ヒカリが立ち上がり、「紗英さん、また明日」と言って走りかけた。

「ヒカリちゃん、ちょっと」紗英はヒカリを呼び止めた。

ヒカリが「はい」と言って振り返った。

紗英はヒカリの元に一、二歩歩み寄った。

「ヒカリちゃんが遊んでくれるおかげで、シロがとっても元気になって、毎日お散歩に行くのを楽しみにしてくれているの。でもね、ヒカリちゃんの負担になっちゃってるんじゃないかなって、バイトだってしなきゃならないし、せっかく新しい学校に通い始めたんだからお友達とも遊ばなくっちゃ」

紗英が話の途中で既視感を覚えた。この言葉――高校時代に施設の職員からかけられた言葉だ。

ヒカリの顔が曇った。瞬きもせずまっすぐな瞳でじっと紗英を見続けている。まるで高校時代の自分を鏡で見ているようだ。

当時の紗英がそうだったように、上辺だけの言葉で伝えても、却《かえ》ってヒカリを混乱させ傷つけることになる。紗英は自分の気持ちを正直に伝えることにした。

「私たちってはたから見るとどう見えているのかしらね？」

「えっ⁉」ヒカリは怪訝《けげん》そうに首を傾げた。

「友達にしては歳が離れ過ぎてるし……」紗英は愛想笑いを浮かべてから、真面目な顔になった。「こないだ一緒にスーパーに行った時に、店員さんに母娘に間違えられたことあったじゃない。私あの時、すごく嬉しかったの。おばちゃんのところには子供がいないから、ヒカリちゃんみたいな娘がいたらどんなに楽しかっただろうなって——同時にね、ヒカリちゃんのお母さんやお父さんに悪いことしているなって思っちゃったの。お母さんやお父さんだって、ヒカリちゃんとの時間を大切にしたいはずよ。もしもお母さんが私とヒカリちゃんが楽しそうに遊んでいるのを知ったら、絶対に嫉妬すると思うわ。私だったらそうだから」

紗英の言葉が響いたのか、ヒカリはしばらくうつむいたままでいた。

突然、顔を上げたと思ったら、クスッと噴き出すように笑った。

「そうですよね。私たち、本当におかしな関係ですよねー。実は私も同じこと考えていたんです。紗英さんとこんなに楽しくしているところを、旦那さんに見られたら絶対にヤキモチやかれるだろうなって。いつかは終わりにしないといけないと思っていたんです。でも紗英さんといると、居心地が良すぎて……」

「私もよ」紗英はほっと胸をなでおろした。

ますますヒカリと自分は似ているのではないかと感じた。

「紗英さん、これからは私も気をつけるようにします。時々ならいいですよね。こうして河川敷で会うぐらい」

ヒカリはまっすぐな瞳で紗英を見つめてきた。

「でも……」返事に困り、紗英の制服のスカートに目をやった。

「紗英さんに会う時は高校の制服じゃなくて、私服に着替えてくるようにします」

「そうね……それなら」

ヒカリの真剣な表情に気圧《けお》され、紗英はぎこちなくうなずいた。

制服姿のヒカリと会わなければ、丈治の学院の生徒だと周りの目も気にならないだろう。丈治だって、少しずつ距離をおいていけばよいと言っていた。週に一、二度ぐらいであれば、近所の人に目撃されても、そんなに印象には残らないはずだ。

自宅に戻った紗英は、ヒカリがぽろりと漏らした言葉を思い返していた。

紗英さんといると、居心地が良すぎて——紗英もヒカリに対して同じ感情を抱いていた。ヒカリの前だと素直になれるのだ。出会って一ヵ月しか経っていないのに、もう何年も一緒にいたような錯覚に陥るのだ。ヒカリのことなんて何も知らないのに、この気持ちは何なのだろう？

ふと、誘拐された芽依ではないかと疑念が生じる。

初めてヒカリと河川敷で会った日のシロの様子を思い出していた。あんなに人嫌いだったシロが、クンクンと匂いを嗅ぎながらヒカリに近づいていったのだ。すぐにシロはヒカリに懐いた。犬には帰巣本能があり、一度嗅いだ匂いを忘れないので、老犬になり目が不自由になっても、匂いで飼い主や住処《すみか》を判断すると聞いたことがある。

シロは、幼い頃に嗅いだ芽依の匂いを、十六年経った今でも覚えていた。そう考えるとヒカリに懐いたシロの行動に納得できる。シロはヒカリが芽依だと思っているのではないか。

だが、ヒカリの両親は栃木にいる。田舎であればなおさら、狭い社会で、人間関係も密接だろう。誘拐した子をわが子のように育てるには無理がある。

やはり紗英の思い違いだろうか……。十六年前に誘拐された娘との再会――そんなことは、映画やドラマの中の話でしかないのだ。現実には……。

踏ん切りをつけるためにも、ヒカリが芽依ではないという確証を得たかった。

夕食の準備をしながらそんなことを考えていると、リビングのテレビから、一ヵ月前に行方不明になっていた少年が、遺体で発見されたという悲しいニュースが聞こえてきた。

芽依が誘拐されてから十五年半経つが、誘拐のニュースには心が痛む。特に会見をする両親の姿をみると、犯人からの接触を待ち続けた当時の記憶が鮮明に蘇ってくる。

紗英はチャンネルを替えようとリモコンに手を伸ばした。

しかし、アナウンサーが発した言葉にリモコンを握ったまま聞き入っていた。

――誘拐された少年は、首を絞められて殺された後、顔面を判別できないほどに潰され、遺体をのこぎりで切断され、山中に埋められていました。

ふと、顔面を判別できないほどに潰されていたのに、どうやって誘拐された少年だと断定されたのだろうと疑問がわいてきた。

スタジオのコメンテーターがその疑問を解決してくれた。

——頭部に残された頭髪と、自宅から出てきた少年の頭髪のＤＮＡが一致したことから、警察は、発見された遺体は誘拐された○○君であると断定したようです。

これだ——紗英はかけていた鍋《なべ》の火を慌てて止めて、寝室へ直行した。本棚の日記を取り出し、ヒカリが自宅へ来た日のページをめくる。

そこに、ヒカリが寝ていたクッションについていた真っ黒で張りがある髪の毛を二本、テープで貼っておいたのだ。何か理由があったわけではない。ヒカリの身体の一部であると思うと、それをゴミ箱に捨てることができなかった。

紗英はそっとテープを剝がし、そのうち一本の髪の毛を摘まみ、頭の上にかざして蛍光灯の明かりで確かめた。

髪の毛の根元には白い毛根がついている。紗英はそれを確認して、そっと元の位置に戻した。

引っ張れば千切れてしまいそうな糸のような髪の毛が、紗英と芽依とを母娘であると、手繰り寄せてくれるかもしれないのだ。

紗英はパソコンを開き、インターネットで『ＤＮＡ親子鑑定』について夢中で検索した。

ＤＮＡ鑑定を行っている会社は山ほどヒットした。今はネットで誰でも簡単に申し込みができ、送られてきたキットにサンプルを入れて送り返せば後日結果が送られてくる。

即日結果がわかり、価格も数千円と手頃なプライベート鑑定から、十数万円と高額でより精度が高い法的鑑定とがある。

最もメジャーな鑑定は、口腔粘膜から採取したＤＮＡを照合する方法だが、唾液やタバコの吸殻、テレビドラマでよく見る毛髪からの鑑定も可能のようだ。毛髪の場合、毛乳頭から採取された細胞からＤＮＡを抽出し鑑定を行うという方法だ。毛乳頭とは髪の毛を抜いた時に一緒についてくる白い部分のことで、自然に抜け落ちた髪の毛にはほとんど付いていないという。もう一度ヒカリの毛髪を確認する。しっかりと毛根がついていた。クッションのファスナーに引っかかっていたので強引に抜けたのだろう。

毛髪鑑定を扱っている多くの会社は、うまくＤＮＡが抽出できない場合もあるので、三〜五本の毛髪が望ましいと記している。ヒカリの毛髪は手元に二本しかない。これでは鑑定を受けることは難しいかと諦めかけた時、『一本から鑑定可能』という謳い文句を掲げた会社を見つけた。

紗英は藁《わら》にもすがる思いでサイトを開き個人情報を入力した。申し込みボタンにマウスカーソルを合わせたところで、勝手にこんなことをしていいのだろうかと迷いが生じた。

もしもヒカリとの鑑定で、親子だという結果を知ってしまった時、自分はどのように対処するのだろうか。ヒカリは誘拐犯に育てられていたことになるのだ。その事実を受け止め冷静に動くことができるだろうか……。

しかし、それ以上にヒカリとの関係を知りたい衝動が上回っていた。白黒きっぱりつけたいという気持ちも大きかった。

もしもヒカリが実の娘だったら——気づいた時には、『申し込みを受け付けました』の画面に切り替わっていた。

(三) 親の責任

「いよいよ今日が最終日ですね。皆さんのおかげで目標の売り上げ額を達成できそうです。あと一日頑張りましょう」

社長の言葉にスタッフたちからワッと歓声がわく。

いよいよ最終日を迎えた『秋のふるさとフェア　in銀座』は、連日多くの客で賑わい、売り切れ商品が続出した。社長の顔も終始綻んでいる。工房も高校生のバイトたちでフル稼働しているが、それでも納品が追いつかなかった。嬉しい誤算だろう。

朝礼を終えて、売り場の整理をしていた摩耶子のところに社長がやってきた。

「摩耶子さんのおかげです。ありがとう」

「いいえ、工房のみなさんや地元の協力があったからです。私はただそれを取り次いだだけで……」摩耶子は控えめに言った。

「顔色があまりよくないけど、疲れてるんじゃないか?」

社長が目の奥をのぞき込むように小声で言った。

「年齢のせいだと思います」

確かにここ最近一気に疲れやすくなり体調が優れない日もある。

「これが終わったら有休でも取って少しゆっくりしなさい」

「ええ、そうさせてもらいます」

「摩耶子さん、入社してから一度も有休消化してないんだから」

社長は摩耶子の肩をポンと叩いて去っていった。

確かにここ一ヵ月ぐらい、食欲もなく、体重が四キロも減っていた。普段はあまり摩耶子に関心のない圭祐も、痩《や》せすぎじゃないかと心配していたぐらいだ。時々みぞおちから背中にかけて、ぎゅっと締めつけられるような痛みを感じることもある。今回のフェアの準備で、精神的なプレッシャーを感じていたからだと思っていたが、いよいよ更年期に差し掛かり、体力の衰えも始まっているのだろう。これからは若い頃のようになりふり構わず仕事をするのはセーブしなければならないのか……。

だが、樹里亜が大学を卒業するまでは頑張るしかない。気怠さを押しやるために開店と同時に流れ込んできた客に向かって、「いらっしゃいませ」と元気良く挨拶をする。

この日も先着百名限定の『おばあの山菜』は、開店から三十分ほどで配付終了となった。

摩耶子がレジ横に『配付終了』の札を掲げたところ、一人の女性が近づいてきた。年齢は六十代ぐらいで、オシャレなワンピースに高級バッグを持ち、テレビなどでインタビューを受けている典型的な銀座マダムに見えた。

「あら、山菜のプレゼント、もう終わっちゃったの？」

マダムは残念そうに肩を落とした。

「申し訳ございません。今日の分は終了してしまったんです」

「やっぱり本場の山菜は違うわね。とっても新鮮でシャキシャキしていて、スーパーで買うものとは全然質が違ったわ」

自分のことを褒めてくれているようで嬉しかった。

　マダムはさらに摩耶子に接近して耳元で言った。

「九十になる高齢の父がね、最近は食が細くなって、決まったものしか手をつけてくれないんだけど、お宅の山菜を天ぷらにしたら――喜んで食べてくれたのよ」マダムは心が温かくなるような優しい笑みを浮かべた。「もう一度食べさせてあげたかったんだけど、仕方ないわね」

　立ち去っていくマダムの後ろ姿がとても気の毒に見えた。

「お客様――」摩耶子はマダムを呼び止めた。

　バックヤードに走り、予備に取っておいたパッケージされていない山菜の袋を持って、再び売り場に戻った。

「これよかったら」

「いいんですか！」マダムはお菓子をもらった子供のように驚き喜んだ。

「ウチの商品をこんなにも褒めていただいて嬉しかったです。ぜひお父様にお召しあがりいただいてください」

　胸が熱くなった。客の笑顔や喜びがあるから、仕事に打ち込めるのだ。あと何年働けるだろうかと弱気になっていた気持ちは、すっかりどこかへ飛んでいた。

　二十時に最後の客を見送った時には、持ってきた商品の多くが棚から消えていた。開催期間中に何度も足を運んでくれた客がいたことが、好評だった証《あかし》だろう。

「皆さん、お疲れ様でした。ささっと片付けをして、明日は観光を楽しみましょう」

社長の言葉に、若い社員たちは歓声を上げ、手を叩いて喜んだ。年に一度の東京出店。翌日は、社員旅行を兼ねて東京観光を楽しむことが恒例となっていた。

片付けをする若いスタッフたちからは、この後何を食べに行くだの、夜はどこそこへ遊びに行くだのと、楽しげな会話が聞こえてくる。

「摩耶子さん、若いやつらはラーメンを食べてその後渋谷《しぶや》のほうへ行くみたいだけど、うちは新橋《しんばし》あたりでしんみりと一杯どうだい？」

社長が気を遣って声をかけてくれた。

「ありがとうございます。ですが、今日はそんなにお腹も空いていなくて……」

夕方ぐらいから、倦怠感《けんたい》がさらに増してきていた。食欲よりもこのままベッドに倒れ込みたかった。

「えーっ、摩耶子さん行かないの？」パートの西森が残念がるように言った。

「皆さんで行ってきてください。明日の東京観光もありますし、私は先にホテルで休ませていただきます」

「摩耶子さん、疲れているようだし、なんならここはウチらに任せて先にホテルに戻っていてもいいんだよ」社長は心配そうに眉間《みけん》に皺《しわ》を寄せた。

「ありがとうございます。あと少しなんで、これだけ終わらせちゃいます」

そう言って、摩耶子は段ボール箱の蓋を閉じてテープを貼って持ち上げた。

その時だ。背中から腹部にかけて、刀剣で突き刺されたような激痛が走った。

「うっ！」といううめき声とともに、全身の力が入らなくなり、持っていた段ボール箱とともに前方に崩れるように倒れた。

「摩耶子さん！」

異変に気づいた社長が慌てて駆け寄ってくる。

摩耶子はすがるように社長の足首を握った。出産の痛みを彷彿《ほうふつ》させるような苦しみに、今にも身体が裂けそうな気がした。

「ぎぃやあぁぁ――うぅぅぅ……」摩耶子は狂犬のように唸《うな》り続ける。

「すぐに、すぐに、救急車を呼んで――」社長が指示を出す。

少しずつ意識が遠のいていく。心配そうに摩耶子を取り囲むスタッフたちの顔が霞《かす》んでいく。必死に呼びかける彼らの声も小さくなっていく。――やがて、目の前に真っ暗な幕が下りた。


翌朝、摩耶子が目を覚ますと、真っ先に点滴の袋が視界に入ってきた。袋から出た細い管を辿っていくと、摩耶子の腕に繋がれている。どうやらここは病院らしい。

白衣を着た若い男性が看護師を連れて入ってきた。

「矢島さん、目が覚めましたか」

「あの……ここは」と言いかけて身体を男性のほうに向けかけたところで背中に鈍痛が走った。同時に昨夜の記憶が蘇ってくる。

そういえば――秋のふるさとフェアの撤去中に、背中と腹部の激痛に襲われ、あまりの痛みに意識を失ってしまったのだ。

そこへもう一人男性が入ってきた。見覚えある作業着姿――。

「しゃ、社長……」

「摩耶子さん、身体が辛かったのに、無理をさせてしまっていたみたいで、申し訳なかったね」

社長は摩耶子の顔を見るなり頭を下げた。

「今日は東京観光に行ったんじゃ……」

真っ先に思い浮かんだのは、他のスタッフが楽しみにしていた観光を、摩耶子が倒れたせいで台無しにしてしまったのではないかという不安だ。

「摩耶子さんがこんな状態で、とても観光を楽しむ気分にはなれないから、ホテルをチェックアウトしてそのまま帰ることにしたよ」

「私のせいで……ごめんなさい。すぐに会社に戻ってフェアの整理をしないと」

摩耶子は上半身を起こしかけた。

「摩耶子さん」叱りつけるような社長の声が病室に響いた。「しばらく仕事のことは考えなくていいから、しっかり検査してもらいなさい」

社長は引きつったように声を震わせた。

「検査って……」と言いかけて息を呑んだ。私、どこか悪いんですか――と聞きたい気持ちを必死に抑えた。

社長の後ろに控えていた白衣の男性が前に出た。

「矢島さん、しばらく入院して、精密な検査をしなければなりません」

医師らしい男の口調から、大がかりな検査をしなければならないのだろうと予感した。何か大きな病気の疑いでもあるのだろう。

「あの……主人は？」社長の顔を見た。

「昨夜からご主人の携帯へ何度も電話をかけているんだけどね……」

社長はいっそう顔を険しくして首を横に振った。

よかった——摩耶子は思わず口にしてしまいそうだった。

圭祐には知られたくない。樹里亜にはもっと知られたくない。

圭祐が電話に出ないのは、どこか飲み歩いているか女のところにでも行っているからだろう。摩耶子が出張の度に、市内で他の女性と親しくしている圭祐の姿を栞が目撃していて、警告してくれていた。家のゴミ箱にラブホテルのレシートが捨てられていたこともあった。不倫をしていることは明らかだった。だが、摩耶子は見て見ぬふりをし続けてきた。圭祐が、樹里亜にさえ手を出さなければ——。

それから三日間、人体実験でもされるかのようにレントゲン、ＣＴスキャン、血液検査など——身体中調べられた。検査室前ですれ違う患者の様子に、自分がどういう状況に置かれているのか実感がわいてきた。病名も想像できた。こうやって少しずつ覚悟が植え付けられていくのだろうか。数日前までの何でもない日常が、遥か遠い過去のことに思えてきた。

すべての検査が終わった翌日、病室に圭祐がやってきた。

「どうしたの？」

圭祐の顔を見て驚いて聞いてしまった。圭祐には、急性胃潰瘍《いかいよう》で数日間の入院が必要になったけど、何も心配いらないとごまかしておいたのに、なぜ……。

「昨夜、病院から連絡があって、今日の午後来るようにって——摩耶子、お前最近かなり痩せたみたいだけど大丈夫なのか？　何か悪い病気にかかってるんじゃないよな」

圭祐の瞳は不安で歪んでいた。

そこへ担当の若い男性医師が入ってきた。続いて年配の男性医師も——。

普段開けっ放しのドアがぴたりと閉められた。外の世界と遮断されて、閉じ込められたような錯覚に陥った。二度とこの部屋から出ることは敵《かな》わないような気がして、恐ろしくなって鼓動が一気に速まった。

「秋が深まりましたね」

年配の医師は、摩耶子の緊張をほぐすためか、病室のカーテンをちらりと開けて窓に向かって言った。

「ええ」と摩耶子は上の空で返した。

ぐるりと向き直った医師の顔は、判決を告げる裁判官のように強張《こわば》っていた。

不気味な沈黙に居たたまれなくなった圭祐が「摩耶子はいったいどこが悪いんですか？」と聞いた。

二人の医師がわずかにアイコンタクトをとったように見えた。

「ご主人もそちらにお座りください」

若い医師が摩耶子の隣に座るように圭祐を促した。

二人の医師が正面に並んで姿勢を正した。圭祐もつられて背筋を伸ばした。ベッドの上で上半身を起こしていた摩耶子は、布団の下でぎゅっとシーツを握りしめた。

「お二人には酷な宣告になるかもしれませんが」年配の医師がそう前置きした。「摩耶子さんの膵臓《すいぞう》には大きな腫瘍《しゅよう》がありました。組織を採って調べたところ……悪性でした。しかもかなり内部まで浸食していて腹腔《ふくくう》動脈にまで及んでいます。……手術は難しい状態です」

話を聞きながら全身が強張っていく。

想像していた展開を遥かに超えている。手術は難しい——手術の必要はないではなくて、手術はできないと言っているのか……その言葉の意味を理解しようと何度も復唱するが、唐突すぎて頭の中は真っ白になる。夢でも見ているんじゃないだろうか。現実の出来事だという実感はない。

先に反応を示したのは圭祐だ。

「先生、手術ができないって、摩耶子の身体に何が起こっているんですか?」

圭祐は身体を前に乗り出し、年配の医師の腕にすがりついた。

「ご主人、落ち着いてください。今は医療も進んでいますので、今すぐに命に関わるということはありません。治療をして少しでも長くご家族と居られるように——」

「少しでも長く……先生、それってどういうことですか?　……摩耶子の命は限られているということですか?　末期癌《がん》ってことですか?　もう助かる見込みはないってことなんですか?」

医者は無念さを滲ませながら咳払いを一つした。

「正直に申し上げます。余命は一年あればいいほうだと思っておいてください」

圭祐が立ち上がって医師の両肩を摑んだ。

「あんた、摩耶子を見捨てる気か！　医者だろ、だったらハッタリでもいいから助けてあげますって言えよ。摩耶子はあとわずかしか生きられないって——はい、わかりましたと受け入れられる患者や家族がどこにいるんだよ」

圭祐は責めるようにまくし立てる。

「我々も精一杯の治療はいたします。ですが、完治が難しい状態であることは覚悟しておいていただきたいのです」

「何かの間違いだよなー。俺が定職につかないから皆でグルになって俺を騙そうとしてるんだよなぁ」圭祐は摑んだ医者の肩を力一杯揺すり続けた。

若い医師が二人の間に入り引き離そうとする。

「ご主人、現実を受け入れられない気持ちは充分わかります。ですが——」

「そ、そんなぁ、摩耶子はまだ四十代半《なか》ばだぞ。これまで俺と樹里亜のために、休む間もなく自分を犠牲にして働いてくれていた——俺なんてずっと摩耶子に甘えていたんだ。酒に溺《おぼ》れ続けて——それでも摩耶子は俺を見捨てないでいてくれたんだ。なんで摩耶子がこんな仕打ちをうけなきゃならねえんだよ。死ななきゃならねえのは俺のほうだよ。なんで摩耶子が……俺の膵臓でも腎臓《じんぞう》でもなんでも取ってくれていいから、摩耶子の命を助けてくれよ。先生、頼むよ、お願いだよ」

圭祐はそのまま膝から床に崩れ落ちて、摩耶子の膝元にすがりつきながら大声で泣き始めた。

そんな圭祐の姿を見ていると、不思議と摩耶子自身は冷静になれた。

「私は大丈夫だから……」

摩耶子は圭祐の背中をさすりながら優しく語りかける。

圭祐は迷子になった後で母親と再会した幼児のように、摩耶子の太ももをぎゅっと摑んだまま離れようとしない。

摩耶子がいなくなったら圭祐は、さらに酒に溺れておかしくなってしまうのではないか。その時、樹里亜はどうなってしまうのか——。自分の命に限りがあることを知り、自分が何をしたいというのではなく、残された時間で圭祐と樹里亜と、どう向き合っていくかを考えなければならない。

摩耶子には樹里亜を一人前に育てなければならない義務があるのだ。

樹里亜が大学を出て社会人になった時、十五年前の真実を伝え自分の将来を選ばせるつもりだった。それが親として、いや人として、社会と樹里亜に対する摩耶子の責任でありケジメだった。

その責任を果たすことができずに死んでしまうなんて……。

(四) DNA鑑定

「なあ、丈治、今晩仕事帰りに一杯どうだ?」

昼食を終えて職員用の休憩室でくつろいでいると、筧が入ってきて丈治の顔を見るなり開口一番に言った。

「今日は……ちょっとな」丈治は言葉を濁《にご》した。

「嫁さん家で待ってるのか？」残念そうに言った。

「そういうわけじゃないんだが……」

「じゃあ、一杯ぐらい付き合えよな」

夜は特別予定が入っているわけでもない。紗英に外で食べてくると連絡を入れれば済む話だ。だが、飲みに行く気分にはなれなかった。

しばらく考え込むふりをしてから切り出した。

「悪い、今日はやめておくよ」

「なんだよ。付き合い悪いなぁ」筧は不満げに口を尖らせた。

「そういう気分になれないんだ」と頭を下げた。

「何か困っていることでもあるんじゃないのか？　悩みなら聞くぞ」

「お前に話せるようなことじゃない」

筧にまじまじと顔を見つめられて、無意識に視線をそらした。

「体調でも悪いのか？」

「このあいだの健康診断の結果も、肥満以外は何も問題なしだ」

「じゃあ、あれだ……女だろ？」

「えっ⁉」図星を指されて返す言葉に戸惑った。

「やっぱりな」筧は口元を綻ばせながら、丈治の隣に身を寄せた。

「なぜわかるんだよ」

「大抵男が落ち込む時は、女か金が絡んだ時だ。お前はギャンブルをしない。金に困ることはないだろう。そうなりゃ答えは一つだけだ」

——くそっ……何も言い返せずに悔しさと一緒に言葉を呑み込んだ。

「不倫が嫁さんにバレたのか？」

「違う」とっさに否定した。

「まさか、ウチの生徒に手を出しちまったのか？」

「なわけないだろう」言葉に力がこもる。

「冗談だよ」と言って筧は隙間だらけの前歯を見せた。「まあ、その顔を見てると結構深刻そうだな。こう見えても若い頃はいくつもの修羅場をくぐり抜けてきたんだからな。今晩、聞いてやるから。駅前の居酒屋でな」

筧は丈治の肩を軽く叩いて休憩室を出ていった。変わらず気分は乗らなかったが、このままへんな誤解をされても困ると思った。

紗英には筧と飲むことになったとメールだけ送っておいた。

「——十六年前の女の復讐ってどういうことだよ」

酒が回って愉快そうな筧は、周りの客に聞こえるほどの声量になり始めていた。

「おい、声がでかいよ。万が一、学院の保護者にでも聞かれたらどうするんだ」

「だってよ、十六年も前に関係をもった女が今さら復讐するって、いくらなんでも考えすぎだろ」

酒のせいかもしれないが、どうやら筧の頭の中には、十六年前に芽依が誘拐されているという事実は消えてしまっているようだ。ここで説明したところで話が長くなるだけだと、丈治は黙ってグラスの酒を流し込んだ。

「それで、お前は何年も不倫関係にあった女を、妊娠させちまったわけだな?」

筧は淡々と言った。

「ああ、ちょうどそのタイミングで紗英の妊娠が発覚して、彼女とだらだらとその関係を続けていくわけにはいかなかった。俺だっていつかは終わりにしなければならないと思っていた。紗英にだって申し訳ないと思っていたんだ。だから紗英の妊娠を理由に関係を終わらせようと、彼女を呼び出して別れを切り出したんだ」

「それは都合が良すぎるだろ」

筧は物凄《ものすご》い剣幕で詰め寄ってきた。

「もちろん彼女は、俺に妻がいることは知っていた。それを承知の上での関係だった。なかなか子供ができなかったので不妊治療を行っていることも彼女には伝えていた。だから、妻に子供ができたと伝えたらよかったじゃないと——後で思えば、妙にさっぱりしていたけど、特に俺に対して未練があるようにも思えなかった。それから一週間後ぐらいに、彼女のほうから連絡があったんだ。俺の子供を妊娠したと——彼女は一人で産んで育てるつもりだというから焦ったよ。万が一、子供が生まれた後、養育費だの請求されたら厄介なことになると——生まれてくる子供の幸せを願うなら、お腹の子は諦めるべきだと、堕ろすように説得した。だけど、彼女から迷惑はかけないから産ませてくれと詰め寄られた。そんなことされたら紗英や両親にも知られてしまう――俺は先のことを考えたら怖くなって、これ以上俺に関わらないでくれと、一方的に突き放したんだ」

今思えば身勝手な行動だったと思う。自分の保身に走り、相手の気持ちなんて一つも考えていなかった。あの時違った形で誠意を見せていれば、今になってこんなに苦しむことはなかったのだと、やり場のない後悔が押し寄せてくる。

しばらく沈黙が続く。

「その後、その女から連絡は？」

「それっきりしばらく連絡はなかった。彼女も冷静に考えて理解してくれたんだと安心していた。紗英の出産の準備や仕事も忙しくなり、すっかり彼女のことなんて忘れていた。それが――紗英が出産した直後に、彼女から久しぶりにメールが届いた。アドレス帳から消去していたんで、メールがきた時は、差出人不明で迷惑メールか何かかと思い、そのままスルーしようとした。だけど、開いてしまったんだ――」

そこまで話して、当時の記憶が鮮明に蘇り、思わず身体がぶるりと震えた。

ひとまず気を落ち着けるために水を口に含み、喉を潤《うるお》してから再び語り始めた。

「彼女は無事出産を終えたという報告のつもりで送ったのかもしれない。短い文面だったが、生まれた子供の背中には俺と同じ位置に特徴的な二つのホクロが並んでいたって――。俺が他の男の子供じゃないかと、別れ際に言ってしまったことを、ずっと根に持っていたのかもしれない。まるであなたの子でしょ、これでも認知しないつもりかと言われているみたいで、ぞっとしたよ。すぐにメールは消去したんだ。その直後に芽依が誘拐された。警察から犯人に思い当たる節はないかと聞かれた時、真っ先に彼女の顔が浮かんだ。彼女が誘拐犯だという確信があったわけでもなかったので、警察に言おうか言うまいか迷ったけど、親切そうな刑事にそれとなく切り出してみた。その後、その件について、一切連絡はなかったところをみると、彼女は芽依の誘拐とは関係なかったんだろうと思う」

「そういえば、お前んところ、十六年前に娘を誘拐されていたんだな……」

話の途中で、筧の顔面から酔いが醒《さ》めたように血の気が引いていった。

今までの発言を詫びるように肩を落とした。

そんなことはどうでもよかったので、軽く視線でうなずいて話題に戻り、「これってどう思うよ？」と問いかけた。

「けど、今になって復讐って、それはお前の考えすぎだろ。そもそも女はどんな復讐を企んでいたというんだよ」

筧は首を傾げた。

「立派に成長したわが娘を俺たち夫婦に見せつけることが、彼女が考えていた復讐ではないかと……。あの当時はニュースでも誘拐のことはかなり大きく取り上げられていた。俺も父親として、テレビのインタビューで犯人に娘を返してほしいと訴えた。彼女の耳にだって、俺が娘を誘拐されたことぐらい届いていたはずだ。その時彼女の中でこの誘拐をうまく利用して、俺をさらにどん底に突き落とすための復讐が始まったんじゃないかと」

「復讐？」筧は丈治の言う〝復讐〟の意味を理解できずに首を傾げて聞き返してきた。

「俺たち夫婦にとっちゃ、今も戻らない娘のことを思うと後悔の念で胸が痛い。一生このしがらみを背負って生きていかなければならないんだ。俺の血が半分入った娘が目の前に現れたと想像してみてくれ。もしも娘が普通に成長していたら、その子と同じようになっていたんだろうと、否《いや》が応《おう》でも考えてしまうだろ。それが、彼女が俺に与えた復讐だ」

実際に子供を誘拐された親でないとこの気持ちはわからないだろう。このあたりでこの話題は切り上げようと話をまとめかけた。

「それで、お前はここんところ元気なかったのか」

筧が大きな音を立てて丈治の背中を叩いた。

「ああ」丈治は肯定するようにうなずいてから続けた。「この学院に隠し子が入学しているんじゃないいかって」

「考え過ぎじゃないか」

楽観的な筧の言葉に重ね合わせるように丈治は口を開いた。「これまで他人と距離を置いていた女房が、最近ウチの学院の生徒と頻繁に会っているんだ。名前はヒカリっていうらしいんだが、在校生のデータベースで調べてみても、ヒカリなんて生徒いなかった」

「まあ、ＳＮＳでハンドルネームをいくつも使う時代だからな。おそらくその〝ヒカリ〟ってのも偽名なんじゃないのか？」

「だから余計怪しいんだよ。なんでウチの女房に近づくのに偽名を使う必要があったんだ」

握っていた割り箸が、あまりの力にミシミシと音を立てていた。

しばらく考え込んでから筧は言った。

「仮にその女が復讐心を抱いていたとしても、娘を誘拐された時点で、彼女が企んでいた復讐以上の仕打ちをお前は受けているわけだし。それに、娘の人生を巻き込んでまで復讐しようという母親はいないだろう」

「そうか……」

筧に話を聞いてもらい幾分気が楽になった。やはり丈治の思い込みだろうか。

「まあ、どうしてもその子について調べたいと言うなら、俺が探偵役になって、身元を突き止めてやってもいいぞ」

「助かるよ」

いずれ、筧にヒカリの身元を調べてもらわなければならない日がくるかもしれないと感じていた。だが相手は未成年の少女だ。できることなら余計な詮索はしたくない。

筧は腕時計を確認した。入店してから三時間近く経っていた。

「すまん。だいぶ時間経っちまったな」

財布を出そうとポケットに手を突っ込んだ筧を制して、伝票を店員に向かって掲げた。

「お兄さん、お会計お願いします」


自宅に戻ったのは二十三時過ぎだった。浴室からシャワーの音が聞こえてくる。

丈治は部屋着に着替えようと寝室に向かった。ウォークインクローゼットの一番奥に紗英の白いバッグが隠すようにしまってあった。普段は手の届きやすい手前に置いてあるのだが……

胸騒ぎを感じた丈治はそっとファスナーを開けた。レターパックの封筒が見えた。

誰かに何かを送るのだろうか？　紗英には家族も両親もいない。親戚とだって疎遠になっているはずだ。手紙で交流するような友人なんていないはずだ。まさか、ヒカリと――。

丈治は封筒を取り出した。

遺伝子鑑定研究所――宛名《あてな》を見て、身体が固まった。

すぐに紗英が何を考えているか直感した。やはり紗英はヒカリが丈治の隠し子ではないかと疑っていたのだ。ヒカリと丈治の親子鑑定を申し込もうとしているのだ。

その時、浴室のドアが開いて、紗英の声がした。

「あなた、帰ってきてたの？」

丈治は慌てて封筒をカバンに突っ込んだ。

「ああ、今ちょうど帰ってきたところだよ」

「遅かったのね。すぐに出るからお風呂入ったら」

「そうさせてもらうよ」

しばらくすると、浴室からドライヤーの音が響いてきた。

丈治は封筒を取り出した。封はまだされていない。透明な袋が二つ入っている。一方には、艶と張りのある真っ黒な毛髪が一本――。紗英のものでも丈治のものでもない。

――ヒカリのものじゃないだろうか……。

もう一つの袋は空だ。

――ここに何を入れるつもりか？

紗英は、今晩にでも丈治の毛髪を入れて、鑑定に出すつもりでいるのだ。

万が一親子判定が出ようものなら――不倫だけじゃない、隠し子の事実まで紗英に知られてしまう。

どうしたらいい……浴室から漏れるドライヤーの音が丈治を急《せ》かす。紗英が髪を乾かしている七、八分の間に結論を出さなければならない。

(五)　紗英の葛藤

昨日、紗英はヒカリと自分の毛髪を入れたＤＮＡキットを『遺伝子鑑定研究所』に発送した。ポストに投函してもよかったが、集荷中に、万一紛失されでもしたらと不安になり、最寄りの郵便局まで持ち込んだ。

昼過ぎに発送票の控えで配送状況を確認すると、午前中に配達済みになっていた。

鑑定結果が出るまでは一、二週間と記してあった。郵送とメールで結果通知を選べたので、もちろんメールで報告してもらうように依頼した。

これから一、二週間、落ち着かない日々を過ごすことになるのだろう。案の定、朝の洗い物の時に茶碗《ちゃわん》を二つ割ってしまった。

時間を潰そうとテレビをつけてみても、内容がまったく頭に入ってこない。

仕方なく、パソコンを開いて、『ＤＮＡ親子鑑定』と検索してみる。実際に鑑定を受けた体験談や手記が多数ヒットした。

片《かた》っ端《ぱし》からそれをクリックしていく。鑑定を受ける親たちの生々しい声が綴られていた。

多くの父親は子供が成長していく過程で、娘や息子が本当に自分の子供なのか、血が繋がっているのだろうか……という疑念を抱くものだ。紗英と同じように、他人の子を自分の子ではないかと疑って検査を受けるような事例は、あまりない。

ある男性は、生まれてきた息子が、自分（A型）と妻（AB型）から生まれる確率が極めて低いO型だったことを成長していく過程で知り、疑いを抱く。しかも妻はそれを隠して息子はA型だと周りには言っていたようだ。

その男性は、仮に息子と血の繋がりがなかったとしても、その事実を心の中にしまっておくつもりで、親子鑑定を受けた。もちろん極めて息子とは親子である確率は低いという結果が出るのだが、その日を境に、息子を見る目が無意識のうちに変わってしまったのだという。万が一、息子が事故や事件に巻き込まれた時、自分の命を犠牲にしてでも助けたいというそれまであった信念が、揺らいでいることに気づいたのだ。どんなに自分に言い聞かせても、根底にある何かがそれを拒絶しているのだと。

男性は手記の最後にこう綴っていた。

鑑定を受ける前は、仮に息子と血が繋がっていなくても、すべて受け入れるつもりだった。理屈ではわかっていても心はその事実を受け入れてくれない。軽い気持ちで受けるものではなかった――と後悔を滲ませていた。

また、あるブログには、成人した女性が、遺伝性の病気を心配して両親との親子鑑定を受けた時のことが書かれていた。

女性は、あくまで将来の健康への不安から遺伝子的な検査を受けたつもりだったようだが、そこで驚愕の事実を知ってしまう。自分と父親は親子の確率が限りなくゼロに近いというものだ。もちろん父親もそんな事実を知らなかったようだ。母親は娘にその事実を隠していたのだ。それがきっかけで両親は離婚に追い込まれた。さらに女性は今まで父親だと思い接していた男性が、赤の他人であると知って拒絶反応が起こり、顔を見ることも、同じ空間で息をすることさえも耐えられなくなったというのだ。

親子鑑定はまさにパンドラの箱だった。知らなければ平穏に暮らせていた事実を知ってしまったがゆえ、家族の絆にヒビが入り、バラバラになってしまう。決して軽い気持ちや興味本位で開けてはいけない。

紗英の場合はどうだろうか？　紗英は自分の立場に置き換えて考えてみた。

ヒカリとの親子判定がゼロパーセントだった場合、今までの生活に何も支障はきたさない。丈治とも今までどおりの生活を続ければよいのだ。

もしもヒカリと親子だったとしたら――それは誘拐された芽依が生きていたということになる。

十六年間の苦悶と後悔に苛《さいな》まれ続けた日々から解放されるのだ。

紗英には、親子鑑定によって失うものなど何一つない。

だが、ヒカリの立場になって考えた時、それは必ずしもハッピーな結末だけではないことに気がついた。

ヒカリは今の両親を実の親だと信じて十六年間過ごしてきた。

もしも、紗英と血が繋がっていることが判明すれば、ヒカリと今の両親は血が繋がっていないということが証明される。ヒカリの両親が芽依を誘拐したかどうかは別として、ヒカリにとっては十六年間信じてきた両親に裏切られたのだから、そのショックは計り知れないだろう。紗英とヒカリは、今は、他人として互いに接しているから、関係もうまく築けているかもしれないが、紗英が母親だということがわかり、今よりもっと深い関係性を築いていけるかと問われれば、自信はない。

仮にヒカリに両親がいなければ、その結果を素直に喜び受け入れてくれるかもしれないが、今さら紗英が母親だと名乗り出たところで、彼女の人生を狂わせてしまうだけではないか。生みの親より育ての親という言葉があるように、血の繋がりなんて子供にとってはどうでもよいことなのかもしれない。

そうなると、紗英は余計なことをしているのだ。仮にヒカリと親子の判定が出た時、迷わずに警察に通報できるだろうか……。

芽依が生きていてくれた——我が子の無事を喜ばずにはいられないだろう。その半面、ヒカリが実の娘であるということは、ヒカリの両親が紗英から芽依を奪った誘拐犯であるか、直接手を下していなくとも関わっていた可能性が高くなる。

紗英が望む結末を迎えた時、その事実を自分の中だけで消化することができるだろうか……。絶対にムリだ。ヒカリの幸せを天秤にかけても許すことはできない。私たち夫婦の十六年間を返せと憤りを抑えきれないだろう。

そんなことを考えているとあっという間に時間が過ぎていた。

玄関でシロの鳴き声が聞こえ我に返った。散歩の時間だ。慌ててジーンズに着替えて、シロにリードをつけて家を出た。

河川敷に向かういつもの散歩道を歩きながらふと思った。

——いつものようにヒカリと会えるだろうか。ヒカリの笑顔をいつものように見れるだろうか。隠れて親子鑑定をしてしまったことに罪悪感が込み上げてくる。

こんな状態でヒカリに会えるわけがない。今日だけはやめておこう。紗英はシロのリードを河川敷とは反対方向に引っ張った。シロは抵抗するように首を振った。

「シロ、今日はヒカリちゃんいないのよ。別のコースをお散歩しましょう」

それから十日が過ぎた。毎晩、丈治が風呂に入った隙をみて、パソコンを開いてメールを確認するのが日課となっていた。

もちろん怪しまれないために、これまで使っていたメールアドレスではなく、新たにアドレスを作り、鑑定結果はそこへ届くようにしておいた。毎回ログアウトして、履歴を消すのも忘れないように気をつけている。

初めは不慣れだったログインも、ＩＤとパスワードを覚えたのでだいぶスムーズになった。エンターキーを押すと、一瞬画面がフラッシュして、受信箱へと移動する。

——受信メール一件。

これまでは、『新着メールなし』だったのが、この日は初めてメールが届いていた。件名のところを確認すると、『三好紗英様　ＤＮＡ親子鑑定のご報告』とあった。

じっとしていられないほど身体がそわそわとし始める。

もう一度丈治が浴室にいることをシャワーの音で確認する。この十日間のじれったさから早く解放されたいという思いと、この結果を今の自分の裁量で消化できるかどうかという不安が交錯していた。

どんな結果でも受け入れよう。

震える手で開封ボタンをクリックする。

先日ご依頼いただきましたＤＮＡ親子鑑定の結果についてご報告いたします。
依頼人・三好紗英様と「子供」の鑑定結果は、生物学上の親子であることは否定されました。
親子である可能性は、まったくありません。（０％です）
私的関係の結果は――

その文面に続いて、細かい数値がぎっしりと書かれた表があった。そんなものを確認することなく、紗英は愕然《がくぜん》としながらうなだれて、キーボードの上に頭を置いた。

もしもヒカリが娘だったら、芽依は生きていた――というこの希望は、この瞬間儚くも消え去った。

しばらくしてから顔を上げた紗英は、放心状態で画面を見つめていた。

親子である可能性はまったくありません――というワードが呪文《じゅもん》のように頭の中を飛《と》び交《か》っている。

「ヒカリちゃんのためを思えばこれでよかったのよ。ヒカリちゃんが芽依だなんて、ヒカリちゃんの両親が誘拐犯だったなんて、あるはずないのに……。これでよかったのよ……」

自分に暗示をかけるように何度もつぶやいた。涙を必死にこらえようとするが、一粒、また一粒、涙が溢れ落ちていく。

無理に自分を納得させようとすればするほど、ヒカリと出会ってからの楽しかった記憶が、走馬灯のように蘇ってくる。

そもそも、なぜ紗英は、ヒカリが芽依かもしれないと思い始めたのだろうか。きっかけは人間嫌いなシロがヒカリに懐いたことだった。その時は、どことなく紗英と雰囲気の似たヒカリに、シロは親近感を覚えたのだろうと感じていた。

だが、次々と芽依を連想させるような出来事が起きる。芽依が生まれた時にあった背中の二つのホクロが、ヒカリにもあったのだ。そのホクロは丈治の背中にもある。芽依が生まれた時、ホクロを見て「あなたと芽依が家族だという証ね」と言ったことを覚えている。

ヒカリが自宅へ遊びに来て、ソファーで寝てしまった時、ヒカリの後頭部を見て、左右に一つずつつむじがあるのだと驚いた。後日、ヒカリとまったく同じ位置に二つ、丈治にもつむじがあるのを知った。

こうして考えてみると、ヒカリを芽依かもしれないと思い込むようになったきっかけは、丈治との共通点ばかりだ。

そのことを伝えた時の丈治の反応は、実に素《そ》っ気《け》ないものだった。

紗英が芽依ではないかと口にすると、断固としてそんなことあるわけがないと否定されたのだ。口では神経質な年頃の少女を惑《まど》わすようなことはすべきでないと、教師らしいことを言っていたが、その言葉には、これ以上ヒカリのことを調べてほしくないという思いが潜んでいたのではないか。

それだけじゃない。紗英がヒカリに会うようになってから、丈治の様子がおかしいように感じる。何かに怯えているのか、何かを隠しているのか……。

「まさか！」

紗英は思わず声に出してしまい、慌てて口元を両手で押さえた。

ヒカリが丈治の隠し子である可能性だ。

ベッドに置いてある丈治が愛用している枕《まくら》には、短い毛髪が何本かついている。

紗英はそれをそっとつまんでみて、ダウンライトの灯りに照らしてみた。半分白くなりかけている太く短い髪の毛は、丈治のもので間違いないと思った。

その瞬間、紗英は恐ろしいことを考えている自分に思わずぞっとした。

丈治とヒカリの毛髪を親子鑑定にかけてみれば、すべてはっきりするのではないか。

紗英は、もう一本のヒカリの髪の毛が貼ってある日記のページをめくった。そこに丈治の髪の毛を並べてみた。

夫を疑い、こんなことをしようとしている自分に嫌気がさす。ネットで見た親子鑑定によって、バラバラになった家族の手記やブログが頭を過ぎる。ヒカリと丈治の親子鑑定は、紗英にとって、何の利益ももたらさない。世の中知らないほうが幸せなことは山ほどある。手記やブログを読んだ時、不幸しか待っていないその先の扉をなぜ彼らは開けようとするのかわからなかった。

だが、今こうして同じ立場に立った時、不幸になっても知りたいと思う自分がいるのだ。

これ以上この件に首を突っ込んじゃいけない——なんとかブレーキをかけようとしても、頭の中は丈治への疑念で埋め尽くされていく。

ふと、紗英が三十歳の頃の映像が、頭の中で流れた。

紗英は二十代中盤から、ずっと不妊治療を受けていたのだ。しかし、三十歳を目の前にしても妊娠の兆しが見えず悶々《もんもん》としていた。そんな時、丈治から紗英の身体や心労を心配し、「これからは二人で生きていこう」と誕生日に子犬をプレゼントされた。あの時は、丈治の優しさに心を打たれ、子供がいなくても丈治と二人で生きていくのも悪くないなと本気で思った。だから不妊治療だってやめようと思った。

丈治のあの言葉はでまかせだったのか？　丈治は、不倫していた女に子供ができたから、紗英に子供を諦めさせるつもりだったのではないか。

それだけじゃない。丈治は、紗英と離婚して、不倫相手の女に子供を産ませるつもりだったのではないか。

しかし、その直後、紗英の妊娠が判明した。丈治には、紗英とお腹の子供を見捨てて、駆け落ち同然で女のところへいく覚悟はなかった。

だが、それ以後もその女との関係が続いていたとしたら……。

丈治の不倫は今も続いていて、今もヒカリと女と三人でこっそり会っていたとしたら……。その光景が鮮明に頭の中に浮かび上がってきた。そうなると、丈治が勤務する千住女学院にヒカリを入学させたことも納得がいく。

紗英は頭の中がこんがらがっておかしくなりそうだった。

だとしたら——他の女と一緒になるために、紗英に調子のいいことを言って子供を諦めさせようとした行動も、十六年間騙し続けた行動も——絶対に許せない。

紗英には丈治の過去を知る権利があるのだ。

紗英は、パソコン画面に表示された鑑定結果のメールの最後に貼ってあった研究所のリンクを開いた。

ホームページから鑑定キットをもう一つ購入した。

これですべてが明らかになる。紗英はどんな結果になろうと後悔しないと心に誓い、自らパンドラの箱に手をかけた。後戻りできない一歩を踏み出してしまった。

(六) 摩耶子の葛藤

夕食に出されたお粥《かゆ》を口に運んだところで、気管に入ってしまい摩耶子は思わず咳《せ》き込《こ》んだ。

「矢島さん、焦らなくて大丈夫ですよ」

付き添っていた看護師がそっと背中をさすってくれた。

日に日に変わっていく体調に、思考がついていかない。今朝だって、売店まで買い物に出かけた帰りに、立っていることもできないぐらいの目眩《めまい》に襲われて、廊下の真ん中で蹲《うずくま》ってしまった。

これまで普通にできていたことができなくなっていく。健康な身体であったことがどれほどありがたかったか思い知らされた。そして、この先「死」という未知の体験に一歩ずつ近づいていくことを想像すると、その不安と恐怖が夢にまで現れ、摩耶子の眠りを邪魔するのだ。

だが、不思議にも、もっと生きたい――と思うことはなかった。

摩耶子は覚悟の上で、延命治療は行わないことを決めた。

これが、摩耶子が十五年前に犯した罪への報《むく》いなのだ。終わりのない罪の記憶こそが犯罪者にとって、本当の苦しみなのだとわかった。刑務所に入れられ、何年という刑期を科せられたほうがまだ楽だった。摩耶子は終わりの見えない苦痛をただ延々と味わわなければならない。

　この苦しみから逃れる唯一の方法は死でしかない。

逃げ続けてきたことへの贖罪《しょくざい》は、死をもって果たされなければならない。摩耶子は樹里亜が立派に成人した暁には、ケジメをつけなければならないと決めていた。

だが、神様は摩耶子にその機会さえも与えなかったのだ。

できることなら、誰にも看取られることなく、このままひっそりと死んでしまいたい。家族に会えば、いやが上にもその覚悟が揺らいでしまうことが怖い。

樹里亜を一人前に成長させることが、摩耶子の義務であり使命だった。そうすることで、精一杯の誠意を見せるつもりだったが、今となってはそれも叶わない。

樹里亜の将来を圭祐に任せるわけにはいかなかった。むしろ圭祐から樹里亜をどのように離すべきか、それだけは解決しなければ、死んでも死にきれない。

そのためには、病室で生かされているだけの時間を過ごすより、身体が動く限り、樹里亜の将来を案じ、できるだけのことをしてあげたいと考えていた。

残されたわずかな時間でその使命を果たせるだろうか——摩耶子の生への活力はそれだけだった。

出されたわずかな食事を四十分以上かけて、ようやく食べ終えた。口の中で味がなくなるまですり潰すように噛んでいるためか、ご飯を食べているというよりは、生きるためにエサを与えられた動物のようだ。

さっきから、何度か様子を見に来ていた若い看護師が、空になった食器を下げていく。摩耶子のせいで仕事の能率も上がらないのではないか。

看護師と入れ替わるように圭祐がやってきた。

テーブルの時計を確認すると面会終了時刻の五分前だった。

全力で走ってきたのか、病室に入るなり「仕事が長引いちゃって」と息を整えながら言った。

「無理しないで。圭祐までムチャして病気になったら大変だから」

摩耶子は圭祐の身体を心配して言った。

「いや、大丈夫だから」

圭祐は洗濯を頼んでおいたタオルや部屋着を袋から出しながら言った。

摩耶子が地元の病院に転院してから今日で二週間となったが、圭祐は以前に比べてだいぶ顔がやつれたのではないか。体重だって五キロぐらいは減ってしまったと思う。

摩耶子の勤務先の『いなか農場』の社長が、摩耶子の家計が大変なのを知ってか、摩耶子の抜けた穴を圭祐に担わせてくれると言ってくれたのだ。摩耶子は当初は社長のその提案を他の従業員の目もあるので断った。しかし、社長に何度も病院まで足を運ばれ、ありがたく受け入れることにした。

「仕事のほうは慣れた？」

「まあな」

「ちゃんとまわりのスタッフとはうまくやってくれている？」

聞かずにはいられなかった。

「そりゃ、摩耶子の顔に泥を塗るわけにはいかないからな、多少不服だろうと文句は言わずにやっているよ」

圭祐は摩耶子の目の奥を力強く見て言った。

「そう」摩耶子は深呼吸するように息を吐いた。

しばらく沈黙があってから、圭祐は窓の外に視線をやった。

「改めて、摩耶子はすげーと思ったよ。朝早く起きて、家のことやって、それから夜遅くまで仕事に出かけてさ……摩耶子がいないと俺は何もできないってわかったよ」

圭祐は声を震わせて言った。

「弱気になるなんて、圭祐らしくないわよ」

摩耶子はしんみりした空気を嫌って明るく言った。

「絶対に死んじゃだめだぞ。これから俺が家のことも仕事もするから、摩耶子はそばにいてくれるだけでいいから。身勝手な旦那で本当にごめんなぁ……」

必死にこらえていた感情が溢れ、言葉とともにすすり泣きが漏れた。

「圭祐……」摩耶子の胸にも熱い思いがこみ上げてきた。

十六年前、付き合っていたのかもわからないような状態で、摩耶子が一人暮らしをするアパートに転がり込んできた圭祐は、摩耶子に子供ができたと知った時、「お前は何も心配いらない。俺を信じてついてきてほしい」と男らしい言葉で不安な摩耶子を優しく包んでくれた。当時の圭祐と重なった。しばらくは生まれてくる子供のためにと、必死に働いていた。しかし、仕事上での人間関係のもつれから仕事を辞め、酒にギャンブルにと溺れるようになった。他の女といるところを度々栞が目撃している。

だが、そんな圭祐でも、摩耶子が一度も別れを切り出さなかったのは、妊娠が分かって、摩耶子が不安で押し潰されそうな時に、圭祐がかけてくれた優しい言葉があったからだ。あの一言で摩耶子は救われたのだ。

そして、いつか圭祐は立ち直ってくれる——と信じ続けていた。

ここ数年は、生活することに精一杯だった。圭祐は摩耶子が支えてあげなければ生きていけない。歳下ということもあり、圭祐を夫というよりは出来の悪い息子——として、とにかく波風立てないように、樹里亜に悪影響だけは及ぼさないでほしいと願っていたのだ。久しぶりに圭祐が男として、頼もしく感じられた。

院内に面会終了を促すアナウンスが流れた。

「あっ、いっけねぇー」

圭祐は慌ててベッドの横の棚を開けて、溜まっていた洗濯物を持ってきた袋に入れた。

「この後、夜の仕事なんだわ」

「えっ⁉」

「マサルのとこの会社で、夜間の道路工事の人員が足りないっていうから、働かせてもらってるんだ。少しでも摩耶子にいい治療を受けてもらうために、俺は精一杯働く。だから摩耶子も絶対に弱気になっちゃダメだぞ」

　圭祐は作業で汚れたままのゴツゴツした手を、そっと摩耶子の手の上に重ねた。

「ごめんなさい……私のせいで」

「謝るのは俺のほうだ。これまで酒にギャンブルに、どうしようもない俺を摩耶子は見捨てずにいてくれたんだ。今度は俺が摩耶子のために尽くす番だ」

　圭祐は摩耶子の頬にそっと手を添えて、出口へ向かった。

「樹里亜には――」

　摩耶子は上体を起こして呼びかけた。

　樹里亜はまもなく受験を控えている。少なくとも受験が終わるまでは余計な心配をかけたくなかった。

「心配するな。樹里亜にはうまい理由をつけてごまかしてある。あいつも勉強が忙しいんだろう。心配はしているが、深く追及してこなかったよ」

　圭祐は振り返ることなく行ってしまった。

「今さら遅いよ……」摩耶子はぼそりと呟いた。

　いつもそばにいて当たり前だと思っていた圭祐や樹里亜が、どこか遠くへ行ってしまう気がして寂しさに震えていた。

――どうしてもっと早く気づかせてくれないの？　こんなの……残酷すぎるよ。

（七）夫の裏切り

先日ご依頼いただきましたＤＮＡ親子鑑定の結果についてご報告いたします。

三好丈治様（父親）と「子供」の鑑定結果は、生物学上の父親であると判別できます。その確率は九九・九九九九％です。

私的関係の結果は――


真っ先に飛び込んできたのは――『九九・九九九九』という太字で記された数字。

目の前が真っ暗になった。もしもの時のためにと覚悟は決めていたが、信じていた人間に裏切られたショックは計り知れなかった。六つ並んだ九の数字が鋭いナイフのように、紗英の心にグサリグサリと突き刺さる。

調べなければよかった――胸に穴があきそうなほどの後悔にさいなまれる。いずれの結果にしても、紗英にとってはなんのメリットもなかったはずなのに……。

何かの間違いだよね。丈治に見捨てられたら、私一人でなんて生きていけないよ――頭の中で何度も丈治に呼びかける。

私のどこに原因があったというの。私はあなたのためにすべてを尽くしてきたつもりよ――

丈治と出会ってからの二十数年間を振り返らずにはいられなかった。

　結婚した当初から、丈治の愛を一番に感じていたから浮気なんてするはずないと、微塵《みじん》も疑っていなかった。いや、そうではない。紗英は丈治のことより、不妊治療のことで頭がいっぱいだった。年齢を重ねるごとに、女としてのタイムリミットを感じ、子供を授かりたいと焦り始めていた。丈治の行動になど関心がなかったのかもしれない。

　丈治とのセックスを思い浮かべてみる。最後にしたのは……思い出せない。それは芽依が誘拐される前、いや……芽依の出産前……芽依の妊娠前……不妊治療を開始する前……いったい、最後に丈治に抱かれたのはいつだったろうか？　いや、抱かれたという感覚ではない。

　結婚当初は、丈治が毎晩、紗英の身体を求めてきた。だが、紗英にとって、セックスとは子供を授かるための行為でしかなかった。行為自体が苦痛で、まったく気分がのらなかった。

　紗英の気持ちを察してか、次第に丈治が紗英を求めることはなくなっていった。やがて、紗英の生理周期に合わせて、一ヵ月に一回、儀式のようにソレは行われていた。

　もしかすると、丈治は紗英とのセックスに快楽など感じていなかったのかもしれない。代わりに外に女を作り発散していたとしたら……。だとすると、紗英にも原因があったのだ。丈治ばかりを責めるわけにもいかない。

　確かに芽依の妊娠を告げた時の丈治の反応は、喜びよりも動揺のほうが大きかった気がする。芽依が生まれた時だってそうだ。涙を流して心から喜んでくれるだろうと期待していたが、芽依を抱いた丈治の反応は薄かった。娘を抱くことは、彼にとって初めての経験であるはずなのに、なんだか冷めたような反応にがっかりしたのを覚えている。当時は父親になった実感がわかずに戸惑っているのだと思い込んでいたが、そうではなかったのだ。

芽依が生まれる前に、不倫相手の女性の子供を抱いていたから、複雑な気持ちで芽依を抱いていたのかもしれない。罪悪感や後ろめたさから、芽依としっかり向き合えなかったのかもしれない。それが気の緩みに繋がり、芽依から目を離した。その隙に――。

どんどん膨らむ妄想が、雪崩《なだれ》のように押し寄せてくる。

紗英は気持ちを落ち着けようとリビングに向かい、エスプレッソを淹《い》れた。まだヒカリが丈治の隠し子であると決まったわけではない――苦味と一緒に動揺ごと呑み込んでしまいたいと、一気にカップを空けた。

無駄な足掻《あが》きだということは分かっている。でも何かして気を紛《まぎ》らわせていないと、頭がおかしくなってしまいそうだった。

この結果を知っているのは紗英だけ――。丈治だって今さら紗英を捨てて、女の所に行こうだなんて考えていないはずだ。そんなことをしたら仕事も周りの信用も、これまで築き上げてきたすべてを、一瞬で失うことになるのだから。紗英が見なかったことにすれば、丈治とは今までどおりの関係を続けていける。

――そうだ。こんなメール消去してしまえ。『削除』ボタンにマウスのカーソルを合わせながら、自分の記憶も一緒に消去できたらいいのにと心から願った。

ふと、丈治が不倫をしていた顔も知らない女の姿がぼんやりと浮かんだ。

この女が私から丈治を奪ったのか！　それだけじゃない。紗英は大切な一人娘を誘拐されたというのに、不倫相手の女は紗英が一番欲しかった〝娘〟を手に入れている。丈治が不倫していた事実よりも、ヒカリと女が幸せそうに暮らしている姿を想像すると、炎のような怒りが体の底からわき上がってきた。

しかも、女はあろうことか、丈治が勤める千住女学院にヒカリを入学させたのだ。どういうつもりなのか？　丈治が学院で働いていることは十六年前から知っていたはずだ。仮にヒカリから通いたいと切り出されても、普通の母親なら通わせないのが筋だろう。丈治だってそんなことを許すはずが――。

いや、丈治もそれを同意の上だったのかもしれない。ヒカリを目の届くところに置いておきたかったのだ。ヒカリが成長して、生徒として自分の学院に入学してくるのを、十六年間、心待ちにしていたのだとしたら――紗英の知らないところで、ヒカリと丈治が毎日顔を合わせていると想像するだけで反吐《へど》が出そうだった。

「どうして私ばっかり、こんな目に……」

紗英は、叫び出しながら、クローゼットに入っていた丈治の洋服や私物を引きずり出した。普段、丈治がつけているコロンも、すべて偽りの匂いを放っているように感じた。もう二度と他人なんて信じるものか――こんな辛い思いは二度と味わいたくない。

なぜ自分には、こんなにも不幸がまとわりつくのか。幼少期に両親を事故で亡くし、施設で育てられ、不妊治療の末にようやく手に入れた幸せを……旦那を他の女に寝取られて……終いには愛娘を何者かに奪われた。いったい自分が前世でどんな悪行をしたというのか……。どうしてこんな仕打ちを受け続けなければならないの――いっそのこと死んでしまいたい。

丈治との思い出なんてすべて壊れて消えてしまえばいいのに――紗英はテーブルに飾られた

丈治と写った写真を、両手で叩き落とした。部屋中に高い金属音が響いた。その音に驚いたシロが、大声で吠えながら、階段を駆け上がり、寝室の扉を突き破るように飛び込んできた。紗英の足元にまとわりついて、ワンワンと吠え続ける。

「うるさい！　アッチ行け！」

紗英は無意識に乱暴な言葉を浴びせていた。まとわりつくシロを足で振り払いそうになったが、キャッキャと鳴く高い声を聞いて我に返った。

潤《うる》んだ瞳は必死に何かを伝えようとしている。

冷静になって――と訴えているようだった。

「ごめんね……シロ」

ハアハア息を切らして苦しそうにしているシロのお腹をさすりながら、そっと抱きしめた。

「シロをひとりぼっちには絶対しないから、シロだけは私のことを裏切らないよね――ごめんね、シロ、許して……」

紗英はシロの温かい身体を抱きしめながら声を殺して泣いた。シロは今まで聞いたこともないような低いうなり声をあげていた。きっと紗英を苦しめる奴《やつ》らに怒りを募らせているのだと思う。シロにまで気を遣わせちゃっている。

紗英は歯を食いしばって涙を堪《こら》え、抱きしめていたシロの身体を離した。

散らかした物を片付けようと、ガラスが砕《くだ》け散《ち》った写真立てを手に取る。だが、幸せそうな自分の笑顔を見て、再び涙が溢れ落ちた。

何かの間違いであってほしい――わずかな望みを信じて、スマホの電話帳から『遺伝子鑑定研究所』の電話番号を探す。呼び出し音が鳴って自動音声に繋がる。質問に答えて二、三番号を押すと、オペレーターにつながった。紗英はすがるように事情を話し、送られてきたメールが誤りではないかと問い詰めた。オペレーターはマニュアルでも読むように落ち着いていた。きっと紗英と同じように現実を受け入れられない人から、同様の電話が頻繁にかかってくるのだろう。しばらく待つようにと言われて、電話が保留に切り替わった。

三分後、オペレーターの口から告げられた事実に、これが現実なのだと――食い下がる気力も残っていなかった。

スマホを握ったまま紗英はベッドに顔を埋《うず》めた。

ディスプレイにはアドレス帳が表示されたままだ。ふと、『遺伝子鑑定研究所』の前にある『いずみ園』に目が留まる。紗英が高校まで世話になった養護施設だ。園長とは今でも年賀状のやり取りが続いている。毎年、夏休みとクリスマスに、園の子どもたちにお菓子やおもちゃも欠かさず送っている。

幼少期の暗い過去が頭を過ぎる。また一人ぼっちになってしまう。

今にも胸が張り裂けそうな不安から逃れようと、無意識のうちに『いずみ園』の番号を押していた。

呼び出し音が鳴り始める。なかなか応答がないので電話を切ろうと、停止ボタンに指を置こうとした時だ。

〈はい、いずみ園です〉その響きに懐かしさが込み上げてくる。

「あ、あの……紗英です。以前そちらでお世話になっていた――」夢中で言った。

数秒の沈黙があった。

〈えっ！　紗英ちゃん、紗英ちゃんか！〉

はち切れんばかりの感嘆の声がスマホから響いた。

「そうです。紗英です。ご無沙汰《ぶさた》しています」

懐かしい声に、目の前に園長がいるような錯覚に捉われた。

〈いやー、紗英ちゃんから電話くれるなんて嬉しいね。私も今は一線を退いて、こうして電話番や簡単な手伝いぐらいしかしてないんだけどね〉

園長は不妊治療がうまくいかずに悩んでいる時も励《はげ》ましてくれた。芽依を誘拐されて失意のどん底にいた紗英を気にかけて、自宅まで訪ねてくれたり、定期的に様子伺いの電話もくれていた。だが、五年ほど前に、八十を超えたのを機に、園の経営から手を引いていた。それからは一度も連絡を取っていなかった。紗英が他人で唯一心を開けた人物かもしれない。

「あの……」特に用事があったわけでもない。ただ声が聞きたかっただけなので、話の展開に困る。

〈どうした？　何か困ったことでもあったか？　あれか、旦那と喧嘩でもしたか？〉

電話口で園長が聞き慣れた笑い声をあげた。

その声に紗英の緊張がほぐれた。

「一つ聞きたいことがあって……施設で育った子供たちは、大きくなってからいきなり見ず知らずの人が、実の親だと言って現れたら、どういう反応を示しますか？」

〈そうだね〉と言って園長はしばし考え込んだ。普通の人なら、どうしてそんなことを聞くんだとか、何があったんだと深く問い詰めてくるのだろうが、園長は決してそんなことは口にしない。だから紗英も昔から何かと頼ってしまうのだろう。

〈状況にもよるが、家庭環境や暴力で居場所がなくなって施設に預けられた子供たちのほとんどは、親の顔を見るのもトラウマになっていて、成長してから実の親が引き取りたいと現れても、受け入れられないことが多い。それとは反対に、両親の離婚や金銭問題など、やむを得ぬ事情で離れ離れに暮らさなければならなかった子供は、親への憧れを抱きながら生活している。親がいつか迎えにきてくれるのを信じている子も多い。そうかといって、施設を離れ、親の元に戻った後に関係がうまく築けずに、施設へ逆戻りしてくる子供も少なくない。子供が置かれた環境にもよるのかな〉

「そうですよね」紗英は想像どおりの答えにほっとした。ヒカリが置かれた環境を説明して、園長に答えを求めるまでもないと思った。

今さら丈治が父親だと現れたところでヒカリを混乱させるだけだ。丈治もそれをわきまえているのだろう。だから、十六年間、父親らしいことは何もしなかったのではないか。そしてこれからもそのつもりはないのではないか――園長の話を聞いているうちにそんな気もしてくる。

それからいくらか雑談した。

紗英が電話を切ろうと、話をまとめかけた時、園長が言った。

〈紗英ちゃん、困ったことがあったらいつでも帰ってきていいんだよ。紗英ちゃんの家はここなんだし、私はいつまでも紗英ちゃんを家族だと思っているから。紗英ちゃんさえよければ、

いつでも職員として受け入れる態勢は整っているんだから〉

「園長、ありがとうございます」

紗英は誰もいない部屋で頭を下げて、電話を切った。

園長の声が聞けていくらか気持ちが楽になった。丈治と別れることになっても、紗英には帰る場所がある。そう思えると心強かった。

丈治は紗英を裏切った——どんなに足掻いてもこの事実は変わらない。

だが、ヒカリが千住女学院に入学したことがどうにも理解できなかった。丈治に問い詰めたところではぐらかされるだけだ。先にヒカリの母親とコンタクトでもとり、口裏を合わせて事実を捻《ね》じ曲げる可能性だって考えられる。

ならば、直接ヒカリの母親に会って事実を問い詰めてもいいのではないか。わだかまりを抱えたまま残りの長い人生を生きていくより、すべての事実を明らかにした上で、丈治の決断に身を委《ゆだ》ねる覚悟は決まっていた。

何かが吹っ切れた気がした。紗英は右腕で涙を拭ってベッドから立ち上がった。

ちょうど十六時を知らせるメロディーがリビングから響いてきた。

「シロ、お散歩行こっか」

その言葉にシロは尻尾を振って喜びを露わにした。

紗英はシロのリードを引いて玄関を出た。ヒカリに会って確かめたいことがある。

ふと、見上げた空は、悲しみの雲が東の空から迫ってきていた。今の紗英の気持ちを代弁しているようだ。

（八）娘の将来

一ヵ月の長い入院生活からようやく解放された摩耶子は、病院の正面玄関を出たところで大きく息を吸い込んだ。ロビーには大きなクリスマスツリーが飾ってあった。病室にいると季節の感覚がわからなくなる。

身体の細胞が蘇るように新鮮な空気が身にしみていった。生きているんだ――病院生活では生かされている気しかしなかったが、外界に出てみて、自分の意思で立ち行動できる幸せを実感した。

「車回してくるから、ここでちょっと待っててくれ」

圭祐は軽やかなステップで駐車場へと駆けていった。

入院期間中も仕事の合間を縫って、かかさず病室へ足を運んでくれた。……こんなにも圭祐の愛を感じたのは結婚して初めてのことだった。そして、意外と圭祐はマメで気が利く一面もあったのだ。摩耶子が圭祐をダメにしていたのかもしれない。

遠ざかる圭祐の後ろ姿に目をやりながら、胸がほんのりと温かくなり、自然と笑みがほころぶ。

自宅に帰ると、玄関はきれいに整頓《せいとん》されていた。靴はきちんと棚に収納されていて、ゴミ屑《くず》一つ落ちていなかった。散々に荒れ果てた我が家を想像していたので拍子抜けするほど驚いてしまった。

「家のことはすべて樹里亜がやってくれていたんだ。あいつも摩耶子がいないこの一ヵ月でずいぶん成長したんじゃないか」

摩耶子がいなくなった後も、圭祐と樹里亜でうまくやってくれるのではないか――圭祐の横顔が頼もしく見えた。

「まあ、こっちへ来いよ」

圭祐は摩耶子の手を握った。連れていかれたのはリビング横の寝室だった。

「何、これ⁉」

想像していなかった光景に思わず足が止まる。

「担当の先生が、少しでも摩耶子がリラックスして過ごせるようにと、在宅医療を勧めてくれたんだ。役所の福祉課に相談に行ったら、介護用ベッドのレンタルもあると教えてくれて、すぐに申請したんだ」

圭祐は弁明するように照れ笑いを浮かべた。

「圭祐……」感極まって言葉が続かなかった。

普段、摩耶子が布団で寝ていた畳の上には、重厚な介護用ベッドが置いてあった。ベッドの高さから、背中の角度まで自由に調節できる。いずれ自分の意思で立ち上がることができなくなった時、食事をしたり話をしたり、このベッドの上で何でもできる。

それは、圭祐がこの家で摩耶子を最期まで看取る覚悟があるという表れでもあった。摩耶子はその感触を確かめるようにそっと布団の上に手を置いた。

「ありがとう……人生の最後にこんなに愛を感じることができて幸せよ」

圭祐が摩耶子の置いた手にそっと自分の掌を重ねてきた。

「俺は最後だなんて思っちゃいない……摩耶子に一分一秒でも長く生きてもらいたいし、奇跡が起きるって信じている」

その言葉に涙が頬を滑り落ちる。圭祐の愛を感じられた幸せと、この愛が永遠には続かないという寂しさで身体の内側から絞り出されるような涙だった。

圭祐も隣で洟《はな》をすすりながら腕で顔を隠した。

「俺はそろそろ仕事に戻らないと」圭祐は立ち上がった。

「……私、圭祐に甘えていいのかな?」摩耶子は小さくつぶやいた。

「バカなこと言ってんじゃないよ。当たり前だろ。――昼飯は、栞がお見舞いがてら届けてくれることになっているから、じゃあな」

いつもの強い口調に戻ると、照れ隠しのように下を向いて部屋を出ていった。

病気のことも栞には伝えていたので、病室まで何度かお見舞いに来てくれていた。圭祐の酒《さけ》癖《ぐせ》の悪さから金遣いの荒さ、家庭内暴力まですべて事情を知っていて、親身に相談にのってもらっていた。栞に話すことで、摩耶子もいくらか気が楽になっていた。圭祐が不倫していると忠告してくれたのも栞だ。

しばらくすると、外からブルブルという懐かしいエンジン音が――。栞の乗っているトヨタ2000GTのクラシックカーだ。この音を聞くと自宅に帰ってきたんだなあと実感する。

「マヤー、――いるの……」

圭祐と入れ替わるように、玄関から元気な栞の声が響いた。インターホンも押さずに我が家のように入ってくる。栞には何かあった時のためにと合鍵《あいかぎ》も渡してある。

「今、そこでちょうどケイちゃんの車とすれ違ったわ。やけに急いでいたみたいだけど何かあったの？」

「仕事の合間で、病院からここまで送り届けてくれたのよ。家のこともすべてやってくれてるし、お酒だって私のために我慢してくれてるみたいで――昔の圭祐とは別人よ」自然と顔がほころんだ。

「そう……」一瞬、栞は顔を引きつらせて「お昼ご飯の準備するね」とキッチンへ入っていった。

　五分後、温め直した料理を皿に盛り付けて、栞がキッチンから出てきた。

「昨日の残り物で悪いんだけど、食べられそうなものだけでも摘まんでみて」

　久しぶりに湯気が出ている食べ物を見た。病院食が不味《まず》かったわけではないが、きれいなお皿に盛り付けられた料理のほうが、何倍も食欲をそそられる。時間をかけて摩耶子はそれを食べ切った。

　箸を置いてしばらくたわいもない会話が続いた。

　栞が入れてくれた水で処方された薬を飲み始めると、栞はテーブルの上の食器を片付け始めた。

「保険は入っていたんでしょ？」キッチンから声がした。

「もちろん。保険だけは入っていたのが不幸中の幸いよ」摩耶子は声を張り上げて返した。

　台所から顔を見せた栞は、「そう」と安堵のため息をつきながら、摩耶子の元に湯呑みを差し出して、向かいに座った。

摩耶子の母は、摩耶子が二十歳の時に癌で亡くなっていた。母だけではなく、祖父も祖母も、晩年に癌を患《わずら》っていた。母の死の直前に「ウチは癌家系だから、あなたも保険だけは入っておいたほうがいいわ」と言われていて、社会人になってすぐに保険に加入した。

まさかこんなに早く保険を使う日がくるなんて……。

「死亡保険もいくつかかけておいたから、結構出るみたいなんだよね」

明るく言ってみるが、栞は反応に困ったように口をつぐんだ。

「そのことをケイちゃんは？」

「もちろん知ってるわ。しばらくは生活に困らないお金を残してあげられそうだし、樹里亜の大学までのお金も保険でまかなえちゃいそう」

「よかったわね」と言った栞の声と表情が、いくらか強張っていた。

「どうかした？」思わず摩耶子は聞いていた。

「いやね……」栞はしばらく考え込むように口をつぐんだ。

それから意を決したように眉間に皺を寄せて摩耶子の顔を見た。

「今のマヤに伝えるべきか、迷っていたんだけど……こないだも仕事帰りに市内のラブホテルの前を通りかかった時に、若い女の人を助手席に乗せてホテルから出てくるケイちゃんの姿、見ちゃったのよ……」

「えっ⁉」摩耶子は不快感を思わず顔に出してしまった。

圭祐は夜まで『いなか農場』で摩耶子の代わりに仕事をして、その後、夜勤の仕事を掛け持ちしていた。なにより摩耶子のためにこれからは一生懸命働いて、摩耶子の支えになるのだと誓っていた。そんなはずは……。栞の見間違いではないか？　それとも圭祐に愛されている摩耶子に、栞は嫉妬しているのではないかと思い、ムッとした。

「それって、いつの話よ？」

「確かマヤが入院して一週間目ぐらいかな？」

「ああ、その頃は、圭祐は毎日マサル君のところの道路工事の仕事を手伝ってるって言ってたから、たぶん人違いよ」

「マサル君って、ケイちゃんの学生時代の知り合いの？」

「だと思う」

「マサル君の会社、だいぶ前に倒産してるんだよ」

「えっ⁉」全身から血の気が引いていくのを感じて思わず頭がくらりときた。

「それだけじゃないの。私の勤め先の若いスタッフが、たまたまキャバクラにいるケイちゃんを見たって――ケイちゃん、高いお酒を何本も入れて、来年になったらまとまったお金が入るから頻繁に遊びに来るって、ホステスさんに豪語していたらしいの。消費者金融からお金も借りているみたい。ケイちゃん、マヤの保険金をあてに――」

　栞はその先まで話したそうにしていたが、摩耶子は「ヤメテ」と悲鳴をあげて耳を塞《ふさ》いだ。圭祐は摩耶子の保険金をあてにして、摩耶子が死ぬまでの間、いい夫を演じるつもりでいたのだ。万が一、摩耶子から圭祐に保険を渡さないと言われては困るから、摩耶子の前では必死に看病をするふりをしていたのだ。今までの優しさは、すべて策略があってのものだった……。

摩耶子の心は、病室で余命を宣告された時よりもはるかに深い絶望の淵《ふち》に落とされた。

自然と涙が溢れ落ちる。その涙を隠そうと下を向いた途端、背後に回った栞が優しく身体を抱き寄せてくれた。

「マヤ、一人で苦しまないで」と、栞は耳元で絞り出すような声で悔しさを滲ませた。

「栞にばかり迷惑かけて……ごめんね」

「ううん」栞は洟を啜りながら首を振って「どうしてマヤばり、こんな辛い目に……」と、その小さな身体で力一杯抱きしめてくれた。それから「悔しいよね、悲しいよね……」と繰り返し呟きながら、背中をさすり続けてくれた。

不思議と男の人に抱きしめられているような心地良さに、身体の力が抜けていく。

しばらくこのままでいたかったが、摩耶子が落ち着いたのを見計らうと、栞はそっと摩耶子の身体から離れた。そのまま腕を絡めて、ベッドのほうに誘導するように歩き始めた。

栞に背中を支えられて、摩耶子はベッドの上に仰向けになった。

さっき飲んだ薬のせいなのか、摩耶子の頭はぼんやりとし始めた。

押し寄せてくる眠気の波に瞼が重くなる。数秒間だけ目を閉じかけた時、鼻先に何かが触れて反射的に目を開いた。栞の顔が数センチ先に迫っていた。

「マヤのためを思って言うわ」栞は必死に涙をこらえながら声を絞り出した。

鼻息がかかる。緊張の高鳴りとともに次の言葉を待った。

「今すぐケイちゃんと別れなさい。そして――」

栞が目を閉じた。わずかに唇が尖ったように感じた。

「ダメ！」摩耶子は無意識に声をあげて、栞の唇から逃げるように顔を横に向けた。

「どうしてよ」

栞の言葉は尖っていた。圭祐と別れられない摩耶子に向けられたものなのか、キスを拒んだ摩耶子に向けられたものなのかわからない。

栞の顔を確認すると、今度は凄まじい形相で憤っていた。

「マヤ、自分だけの問題じゃないのよ。残される樹里亜ちゃんのことだって考えてあげないと」

「考えてるわよ」栞に言われてムッときた。だが、その後の言葉が続かない。

「十六年前の」と言いかけそうになり、慌てて思い直して口をつぐんだ。摩耶子には、圭祐と離婚できない理由がある。もしも離婚したら、摩耶子だけでなく樹里亜の将来まで巻き込むことになる。

「なら、ケイちゃんとは別れなさい。樹里亜ちゃんのことなら私がなんとかしてあげるから」

「圭祐とは離婚……できないのよ」

自分でもおかしなことを言っている自覚はある。摩耶子は消えそうな声でつぶやいた。

「…………」栞は呆れて黙ってしまった。

このまま栞に見放されたら本当に一人になってしまう――摩耶子は怖くなって栞の腕にすがりついた。

「ねぇ、圭祐に保険金を渡さずに、せめて樹里亜が高校、大学を卒業して、社会人になるまではお金の面で不自由させない方法はないかしら？　圭祐に渡ったらきっと一瞬でお酒やギャンブルに消えてしまう」

「そうね……」と言って栞は難しい顔で考え込んだ。

栞は、摩耶子が離婚して、樹里亜を引き取ったところで、じきに摩耶子は死んでしまう。そうなれば、いずれ樹里亜は孤独になってしまう――と勘違いしているようだ。

摩耶子が十六年前のことに縛られているがために、圭祐とは離婚できないなんてこと、思ってもいないだろう。これさえなければ圭祐とはとっくに離婚していたかもしれない。

「そうだ」栞が思いついたように顔を上げた。「保険金の生前給付よ！　確か癌保険には、余命宣告された際に、保険金を生きている間に受け取れる制度があったはずよ」と続けてまくし立てるように言った。

「ホント⁉」

それなら樹里亜が高校、大学を卒業するまでの金は圭祐に渡さずに済むかもしれない。しかし、いずれ圭祐は金が底をついたら樹里亜の金に手をつけるだろう。どうすればよいか……しばらく考えて答えが出た。

「栞、お願いがあるんだけど、私が受け取る生命保険金を樹里亜の代わりに管理してもらえないかしら？」

「私に？」栞は驚いて自分に指を向けた。

「癌保険は二つ入っているの。そのうち一つを生前受け取りとして私が受け取る。そのお金を樹里亜の通帳に入れて、通帳ごと栞に預けたいの。お願い、樹里亜が大学を出るまでお金の管理をしてほしいの」

「いいけど……」

栞はそんなことして圭祐が不審に思わないかと心配しているのだろう。

「圭祐は、私がいくつ保険をかけているか知らない。もう一つの保険はまるまる圭祐が受け取れるんだから不満はないはず。そのお金は自由に圭祐が使ってくれてかまわないわ」

「いいわ、私がマヤに代わって樹里亜ちゃんの面倒は責任を持って見る」

「ありがとう」摩耶子は救われる思いで頭を下げた。「もう一つ……以前、栞がウチに顔を出した時、酔っ払った圭祐が樹里亜にちょっかいを出して、身体を触ろうとしていた所を見たって言ってたじゃない」

「そのこと、ちゃんとケイちゃんには確認してみたの？」

栞に正面から見つめられて摩耶子は首を横に振った。

「そんなこと私が聞いたって、圭祐が認めると思えないし。カッとなって手を出されたら怖いから……」

どちらかというと、昔から圭祐は樹里亜を避けているようなところがあった。栞に言われるまでまったく気づかなかった。だが、栞の言うとおり、摩耶子のいないところで樹里亜に手を出そうとしていたのかもしれない。摩耶子の知らないところで不倫だってしているんだから……。圭祐なんて信用できない。

「私から聞いてあげようか？」

「うん、できれば樹里亜にも聞いてほしいの。デリケートな問題じゃない。こういうことは母親から聞かれるより、栞からさりげなく聞いてもらえるほうがいいかなと思って」

「そうね、タイミングみて聞いてあげる。マヤは何も心配しないで」

「ありがとう。何から何までごめんね」

「ところで、樹里亜ちゃんの進路はどうするの？」

「どうするって……とりあえずは県立の高校に——樹里亜だってそのつもりだけど」

栞は一呼吸置いてからぐっと摩耶子に顔を近づけた。

「私は全寮制の高校に行かせたらどうかと思うの」

「それって、家を出るってこと？」

「そう。今はケイちゃんも樹里亜ちゃんに手を出していないかもしれない。けれど、いずれは二人きりで同じ屋根の下で暮らすことになる。いつケイちゃんが樹里亜ちゃんを性の対象として見るようになってもおかしくないと思うの。特にお酒飲むとケイちゃん、ヤバいじゃない」

圭祐はシラフの状態だと摩耶子に見向きもしないのに、酒を飲んだ時だけ、摩耶子の身体をべたべたと触ってきたり、甘えてくることが多い。

栞の言うとおり、樹里亜をこの家から出したほうがいいのかもしれない……。

迷っていると栞がスマホの画面を差し出してきた。

「ここなんてどうかしら。——」

摩耶子は、しばらく栞の言葉に聞き入るように耳を傾けた。

「それがいいわ。私、樹里亜を説得してみる」摩耶子の声は弾んでいた。

（九）確かめたい

河川敷へと向かう紗英の足取りは、無意識のうちに早くなっていた。

ヒカリは、どんな過程を経て生まれ、どういう経緯で丈治が勤務する千住女学院に入学することになったのか。ヒカリが行きたいと言い出したのか、母親が勧めたのか、それとも丈治が……。頭の中で妄想だけが膨らんでいく。

ヒカリが丈治の不倫の末にできた娘であることは、ＤＮＡ鑑定の結果からも揺るぎない事実である。

問題は母親が丈治の子と知った上で出産したのか、生まれて初めて知る事になったのか。男関係がだらしなければ、どの男性の子供を妊娠していたか予測はできても確信は持てなかっただろう。

さらにはその事実をヒカリの父親は知っているのか――。

父親にしてみれば、生まれた段階では、娘と血が繋がっていないとは疑いもしなかっただろう。仮に、成長していく過程で実の娘ではないことへの疑念を抱いても、真実を確かめることは家族の関係に傷をつける可能性があった。

その領域に足を踏み入れるには、相当な覚悟が必要であったはずだ。

いずれにしても、ヒカリに真実を話したりしないだろう。ヒカリがその事実を知っている可能性は低そうだ。

ヒカリが、丈治の勧める千住女学院に入学したのも、本当に偶然だったのかもしれない。丈治もその事実に気づき動揺していたというのならば、ここ最近のおかしな行動も理解できる

——紗英はそう願いたかった。

真実を明らかにするためにも、ヒカリの母親と対峙《たいじ》したい。

この後ヒカリからさりげなく両親の住む場所を聞き出すつもりだ。

だが、河川敷へと向かう道中で心が揺れた。もしも紗英の行動がきっかけで、ヒカリがこの事実に気づいてしまったら、ヒカリを傷つけてしまうことになる。ヒカリの人生を狂わせてしまうかもしれない。

それだけは、どんなことがあっても避けなければならない。ヒカリには何の罪もないのだから……。

どう切り出そうか河川敷に着いても心は決まっていなかった。万が一、ヒカリが紗英の思惑に気づいてしまった時は、これまで築き上げてきた信頼関係は脆《もろ》くも一瞬で崩れ去ってしまう。本当にその覚悟はあるのだろうか。紗英はもう一度自分に問いかけていた。

シロに先導されるように土手を上るが、いつものベンチにヒカリの姿はなかった。

シロがため息を吐くように力なく吠えた。ヒカリの姿が見えず残念がっているのだろう。紗英は逆にほっとした。

シロのリードをベンチにくくりつけて、その横に腰を下ろした。荒川のせせらぎに耳を澄ますと、遠くのほうから野球の練習をする子供たちの声が聞こえてくる。紗英の心とは対照的に、実にのどかな時間が流れていた。ヒカリにどう切り出すべきか、まだ答えを探しあぐねて

いる。自分は何を知りたいのか？　ヒカリと丈治の血が繋がっていることは確定したのだから、それ以上確かめることなどないはずだ。真実を知って傷つくのは紗英とヒカリなのだから……。

できることなら、ヒカリと丈治の親子判定の結果を記憶から消し去りたい。目の前の川に沈めて、どこか遠くへ流してしまいたい。自分の行動を悔やんでいた。

そんなことを考えながら土手の上に目を向けているとヒカリが現れた。

肩から下げているポシェットは、先日紗英がプレゼントしたものだ。両手には一本ずつペットボトルが握られている。

紗英がすでにいることに気づいたヒカリは、手を振りながら駆け足で近づいてくる。

その顔を見てギクリとした。一瞬ではあるが、ヒカリの顔が、二、三十年、歳をとったように見えた。丈治の不倫相手の女に憤るあまり、罪のないヒカリにまでその感情が向かいそうになっていた。自分の生まれ変わりとさえ思えていた愛おしいヒカリの存在が、紗英から幸せを奪おうとしている憎き女に一瞬でも見えてしまったのだ。

「紗英さんどうぞ」

ヒカリは手に持っていたペットボトルを差し出した。

「いつもありがとう。でも、あんまり気を遣わないでね」

女子高生にとって、百数十円の飲み物を買うのだって結構な出費だ。ヒカリは会うたびに飲み物やお菓子を差し入れてくれるので、申し訳ない気持ちになる。

「気持ちいいですね」ヒカリは背中を伸ばしながら言った。

「そうね。でも明日から梅雨《つゆ》に入るみたいよ。お散歩もしばらくお預けかもね」

もしかしたらこれでヒカリに会うのも最後になるのかもしれない。なんとなくそんな予感がした。

ヒカリがベンチにくくりつけておいたリードをほどいた。

「シロちゃん、さあ行こう」

ヒカリの持つリードに引かれて、シロは紗英から離れていった。紗英の暗い気持ちが乗り移っているかのように、シロの足取りは重そうだった。

ヒカリもそれを感じとっていたのだろう。いつもより早く紗英の元に戻ってきた。

「紗英さん、シロちゃん具合でも悪いんですか？」心配そうな表情を浮かべていた。

「シロもおじいさんだからね。体力もだいぶ落ちてきているのかな。でもヒカリちゃんに会う前は、お散歩にだって行きたがらなかったんだから」

紗英はシロの背中にそっと手を添えた。一時でも元気になれたのはヒカリのおかげなのだということを強調してみせる。

それから、隣に座るようさりげなく促した。

「学校には慣れた？」

「はい。友達ができたんです。今度の休みに上野の美術館に行く約束をしました」

ヒカリは嬉しそうに言った。

「よかったじゃない」

紗英はできるだけ明るく振る舞ってみせるが、その友達に少し嫉妬していた。きっと友達と遊ぶほうが楽しくなって、いずれは紗英やシロから離れていってしまうのではないか。

「今度、友達も河川敷に連れてきてもいいですか？」

「ええ、もちろん。でもシロは人見知りだから馴染めるかしら……」

「そうですよね」

場の空気が不穏の色を帯びていくのを感じて、慌てて紗英は話題を変えた。

「私……ヒカリちゃんには言っていなかったんだけど、大学を卒業するちょっと前に少しだけ、千女《せんじょ》で事務員としてバイトしていたことがあるの。もう二十年以上も前の話になるんだけどね」

今までは千住女学院と正式名称で呼んでいたが、在校生や地元住民から呼ばれている通称で親しみを込めて言ってみた。

「えっ⁉　そうだったんですか」

ヒカリは、なんでもっと早くに言ってくれないのかというような顔で、紗英を見つめながら目を輝かせた。学校の話でもしたかったのだろう。

「前にも話したとおり、私は両親を早くに事故で亡くしてね、施設で育ったから、高校は地元の県立高校に通っていたの。当時から、女子校には憧れがあったのよ。千女で働かせてもらって、素敵な学校だなって……私もこんな高校に通いたかったなぁって……だから初めてヒカリちゃんに会った時、千女の制服を見て羨《うらや》ましく思っちゃった。——そうそう、私がいた頃に三好先生っていう若い男の先生がいたんだけど、いろいろお世話になったなぁ……若いっていっても今はもうおじさんよね。まだ働いているのかしら」

紗英は大げさにぷっと噴き出しながら、ヒカリの反応をうかがった。紗英はヒカリに三好姓であることを名乗っていない。家には表札をつけていないのだから、調べない限り知らないはずだ。

「三好先生ですか……私も在籍しているすべての先生のお名前をまだ把握していないんで、……けど、一年生を担当する先生の中には三好先生はいなかったと思います」

「そうよね、もう二十年以上経っているんだから。他の学校に赴任されたりしていて当然よね」

一連の会話の流れからも、ヒカリは実の父親が教壇に立つ高校に通っているだなんて思いもしないようだ。後はヒカリの母親のことを聞き出せれば。無意識のうちに手のひらに力が入る。

「でも、どうしてヒカリちゃんは、千女に入ろうと思ったのかしら？」

親元を離れ高校から全寮制の学校に通う決断を、ヒカリ一人でしたとは思えなかった。

「母がここへ行ったらどうかって勧めてくれたんです。家《うち》にそんなお金あるはずないのに……」ヒカリは少し言いづらそうに答えた。

やっぱり――紗英は心の中でため息をついた。きっと丈治が裏で画策していたのだろう。決して裕福な生活を送っていたわけでもないヒカリの家庭が、千住女学院の高額な費用など払えるはずがない――と疑いながらも、ヒカリを傷つけないように必死にフォローする。

「お母さんやお父さんは、ヒカリちゃんの将来の可能性を信じて、必死にお金を貯《た》めていたんじゃないかしら？」

ヒカリは黙って聞いていたが、紗英が話し終えると反抗的な目で紗英を睨んだ。

「将来の可能性？　そんなのありませんよ」

「千女は学力優秀じゃなければ入れないって地元じゃ有名よ」

紗英は咎めるように言った。

「母はただ、父の暴力から私を離したかっただけなんです。寮のある学校であればどこでもよかったんです。そして私は母を残して逃げたんです」

「暴力を？」

ヒカリの強い言葉と、予期せぬ展開に心臓が飛び出そうなぐらい驚いた。

同時に、初めて会った時、ヒカリに陰があると感じていたことを思い出す。最近はその陰が薄くなっていたように感じていたが、やはりヒカリの家庭環境に問題があったのだ。ヒカリは、いつまた地方に連れ戻され、父親から暴力を振るわれるかもしれないという恐怖に怯えていたのだ。一人になるのが怖くて、こうして河川敷を訪れていたのかもしれない。紗英の胸はぎゅーっと苦しくなる。

「父はお酒を飲むと人が変わってしまうんです。父が暴《あば》れて部屋の中をぐちゃぐちゃにしたり、母を叩いたり――だけど、私は怖くて何も言えなかった……。次の日には、いつもの父に戻っているので、きっと私は悪い夢を見ているだけなんだと、自分に言い聞かせてきました。ところがある日、母が体調を崩して入院したんです。父は母が入院している間に私を――後から栞おばちゃんから聞いて恐ろしくなりました」ヒカリはひどく怯えたように身体を震わせて言葉を詰まらせた。

それ以上は自分の口からは恐ろしくて言い出せなかったのだろう。時々登場する栞おばちゃんというのは、父親の幼馴染だと聞いていたが、ヒカリは両親よりも栞に信頼を寄せているように感じ取れた。誰にも言えない悩みも、栞には話しているのではないか。そんな気がした。

紗英は震えるヒカリの身体を黙って抱き寄せた。

「ごめんね、嫌なことを思い出させちゃって」

「違うんです。私は現実から逃げていたんです。高校だって地元の県立高校に行くつもりでした。だけど、栞おばさんから父の本性を聞いてしまって……想像するだけで、父と一緒にいるのが怖くなってしまって」

ヒカリは、迷子になった子供のように、しゃくり上げて泣き出した。

ヒカリの口から事実を聞くのも辛かった。もうそれ以上言わなくてもいいよ――。紗英はヒカリを守りたい一心で、ぎゅっと頭を自分の胸に押し当てるように抱きしめた。

ゴールデンウィークに実家に帰ると言っていて、直前にキャンセルになったことがあった。ヒカリは両親から一方的に来ないように言われたと、邪魔者扱いされたように肩を落としていたが、本当は父親に会うのが怖くて帰れなかったのではないか。きっと、ヒカリが精一杯に発したSOSのサインだったのだ。どうしてもっと早く気づいてあげられなかったのか。

自分への後悔とともに、家庭内暴力を振るっていた父親への憤りが込み上げてきた。父親は、ヒカリが自分と血の繋がった娘ではないということが根底にあって、酒に溺れると本性が出てしまうのではないか。暴力だけじゃない、ヒカリは父親から性的虐待だって受けていたのかもしれない。

それを知った母親も、血の繋がりがない子供の父親にさせているという負い目があったために、父親に対して強く言えず見てみぬふりをし続けてきた。父親の目をヒカリからそらすために、ヒカリを都内の高校に入学させることが精一杯だった。

だが、どうして千住女学院を選んだのだろうか？　全寮制の学校で費用の安い高校は他にいくらでもある。

まさか、母親が丈治に泣きついて入学させてもらったのだろうか。もしくは、入学させないと過去の関係をバラすぞと脅してきたとか――。

はたまた、どんどんエスカレートしていく暴力に、ヒカリの将来を心配して、丈治に助けを求めたのではないか。人のいい丈治は断りきれずに、学院に融通を利かせてヒカリを入学させた――。今はそんなことはどうでもいい。

しばらく紗英の胸で泣いていたヒカリが、全身をくねらせるようにして、紗英の身体を突き放した。

「私、行かなくちゃ」

「ヒカリちゃん――」

紗英はとっさにヒカリの左腕を摑んだ。この腕を離したらもうヒカリとは二度と会えなくなってしまいそうな気がした。紗英の手を振り払おうと力を入れるヒカリに必死に抵抗する。

「私なんて……生まれてこなければよかったんです。私がいるから家族はおかしくなってしまったんです。母はその犠牲に……」

紗英は、その言葉に思わずハッとした。

摑んだ手からするりと細い腕がすり抜け、ヒカリは紗英から逃げるように土手のほうに駆けていった。

「待って、ヒカリちゃん」

その声は街のほうへ虚しく消えていった。バイト先や寮がある方とは違う、反対側の階段を上っていった。いったいどこへ向かうつもりなのか。

まさか！　実家の両親の元に――。

ヒカリは、父親から暴力を受けているうちに、自分は実の娘ではないという事実に気づいていたのかもしれない。

いつだったか、ヒカリは幼少期の写真がほとんどないと漏らしていたことがあった。できちゃった婚、家庭内暴力……そういったことが重なりあって、自分は愛されていない、望まれずに生まれてきた子供なんだと、ヒカリは自分の存在意義を見失ってしまったのだろう。

母を残して自分だけ逃げてきたのだ――と言ったヒカリの言葉が重くのしかかる。

ヒカリにとって千住女学院への入学は、父の暴力から逃げるための最後の手段だった。しかし、同時にその選択は母を見捨てることだった。新しい高校生活は、ヒカリにとっては希望などほとんどない後悔の連続だったのだ。

ヒカリに初めて会った時、昔の自分を見ているような暗い陰を感じたのはそのせいだろう。

河川敷に取り残された紗英の胸には、穴があいたような虚しさだけが残った。

他人の子供になぜこんなにも入れ込んでいるのだろうか。ヒカリが幸せになろうが、なるまいが紗英には関係のないことだ。

むしろ、丈治が不倫の末に女に産ませた子供であるのに……。憎むべき存在であるはずなのに……。自分が口を挟む問題ではないと言い聞かせればその分だけ、胸が締め付けられるように苦しくなる。

ベンチにリードでくくりつけておいたシロが、何かを咥えて紗英の気を惹こうと、ぐるぐる回っていた。

近づいた紗英は思わず指を差して声を上げた。

「それ、ヒカリちゃんの」

紗英は慌ててシロの口元からポシェットを取り上げた。手のひらサイズの小さなものだ。もしもスマホや財布など大事なものが入っていたら困るかもしれないと、念のため中を確認した。

ハンカチとティッシュ、粉袋の睡眠薬が二シート。ヒカリは東京での不安な生活で、眠れない日々を過ごしていたのだろう。それに千住女学院の生徒手帳が入っていた。

一度、家にシロを連れて帰り、ヒカリの寮にそっと届けておこうかしら。

念のため生徒手帳を開いて写真を確認した。もちろん写っていたのは、ヒカリ本人だった。

だが、閉じかけて名前を見た際に目を疑った『千住女学院一年　矢島《やじま》　樹里亜《じゅりあ》』――ヒカリという文字なんて一つもない。いったいどういうこと。『栃木県矢板市□□××番地－×』

なぜヒカリは紗英に本名を隠して接触してきたのか？

そして、もう片方のポケットには小さな写真が入っていた。生まれて間もない頃のヒカリの写真だろうか、だいぶ色褪《いろあ》せていた。なんでこんなものを……という疑問と同時に、今のヒカリからは想像もつかないほど体格のよい赤ん坊だと思った。目の大きさ、眉毛《まゆげ》の生え方、顔の輪郭《りんかく》、どう見てもヒカリの面影はない。

疑問が積乱雲のごとくわき起こる。いったい紗英の知らないところで何が起こっているというのか……。

第三章　決断

（一）消えた写真

今日から関東地方は梅雨入りだと昨夜のニュースが教えてくれた。どんよりした雲が広がっているが、今のところ雨は降りそうにない。

摩耶子は、二ヵ月以上の入院生活の後、ようやく一時退院の許可が出た。

余命宣告を受けて半年以上が経過した。膵臓だけではなく、癌は肺や脳にも転移していた。誰かに支えられていないと、一人で歩くことは難しい。いずれは自分の足で歩くこともままならなくなるのだろう。そんな状態になればいずれただ死を迎えるだけの日々を過ごすことになるのだ。自宅へはあと何度戻れるだろうか……。圭祐の運転する車に揺られるのもあと数回……。見舞いに来てくれる友人や知人の顔を見るたび、これが最後かもしれないと常に考えてしまう。

残された時間で何ができるのか……。

命のタイムリミットは、確実に摩耶子のすぐそばまで迫っていた。

迎えにきてくれた圭祐が、慣れた手つきで荷物を車に積み込んでいく。摩耶子は病院のエントランスで、ベンチに座りながら圭祐に目をやっていた。

栞は圭祐が摩耶子の保険金をあてにしていると警告してくれた。圭祐のこの優しさはすべて偽善なのだろう……それでもいいと思った。

摩耶子のほうから圭祐を問い詰めるようなことも、行動を詮索することもしなかった。死期の近い親の介護だってその代償として遺産の相続というものが頭の片隅にある。ましてや圭祐と摩耶子は血の繋がっていない他人同士だ。対価を求めて当然だと思う。あからさまに態度に出さないだけでもありがたいと思わなければならない。

男の人からこんなに優しくしてもらった経験は初めてだった。圭祐といる時はこの辛い現実を少しでも忘れられる。ホストクラブに嵌まり、憧れの男性の時間をお金で買い、お姫様気分に浸る女性の気持ちが少しだけ理解できた。

出発の準備が終わると、圭祐が摩耶子の手をとり後部座席へとエスコートしてくれた。

「まるで専属ドライバーね」

車が出発して、運転席の圭祐に呼びかけた。

「まあな、久しぶりに外に出ると気分もいいだろ？」

「病室にいると、看護師さんや先生に頼ってばかりで、生かされてるって感じだけど、こうして外の空気を吸うと生きているって感じがするわ」

摩耶子は大きく息を吸い込みながら車の外に視線を向けた。遠くに見える雄大な山の青々とした樹々の生命力が美しい。前回、自宅から病院へ送ってもらった時は、山の上のほうに真っ白な雪が残っていた。病室にいると、季節の感覚はまるでない。あの日のまま、摩耶子の記憶はストップしている。

「あっ、栞の車——」

対向車線をトヨタの２０００ＧＴのワインレッドの車体が勢いよく通り過ぎていった。

「えっ？　そうか――」圭祐はわざとらしく眉を上げて、両手でハンドルを抱え込んだ。

圭祐は、ここのところ栞のことを意識的に避けているような気がしていた。病室で栞の話題を出すと、バツが悪そうに顔をしかめたり、摩耶子の話を遮って話題を変えようとしたりする。自分の悪行に栞が気づきかけていると、圭祐も勘繰っているのかもしれない。

「圭祐、向こうから来てるのに気づかなかったの？」

バックミラー越しに圭祐の目を見ると「あっ、ああ」と視線をそらした。

「あんなイカツい車、この町で乗ってるの栞ぐらいのもんじゃない。車に興味ない私でもすぐにわかるけど」

圭祐は摩耶子と出会った頃は車が大好きだと言っていた。特に外車や古い車を。将来はウン千万するクラシックカーに乗るんだと豪語していた。摩耶子のお腹に赤ん坊ができたために夢を諦めてしまったのかもしれない。少しだけ申し訳ない気持ちになる。

「私の保険金が下りたら好きな車にでも使ったらいいわ」

「俺に使う金があったら、樹里亜に残してやれよ。俺は一銭も受け取るつもりないから」

摩耶子の前で格好つけて言っているのか、本心なのかわからない。

「ねえ、栞の車っていくらぐらいするの？」

「あれは、今はほとんど手に入らないんだよ。まあ、当時の購入価格で言ったら一千万は下らないんじゃないか」

少し得意げに圭祐は言った。

「そんなにするの！　よくそんなお金、栞持っていたよね」

東京で働いていたとはいえ、美容師のもらえる額なんてたかが知れている。なりたての頃は生活していくだけでもギリギリだったと思うのに。

「ローン組んで買ったか、親にでも借りたんだろう。人のウチの家計をつべこべ言うもんじゃないよ」少し強い口調で言った。

「そうね。でもせっかく東京で美容師になったのに、もったいないわね。何かあったのかしら？　圭祐、幼馴染なんだから何か聞いてるんじゃないの？」

「いいや」圭祐は首を傾げた。

おそらく何か聞いているが摩耶子には話したくないのだろう。栞は三人兄妹の末っ子で、一番上の兄が実家の家業も継いでいるし両親も健在だ。実家に戻ってきた理由は何だろう？

「ねえ、栞って男の人を本気で好きになったこととかあるのかなぁ？」

「なんだよ急に」

圭祐は驚いたように、黄色に変わった信号機のだいぶ手前でブレーキを踏んだ。

「圭祐と結婚してから栞も家族のような存在じゃない。だけど、あの子……私の前で一度も男の影を見せたことがないのよ。顔だって年齢のわりに童顔でかわいいし、若い頃には絶対に男に言い寄られていたと思うの」

酒に酔った栞に、過去の男性遍歴をさりげなく聞いたことがあったが、一切口を割らなかった。あまり触れてほしくないようなそぶりを見せたので、それ以来摩耶子も触れないようにしてきた。

ふと、このあいだ自宅で栞に詰め寄られたことを思い出した。摩耶子が必死に拒んだせいか、その後、それらしい仕草は見せていないが……。

「もしかして、栞って異性に興味ないのかなぁ？」無意識につぶやいていた。

「そんなことあるわけないだろ！」咎めるように圭祐が声を上げて、ふかすようにアクセルを踏んだ。

「そ、そうだよね」

　摩耶子はひとつ前の発言を詫びるように口を両手で覆った。

　気まずい沈黙を嫌うように圭祐が切り出した。

「樹里亜には病気のこと、ちゃんと話すんだよな？」

「ええ、覚悟はできている……」摩耶子は唇を噛《か》み締《し》めた。

　もう後戻りはできない。樹里亜には余命あとわずかであることを話すつもりだ。本当はもっと早くに、ゴールデンウィークに樹里亜が帰省するのに合わせて、話さなければならないと思っていた。しかし、ギリギリになって摩耶子の心に迷いが生じた。圭祐には体調を崩して一時帰宅の許可が下りなかったと伝えたが、本当は樹里亜に会うのが怖かった。変わっていく自分の姿を、樹里亜が受け入れてくれるだろうか——不安もあった。樹里亜に会えるのはこれが最後かと思うと、悲しくて切なくて、申し訳なくて……顔を見る覚悟ができなかった。

　久しぶりに自宅に戻った。部屋はきれいに片付いていた。樹里亜が家を出ていき、荒れた男の一人暮らしを想像していたので意外だった。

「まさか、私のいない間に女でも連れ込んでいたんじゃないでしょうね？」

　摩耶子は皮肉めいた口調で圭祐を見た。

「バカ言うんじゃねえ」真面目な顔で一喝《いっかつ》してから、クスクスと笑い出した。「冗談言えるぐらい元気そうで安心したよ」

摩耶子もつられて久しぶりに笑った気がした。

自宅では、リビングやトイレぐらいの移動は自分でするつもりでいる。圭祐に軽く身体を支えてもらいながら部屋に入った。

「ちょっと夕飯の買い出し行ってくるな」

圭祐が財布と車のキーを持って玄関に向かった。

「買い出しって、自炊してるの⁉」想像していなかった圭祐の言葉に台所を見る。シンクの横にきれいに食器が重ねられている。

「少しでも食費を切り詰めるためにな」と圭祐は照れくさそうに頭をかいた。

本当だろうか……。摩耶子は懐疑的な目で圭祐を見つめた。

結婚してから圭祐が台所に立っている姿なんて見た記憶がない。冷蔵庫の飲み物を取るのだって、摩耶子に命令していたぐらいだ。一瞬、栞の顔が頭に浮かんだ。栞が来てくれて家のことをやってくれていたんだとしたら……きっと部屋の片付けだって、摩耶子が帰ってくるのに合わせて栞がやってくれたんだろう。本当に申し訳ない。栞にだって栞の人生がある。摩耶子や圭祐に振り回されっぱなしで、自分の時間だって取れないだろう。

摩耶子のほうから、あまり圭祐に合わせる必要はないと言ってあげたほうがいいかもしれない。

「料理も始めてみると楽しいもんだな。摩耶子みたいにテキパキとはできないけどさ、これが意外と美味《おい》しくできちゃうんだよな。週末、樹里亜が帰ってくる時は、肉でも焼こうと思って、高いのを予約してあるんだ」

「せっかくだから、琹も誘ったらどう？」

「琹……」と言って一瞬口をつぐんだ。「今回は家族三人がいいんじゃないか。俺の料理の腕前見せてやっからよ」圭祐は少年のように無邪気に笑った。

「そうね」と摩耶子は返した。

「まあ期待しとけ」と言いながら、キーを指で回しながら玄関に向かった。

「圭祐——」玄関に向かって呼びかけた。

「なんだ？」圭祐がリビングのドアから顔を出した。

「買い物行く前に二階に上るの手伝ってもらってもいいかな？」

「二階に？」圭祐は釈然としない顔をのぞかせた。

「納戸を整理したいの」

「それなら戻ってから俺も手伝うよ」

「うん……でも、久しぶりに家に帰ってきたら何やっていいかわからなくなっちゃって。無理のない範囲でやるから大丈夫」

「そうか……」

圭祐に腰を支えてもらいながら階段を上った。

「じゃあ、俺は行ってくるからな」

「気をつけて」納戸の前で手を振りながら圭祐を見送った。

圭祐が留守の間にじっくり整理したいものがあった。

摩耶子は、納戸の奥にある棚に収納していた段ボール箱を取り出した。

うん？　——蓋を開けようとガムテープに指をかけたところで違和感を覚えた。ガムテープを貼り直したような跡がある。摩耶子が開けた後は、必ず新しいテープに貼り替えていたのだが……。

——圭祐が開けたのだろうか？

あまり気に留めることなく摩耶子は蓋を開けた。若い頃から集めていた美術系の作品集で特にお気に入りのものを、この段ボール箱にしまっておいた。

摩耶子は一冊ずつ丁寧に作品集を箱から出していった。箱の一番底に色褪せたアルバムが現れた。

これだけは樹里亜に絶対に見られてはいけない。本当はもっと早く処分しなくてはならなかった。だが、捨てられなかった……。摩耶子にとって大切な思い出であると同時に、これを捨ててしまったら、十六年前に犯した摩耶子の罪を忘れてしまいそうだったから……摩耶子はこれを見るたびに罪の意識に苛まれ続けた。そして生きている限り、背負わなければならない罪の重さがここにあった。

だが、このアルバムも摩耶子が死ぬ前に処分しなければならない。最後にもう一度目に焼き付けておきたい——摩耶子はアルバムをそっと開いた。

樹里亜が生まれた直後の喜びを噛み締めるように、一ページずつめくっていく。

最後のページに差し掛かった。だが、あるはずの写真が——ない。

「摩耶子——帰ったぞ」

その時、玄関のドアが開いて一階から圭祐の声がした。

まずい、圭祐に見られたら——。摩耶子は慌ててアルバムと作品集を段ボール箱の中に戻そうと手にとった。

「あぁっ——」いつもの調子で本を持ち上げようとしたら、腕に力が入らなかった。そのまま作品集は床に崩れた。

「大丈夫か」圭祐が顔色を変えて飛び込んできた。摩耶子が納戸で倒れたとでも思ったのだろう。

「ごめんね。整理していたら中のものを落としちゃって——」

圭祐の視線が床に落ちたアルバムにいった。その表情が一瞬で変わり、顔をしかめて険しくなった。

「お前、まだこんなもの持っていたのか」

「ごめんなさい」口をすぼめるようにして頭を下げた。

「なぜあの時処分しなかったんだ」

急に昔に戻ったような乱暴な口調になった。

「……捨てられなくって——あるはずの写真が一枚ないの、なくなっているのよ」

「一枚ないって⁉　どういうことだよ！　見間違いじゃないのか？　段ボール箱の底に落ちているとか」

「それが……どこにもないのよ」すがるように圭祐の腕を掴んだ。

「なくなるわけないだろ。どこかに挟まっているんじゃないのか」

圭祐は床に落ちていたアルバムを鷲掴みすると、最後のページを捲《めく》った。そして、糊《のり》付けしたところが剝がされた跡を見て、「どういうことだよ」と頭を抱えた。

「段ボール箱を開ける前に、テープを貼り直したような跡もあったの」

「俺たちの他に納戸に入るのなんて、樹里亜しかいないだろ。最後にお前が段ボール箱を確認したのはいつだったんだ？」

「今回入院する前よ。樹里亜を東京に送り出した直後に——それから一度も帰ってきていないはずよ」

「じゃあいったい誰が？　樹里亜が俺たちのいない間にこっそり帰ってきて見てしまったというのか」

「どうすればいいかしら？　樹里亜はあの事実に気づいてしまったのよ」

内臓を掻きむしられるような焦燥感に駆られた。

「バカなこと言うな。写真だけならどうにでも言い訳はできる。素人が調べたってそう簡単に辿り着けるはずがない」

「もしも、樹里亜に聞かれたらなんて答えればいいの？」

「とにかくうまい言い訳を探して、関係ないとシラを切り通すしかないだろう」

長い沈黙があった。

「もう無理よ。あの子を前にしてこれ以上隠し通すなんて……樹里亜だって事実に気づき始めているのよ。このまま嘘をつき続ければ、きっと樹里亜を傷つけることになる」

このまま事実をうやむやにして死んでいくことも、摩耶子には未練でしかなかった。

「じゃあ、なんだ！　樹里亜に真実を伝えろというのか？」

「私はそうするべきだと思うの」圭祐の目を見て言った。

「お前はいいよな。どうせあとわずかで死んじまうんだから……けどな、俺はそういうわけにはいかないんだ」今にも掴みかかりそうな勢いで怒鳴《どな》りつけた。

それから顔を歪ませてアルバムを見た。

「とにかくこれは俺が処分しておく。万が一写真のことを樹里亜に問い詰められても、お前は知らないとシラを切り通せ。いいな」

その時、納戸の外でギギギーと床の軋《きし》む音がした。

――まさか。圭祐が納戸の外へ飛び出した。

「じゅ、樹里亜――お前、週末帰ってくるはずじゃ……な、なぜ……？」

圭祐の腰を抜かしたような情けない声が廊下に響いた。

樹里亜はこのやりとりを聞いてしまったのだ。後戻りできない絶望が全身を駆け抜けた。

短い沈黙があった。

「やっぱり……私は本当の娘じゃなかったんだね。どうして今までそれを隠していたの」

心の底から絞り出したような悲しみと怒りの声だった。

「違う、じゅりあーッッ！」と圭祐が叫ぶと同時に、階段をバタバタと駆け下りて行く音が響いた。

摩耶子も慌てて納戸の外に出るが、樹里亜を追って玄関を出ていく圭祐の姿しか確認できなかった。気持ちだけは樹里亜の後を追いかけたかったが、身体がついていかなかった。

摩耶子は床に投げ捨てられたアルバムをそっと拾い上げた。表紙には『二〇〇五年十月四日　樹里亜　誕生』と記されている。

納戸の棚には、樹里亜の成長の様子を記したアルバムがぎっしりと並んでいる。いつまでも摩耶子が持っていてはいけない……。本当は握っているアルバムも、他のアルバムと一緒に棚に並べておきたかった。だが、それはできなかった。

ふと、樹里亜が小学三年生ぐらいの頃に、アルバムを見ながら、「どうして私には生まれたばかりの写真がないの？」と、唐突に切り出され、ドキッとしたことを思い出す。

これ以上、嘘をつき続けるのは苦しかった。今のままでは樹里亜と顔を合わせることも、死顔を見てもらうことだってできない……。

摩耶子は手すりを使って、踏み外さないように慎重に階段を下りた。ちょうど階段下に固定電話がある。受話器を取って、ボタンに手をかけた。

玄関の扉が開くと同時に「何やってるんだ！」という、圭祐の怒鳴り声に心臓が止まりそうなほど驚いた。

圭祐は土足のまま部屋に上がって、摩耶子の握っている受話器に手を伸ばした。

「お前！　まさか——警察に」

摩耶子は身体を捩《よじ》らせて抵抗する。

「このまま隠し続けるなんて、もう無理よ……」

「バカな真似をするんじゃない。お前は何をしようとしてるかわかっているのか。そんなことしたって誰も幸せにならない」

圭祐は電話機から伸びるモジュラーケーブルを、力任せに壁から引きちぎった。

「すべて私がいけなかったのよ。あなたには一つも迷惑かけないから――」

摩耶子は溢れてくる涙を拭うのも忘れて、最後の力を振り絞って訴える。

「落ち着け摩耶子、落ち着くんだ」血相を変えてパニックに陥っているのは圭祐のほうだった。「樹里亜にとって、実の親の元に帰してやることが、傍から見れば幸せかもしれない。だが、それは樹里亜として生きてきた十六年間を全て消してしまうことになるんだぞ。お前だけの罪滅ぼしのために――十六年間、俺とお前で必死に築きあげてきたものが、一瞬で崩れてしまうんだぞ。真実を明らかにすることが本当に樹里亜の幸せに繋がるのか考えてみてくれ」

圭祐は背後から摩耶子を抱きしめた。そして耳元でささやいた。

「お前は、自分が死んだ後のことを心配しているんだろう。これだけは約束する。どんなことがあっても樹里亜だけは俺が守る。社会人になって嫁に出すまでは、俺が責任を持って育てるから――」そこまで言って圭祐は摩耶子の身体から離れた。「感情で突っ走るのはやめてくれないか。樹里亜のことは俺を信じて任せてくれ」圭祐は頭を下げた。

今まで散々調子のいいことを言って、摩耶子を裏切り続けてきた圭祐の言葉なんて信じたくなかった。しかし、樹里亜の幸せを願うと、圭祐の良心に委ねるしかないのかもしれない。だが、それでは後悔を残して死んでいかなければならない。いずれ真実が明らかになる日がくるかもしれない。その時傷つくのは樹里亜だ、好奇の目にさらされるのは樹里亜だ――。

摩耶子はしばらく黙っていた。

「とにかく、俺は樹里亜を捜してくる――」

そう言って家を飛び出した圭祐の後ろ姿は、今まで見たことがないほど焦りの色が滲みでていた。それは樹里亜の無事を願ってのことではない。万が一樹里亜が行方不明にでもなったり、事件に巻き込まれでもしたら、十六年前の真実が明らかになってしまうことを恐れているからだろう。

樹里亜の将来はどうなってしまうのか、圭祐にまかせて大丈夫だろうか。この家はどうなってしまうのか、摩耶子はどこで最期を迎えるのか……すべての事実が明らかになった時のことを想像するだけで恐ろしかった。

だが、今すべきことはそんなことではない。一刻も早く樹里亜を見つけて連れ戻してほしかった。万が一、自棄《ヤケ》を起こして自殺でもしてしまったら……。女子高生があてもなく歩いていて、ガラの悪い連中に絡まれ車に連れ込まれて暴行でもされたら……心配でたまらなかった。身体の自由が利けば、今すぐ家を飛び出して、町中飛び回ってでも樹里亜を捜し出したかった。しかし、それは圭祐に託すしかない。

「樹里亜、樹里亜――」心の底からわき出てくる感情を抑えられずに、摩耶子は樹里亜の名前を呼び続けた。

圭祐が家を出てすぐ、樹里亜のスマホに連絡をいれ続けた。呼び出し音が鳴って、やがて留守電に切り替わってしまう。何度繰り返してみても樹里亜は出てくれない。

ふと見ると、ダイニングテーブルに置いてあるスマホが、摩耶子の呼び出しに合わせて小刻みに震えている。ピンクのスマホケースで、すぐに樹里亜のものだとわかった。

その時、摩耶子のスマホに栞からメッセージが入った。

『樹里亜ちゃんツイッターやっているみたいよ』

続けてアドレスが送られてきた。

樹里亜がツイッターをやっていたなんて知らなかった。もしかすると、ここに樹里亜の気持ちが書き込まれているかもしれない。あまり深く考えずに添付されたアドレスをタップした。

表示された最新の投稿を見て、見てはいけないものを見てしまったような気がして、一瞬目を瞑った。文章を読んでもいないのに飛び込んできた単語で、想像を超えるショックに頭の中が真っ白になる。嘘でしょ——摩耶子は繰り返し文章を口に出して読んだ。だが、読めば読むほど不安が靄《もや》のように頭の中に広まっていく。

『今の自分は偽物のわたし。わたしがいることで母も父も苦しめられている。母と父だけじゃない。たくさんの人の人生を狂わせてしまった。今からでも遅くない。いなくなっちゃえばいいのよ。わたしなんて初めからこの世にいなかったんだから……』

投稿時間：19時間前
２０２１年４月からツイッターを利用しています。

@ＨＩＫＡＲＩ２００５１１１１
樹里亜がアカウント名の後ろに記した八桁《けた》の数字は……忘れもしない……あの日の記憶が鮮

明に蘇ってきた。

——なんで樹里亜がこの数字を？　やっぱり樹里亜はあの事実に気づいている。

◆

「圭祐、飲み過ぎよ。明日だって仕事があるんでしょ。そろそろやめないと」

摩耶子はテーブルから下げようと、日本酒の一升瓶に手を伸ばした。

「うるさい！　酒でも飲まないとやってらんねえよ。なんで俺が、自分より若い奴にぺこぺこと頭を下げて働かなきゃならねえんだよ」

「樹里亜のために仕方ないでしょ」

「ガキのために——なんで俺が——ああ、お前と結婚しなけりゃ——ガキのせいで俺の人生台無しだよ——おい！　ギャンギャンうるせえんだよ」

圭祐は廊下に向かって声を荒らげた。

「圭祐が大きな声を上げるからよ」

「お前が俺から酒を取り上げようとするからだろう」

圭祐は摩耶子の手から強引に一升瓶を奪い取った。

それをグラスに勢いよく注いだ。

摩耶子は寝室へと向かった。「ごめんね……」と何度もつぶやきながら、泣き続ける樹里亜を抱き上げ背中をゆっくりさすり続けた。やがて樹里亜は寝息を立て始めた。樹里亜をそっと布団に寝かせ、摩耶子も隣でうとうととしているうちに眠ってしまった。

「おい！　摩耶子、摩耶子――」

叱りつけるような激しい叫び声で目が覚めた。

摩耶子がリビングに向かうと、圭祐は一升瓶を顔の前に掲げた。

「もう空みたいだ。もう一本買ってきてくれ」

「何杯飲んだら気が済むの、いい加減にして」

摩耶子は呆れて顔も見たくないと思った。圭祐を無視して、樹里亜の眠る寝室に戻ろうとした。

「はあ？　お前俺の命令が聞けねえってのか！」

圭祐はテーブルを片足で蹴り上げた。乾いた衝撃音が部屋中に響き渡った。その音に驚いて起きた樹里亜が泣き声をあげる。

これまで見たこともないような殺気が目の奥で蠢《うごめ》いていた。

圭祐は右手に空になった一升瓶を持って立ち上がると、獲物を探して徘徊《はいかい》する野獣のようにのそりのそりと摩耶子に近づいてきた。

――殺される。摩耶子はとっさに感じて目を瞑った。あまりの恐怖に腰が抜けてその場から動くことができなかった。

その気配が、目の前を通り過ぎた。

「待って、樹里亜が――」

圭祐が樹里亜の眠る寝室に向かっていることがわかった。

摩耶子は圭祐の腰にすがりついた。

「うっせえなー！　離れろ！」

圭祐が振り払った腕が、摩耶子の顔面を直撃する。目の前で何かが弾《はじ》けるような衝撃に、摩耶子は顔から床に伏せた。

苛立ちが極限に達した圭祐は、摩耶子の頭を右足で何度も踏みつける。

「やめて——お願い——」摩耶子は必死に圭祐の足にしがみついた。

この腕を離したら樹里亜の命が——。

次第に意識が遠のいていく。

一升瓶を持ち、顔を真っ赤に染めた圭祐の姿は、地獄にいる鉄の棒を持った赤鬼だった。

栞、助けて——摩耶子は栞に助けを求めようと、霞んだ意識の中で、転がっていた携帯電話を開き、着信履歴から栞の番号を探した。——が、そこで意識は途絶えた。そのまま深い深い地獄の底に突き落とされた。

「マヤー、——いるの……」しばらくして、幻聴のような栞の声がどこからともなく聞こえた。

（二）対峙

紗英は自宅に帰ってからも、別れ際のヒカリの様子が気になっていた。きちんと寮に戻っているだろうか……。ベンチに忘れていったポシェットを拾ったことを言い訳に、千住女学院の寮に電話を入れた。千住女学院で教師をしている丈治の妻であると名乗って、ヒカリの本名である矢島樹里亜がいるか訊ねた。

　電話口の職員は〈いつもお世話になっています〉と言った後に、秘密を打ち明けるように声をひそめた。〈夕方、本人から連絡がありまして、お母様の容体が急変したので実家に帰ると――〉

やはり――ヒカリは父親の暴力から母親を助け出すため、実家の両親の元に向かったのだと確信した。

　ヒカリを救わなければ――。

次の日、紗英はできるだけいつもと変わらない行動を心がけ、玄関で丈治を見送った。

丈治は珍しく午後からの出勤だった。

「そんなに遅くならないと思うよ」かかとを靴に押し込みながら丈治はドアに手をかけて振り返った。

「ええ、行ってらっしゃい」と笑顔で返すが、内心で、不倫の事実を知ってしまった以上、今までのような関係を続けるのは不可能かもしれないと泣いていた。

　昨日送られてきたＤＮＡ親子鑑定で、ヒカリと丈治は父娘であることが確定的となった。丈治には隠し子がいたのだ。

　丈治の顔を見るのも辛かった。十六年間、平然とした顔で紗英を裏切り続けていたのかと思うと、同じ空間にいることさえも耐えられなかった。鑑定結果を丈治に突きつけて「これまで私を騙してきたのね」と問い詰めたかった。

だが、その前にどうしてもやらなければならないことがあった。

リビングへ戻ると正午を知らせるメロディーが鳴った。

急いで着替えて、印刷しておいたヒカリの実家までの地図を引き出しの奥から引っ張り出した。一日分の着替えをバッグに詰めながら玄関に向かう。

シロは不穏な空気を察したのか、玄関の扉を遮るように立ちはだかった。行かないでほしい——というような不安な瞳で紗英を見つめてくる。

「ごめんね、シロ、なるべく早く戻るから……お利口にして待っててね」

万が一帰れなかった時のために、玄関脇に明日の夜までの餌《えさ》を用意しておいた。

家を出て、北千住の商店街を抜けて、予約しておいた駅前の『ジャパンネットレンタカー』に向かった。

ヒカリの両親が暮らす栃木県矢板市までは、JRを乗り継いで最寄りの矢板駅までは行くこともできる。しかし、駅で降りてから二十キロ近くある。交通手段は車しかなかった。しかも山道を三十分以上進まなければならない。駅からタクシーで向かうことも考えたが、帰りのことを考えると、スムーズに帰ってこられるか不安だった。運転には自信がないが、昨夜思い切ってレンタカーを申し込んだ。

運転免許は、特に車が欲しいとか乗りたいというわけではなかったが、早く自立したいという思いから、高三の夏から秋にかけて教習所に通い十八で取得した。

大学時代に友人と旅行に出かけた際に何度か運転した程度で、もう二十年以上運転席に座っていない。

レンタカー店で必要事項を記入して鍵を受け取った。一番小さくて小回りが利きそうなコンパクトカーを選んだ。

運転席に座り、車のキーを挿《さ》そうとハンドルあたりの鍵穴《かぎあな》を探すが見当たらない。

「すみません、キーってどこに挿したら……」

紗英は右手でキーを回すジェスチャーをしながら若い店員の顔を見た。

「ああ、そこの右手のあたりにある青く点滅しているボタンを、ブレーキを踏みながら押せばかかります」

紗英は運転席の窓から顔を出して聞いた。

「あの……ブレーキって右でしたっけ、左でしたっけ？　運転するの久しぶりなので……」

店員が、不安をのぞかせながらブレーキとアクセルの位置を教えてくれた。

「大丈夫でしょうか？」

紗英は恐る恐るエンジンをかけた。お尻《しり》の底から突き上げるような振動を予想していたので、あまりに静かな立ち上がりに拍子抜けしてしまった。

首都高に乗って、東北自動車道の矢板出口まで百四十キロほどある。途中、休憩を挟むと考えると二時間はかかるだろう。高速を下りてからは山道を三十分以上進まなければならない。無事に帰ってこられるだろうか……命がけのドライブとなりそうだ。

平日の昼間とあって、道は空いていた。紗英は左車線をのんびり進んだ。途中追越車線を猛スピードのトラックが追い抜いていくたびに、その風圧で車がぐらりと揺れる。万が一、あんな鉄の塊《かたまり》にぶつけられたら車ごとメチャクチャになって、即死だろう。

東北自動車道に入り、三車線になると、少し運転にも慣れ心に余裕がでてきた。

すると、ヒカリの生徒手帳に挟まっていた乳児の写真が気になってきた。髪の毛の生え具合からしても、生後間もないだろう。明らかにヒカリとは別人だった。なぜあんなものを持っていたのだろうか？

兄妹がいて幼い頃に亡くなっていたのだろうか……。

夢中で考えていると、スピードメーターは百二十キロを超えていた。紗英は慌ててアクセルペダルから足を離した。

矢板出口で高速を下りると、山道が待っていた。自分の運転に気分が悪くなってしまいそうなぐらい右へ左へ車は揺れる。緊張でコンタクトもカラカラに乾いていく。瞬きをしながら必死に焦点を合わせる。

三十分ほど進むと、ナビ画面に一キロほど先に目的地があるという表示があった。だが、そこからナビが反応しなくなった。周りを山に囲まれていて衛星の電波も悪いのだろう。目的地は目の前にあるはずなのに……。

さっきから同じ道をぐるぐる回っているような気がした。

印刷しておいた周辺の地図に手を伸ばそうと、ほんの少し目を離したその時だ。

――危ない！　目の前に少女が飛び出してきた。

ブレーキを踏んだが間に合わない――。

紗英はとっさにハンドルを側溝側に目一杯切った。

車は道を大きく外れ、側溝をしばらく進み、後輪をとられて止まった。

なんとか衝突は回避できたようだ。

すぐに車外へ出て、道路の真ん中で蹲っている少女のところに近づいた。

「大丈夫？」

紗英は少女の肩にそっと手をのせた。

顔を上げた少女を見て驚きのあまり瞬きするのも忘れていた。

「ヒ、ヒカリちゃん――」


車を動かそうにも、自分の力ではどうにもならなかった。パニックになりかけていた紗英は、先ほどもらった名刺を取り出し、ジャパンネットレンタカーに電話して状況を伝えた。

〈二、三十分ほど時間はかかりますが、近くの営業店スタッフをそちらに向かわせます〉

応援が来るまで時間を潰そうにも、近くにコンビニも飲食店もない。かといって、車を置いてこの場から離れるわけにもいかない。車の近くの段差を見つけて、ヒカリを誘導して座って待つことにした。

ヒカリは紗英と会ってから一言もしゃべっていない。目も合わせようとしてくれない。「大丈夫？　怖くなかった？」の呼びかけに、首を振ったりうなずくだけだ。河川敷でシロと戯れていたヒカリとはまるで別人だった。

おそらく昨夜から今日にかけて、自宅で両親と何かあったのだろう。父親の暴力もそうだが、自分が実の娘ではないということを知ってしまったのかもしれない。紗英は生徒手帳に挟まっていた乳児の写真を思い浮かべながら、今はそっとしておいてあげようと、理由を聞かずに隣に寄り添うだけにした。

　国道から一本入った県道だったので、車の通りもほとんどなかった。時々すれ違う人々も、紗英とヒカリを気にも留めずに通り過ぎていく。

　予定より少し早めにジャパンネットレンタカーの作業車が二台到着した。

　側溝に嵌《はま》って動けなくなった車を見て、帽子を被った年配の作業員がつぶやいた。

「こんなところにうまく嵌ったもんだなあ」

「すみません、道の脇から急に猫が飛び出してきて……」

　あくまでヒカリが飛び出してきたということは伏せておいた。

「このまま田んぼの下まで落ちていたら、無傷じゃすまなかったかもしれませんよ。お客さんたち幸運でしたよ」

　紗英は頭を下げた。冷静に車の状況を見てみると、一歩間違えれば命を落とす可能性もあったとわかり恐ろしくなった。

「とりあえず応援を呼んで、持ち上げないとダメかもしれないね」

　初めはフロント部分にロープをくくりつけて、もう片方の車で引き上げるつもりで準備していたようだ。しかし、側溝に嵌ったタイヤの状況を見て、無理だと諦めたのだろう。

「お客さん、どうします？」

　紗英はとてもこの後、車を運転して帰る気にはなれなかった。

「この車は……」

「見た目には大きな傷はありませんが、内部が壊れているかもしれませんので、お客さんを乗せるわけにはいきませんね」

若い作業員は肩にかけたタオルで額の汗を拭きながら言った。

「……ごめんなさい」紗英はもう一度頭を下げた。

「こんなところに残されても困るでしょう」と年配の作業員は紗英に言った後、若い作業員に呼びかけた。「お前、駅まで送ってやれや」

「すみません」

紗英は乗っていた車の後部座席から荷物を取り出した。

若い作業員は、軽自動車のエンジンをかけて運転席の窓から顔を出した。

「汚いですけどどうぞ」

「ヒカリちゃんはどうする？」

ヒカリがもしも実家に帰りたいというのなら、運転手にお願いして実家まで回ってもらえるよう頼んでみるつもりだった。

ヒカリはさっきから思い詰めたように、じっと下を向いたまま一言も発さない。

このまま東京に連れて帰るべきか……。いや、丈治と血が繋がっているとはいえ他人の子供だ。両親だってきちんといる。紗英があまり余計なことに首を突っ込むべきではないのだろう。しかし、ヒカリが父親から受けていた暴力のことを考えると、このまま家に帰して何かあったら——紗英は決められずにいた。

そこへ年配の作業員が近づいてきた。

「お嬢ちゃん、お母さんを困らせちゃだめだぞ」

きっとヒカリが不貞腐《ふてくさ》れているとでも思ったのだろう。

ヒカリはその言葉に反応するように顔を上げて紗英を見た。そして立ち上がりながら、紗英の左の中指を控えめにそっと握った。

「さあ、行きましょう」紗英はヒカリの背中に手を回した。

ヒカリが丈治と他の女との間にできた隠し子だということは、完全に頭の中から消えていた。同時にさっきまで燻《くすぶ》っていた丈治やヒカリの母親に対する憤りが、すーっとさざ波のように引いていった。

「矢板へは旅行か何かで？」

運転席の作業員とルームミラー越しに目が合った。

「ええ……まあ」紗英はヒカリの様子をうかがいながら答えた。

ヒカリはさっきからずっと窓の外を見つめたままだ。全開になった後部座席の窓から入ってくる風に、ヒカリの真っ黒で艶《つや》やかな髪は右に左になびいている。

「このあたりを回るには足がないと難しいですからねぇ」

重たい空気を変えようと作業員は気を遣ってか、会話を続けようとする。

ふと、目の前の景色に、以前にも訪れたことがあるような既視感を覚えた。先ほど高速を下りて走ってきた道とは違う。もっと遠い昔に……。なぜだろう？　そんなことを考えながら車窓の景色を眺めていると、車が信号待ちで止まった。左前方の緑の木々の合間から立派な日本家屋のような建物が見えた。

「すいません、あの建物って……」紗英は思わず指さして聞いた。

「ああ、あれは矢板旅館という百年以上も続く老舗《しにせ》旅館です。紅葉の時季なんかは、予約が取れない宿としてこのあたりじゃ有名なんですよ」

信号が青になり、車が旅館の前を通り過ぎようとした。建物の裏手に小さな滝が見えて、その流れが河原へと続いていた。

この景色、見たことがある。——二十数年前、丈治と結婚する前に、初めて泊まりがけで訪れた旅館だ。宿泊した翌日、川で釣ったヤマメをその場で焼いて食べようとしたら、火加減がわからずに丸焦《こ》げになってしまったのだ。つい最近のことのように鮮明に思い出した。

それから五百メートルほど車は走って信号で停まった。

「あの……ここで降ろしてもらえませんか？」

紗英は運転席に向かって呼びかけた。

「ここで⁉　いいですけど……ここから駅まではだいぶ距離もありますし、バスだって走っていませんよ」

作業員は不思議そうな顔をしている。

「大丈夫です。時間もあるし、のんびり散策してみるのもいいかなと思いまして」

紗英はヒカリの手を引いて車を降りた。信号が青になって発車した車を頭を下げて見送った。

それから、今通った道を歩いて戻り、旅館の前に到達した。以前に丈治と訪れた時と建物の造りは変わっていなかった。懐かしさが込み上げてくる。

想《おも》い出に浸るように外観を眺めていると、暖簾《のれん》から顔を出した年配の女将《おかみ》に声をかけられた。

「本日はご宿泊ですか？」

「あの……予約していないんですけど、以前に一度泊まったことがありまして、たまたま目の前を通り過ぎた時に懐かしくなってしまって――もし空いていたら本日宿泊できないかなと思いまして」

女将は少し待つようにと、紗英たちを応接スペースに案内して、バックヤードに消えていった。

数分後「お客様」と声をかけられ、紗英はフロントへ向かった。

「昨日、ご予約のお客様からキャンセルがありまして、ちょうど一室お部屋が空いております。ただ、食材の関係もあり、ご夕食の準備は今からですと間に合わないのですが……そちらでよろしければご宿泊いただけますが、いかがいたしましょうか？」

「本当ですか！　ぜひ、宿泊させていただきたいです」

紗英は差し出された宿泊申込書に旧姓の『副島紗英』と記名した。

おそらく宿泊は紗英一人になるだろうが、女将は二人で宿泊するものと思い込んでいるようだったので、そのまま二名で申し込みを済ませた。

とりあえず、ヒカリが落ち着くまで部屋で休憩できれば充分だった。その後、自宅の両親の元へ送り届け、実家の様子をうかがえればと考えている。状況によっては、ヒカリの代わりに紗英が気持ちを代弁してあげてもいい。もちろん丈治とヒカリの関係は隠しておくつもりだ。

というよりはそんなことはもうどうでもよくなっていた。ヒカリさえ幸せになれば……。

以前に丈治と訪れた部屋ではなかったが、部屋のすぐ真下を川が流れていて、せせらぎが心地よく聞こえてきた。十畳ほどの畳の部屋には真ん中にテーブルが置かれていた。

紗英はヒカリを正面に座らせて、テーブルの中央にあるお茶のセットに手を伸ばした。

「喉渇いたね。ヒカリちゃんもお茶でいいかな？」

紗英が訊ねると、ヒカリは「はい」と小さくうなずいた。

お湯を沸かして茶を淹れ、湯飲みに注いでヒカリの前に差し出した。

「昨日から実家に戻っていたの？」

ヒカリは微《かす》かに首を横に振って目を閉じた。

あまり理由は問い詰めずにおこうと、ヒカリの視線の前にポシェットを差し出した。

「昨日、これ、忘れていったじゃない」

「えっ⁉」とヒカリは驚いたように顔を上げて紗英の目を見た。紗英がわざわざこれを届けに
ヒカリの実家までやってきたとでも勘違いしたようだ。

「寮に届けようと思って電話したら、ヒカリちゃん実家に帰ったって職員の方に言われてね。

お父さんの暴力のことも聞いていたし、何かあったらと心配になって……」

「…………」ヒカリはぎゅっと唇を噛みしめた。今にも泣き出しそうな憂鬱《ゆううつ》な表情で顔を歪めた。

「ごめんね。詮索するつもりはなかったんだけどね……ポシェットの中を確認してみたら、生徒手帳があって……樹里亜ちゃんっていうんだね」

ヒカリが偽名を使って紗英に会っていたことを責めるつもりはなかった。今の若い子たちはSNSをやっていて、そこでは身元がバレないようにハンドルネームを使っている子も多いと聞いていた。ヒカリがハンドルネームを使っていた理由もなんとなく理解できる。きっと自分自身が嫌いだったか、変わりたかったのだろう。ヒカリという名前を使っている時は、普段とは違った自分を演じることができて、嫌いな自分を忘れさせてくれたのではないだろうか。

それは、高校時代の紗英も同じだった。紗英の頃はSNSなどもちろんなかったが、代わりにオリジナルの小説を書いていた。その中の主人公が理想の自分で、温かい家族やたくさんの友人に囲まれた、現実とは正反対の自分像だった。

しばらく下を向いて黙り込んでいたヒカリが、正気に戻ったように顔を上げた。

「紗英さん、気づいていたんですね……。母と父が……ごめんなさい」

紗英はヒカリも両親も責めるつもりではなかったので、慌てて両手を振って否定した。

「ヒカリちゃんそのことはいいのよ。私はヒカリちゃんさえ元気に暮らしていてくれれば、何も口出しするつもりはないわ。本当はこんな詮索するつもりもなかった……けど、ヒカリちゃんが家庭内で暴力を振るわれているかもしれないと不安になって、居ても立ってもいられなくなっちゃって――」

ヒカリは、自分が丈治と母との不倫の末にできた子だということをだいぶ前から知っていたのかもしれない。もしかすると、それを確かめるために千住女学院に入学して、河川敷で紗英やシロが現れるのを待っていたのかもしれない。

ヒカリは紗英と目を合わせることも拒むかのように、肩を震わせて消え入るような声で、何度も「ごめんなさい、ごめんなさい……」とつぶやいた。

「ヒカリちゃん、私はヒカリちゃんのことを一つも責めてなんていないのよ。むしろヒカリちゃんには辛い思いをさせてしまって申し訳ないと思っているの。だから顔を上げてくれないかしら」

紗英はヒカリの口から真実と本当の気持ちを聞きたかった。

促すようにヒカリを見た。

「私が実の娘ではないから、父は次第に私に冷たく当たるようになっていったんだと思います。仕事や人間関係がうまくいかないのも私のせいだと……」

「ひどい――」紗英は思わず口にしてしまった。

「私もいけないんです。この事実を知りかけてしまった時、両親に幻滅して、距離を置くようになってしまったんです。小さい頃から、お母さんって一度も呼ばせてくれなかったのも、小学校の授業参観に一度も両親が顔を出してくれなかったのも、他の友達と同じように家族で旅行に出かけたりすることがなかったのも……父と母が世間や私に対して、負い目を感じていたからだと思います。もちろん紗英さんにも……」

「なんであなたがそんな責任を……」涙が急にこみ上げてくる。

これ以上、目の前で苦しむヒカリを見ていられなかった。両親の問題に、娘のヒカリが罪の意識を感じる必要なんてこれっぽっちもないのに。きっと、紗英の存在がヒカリを苦しめているのだ。紗英が初めてヒカリに会った時、彼女に陰を感じたのと同じように、ヒカリも紗英の陰を感じ取っていたのかもしれない。

紗英はそばに近づいてヒカリを力一杯抱きしめた。そして頭をさすりながら言った。

「あなたのその思い、私に伝えてくれたようにお母さんとお父さんにまっすぐにぶつけてごらんなさい。きっとお母さんもお父さんも一番大切なものは何だったのか気づかされるはずよ。あなたを失うことがどれほど辛いことか……どんなことがあっても、あなたの幸せを一番に考えてくれるはず。血は繋がっていないとしても、あなたの存在は娘であることに変わりないんだから」

紗英はいつまでもヒカリを抱きしめていたかった。しかし、それはヒカリをさらに苦しめることにもなる。これ以上ヒカリの中に自分の存在があってはいけないのだ。

「ああ、ごめんね」紗英は無理に笑ってみせた。そして冷たく突き放すように言った。

「タクシーを呼んであげるから、お母さんとお父さんのところへ帰りなさい」

ヒカリの顔を見ると気持ちが揺らいでしまいそうだったので、そのまま部屋の外に出た。フロントでタクシーを一台手配してもらい部屋に戻った。

「二十分ぐらいしたら到着するみたいだからそれに乗って帰りなさい」

紗英は事務的な口調で言った。

黙ってうなずいたヒカリを見て、紗英の心はひどく痛んだ。

でもこれでよかったの。ヒカリのためを思えば――紗英は必死に自分に言い聞かせた。

小さく息を吐きながらヒカリの正面に座り、タクシーが到着するのを待った。

喉の渇きを感じて、先ほど淹れたぬるくなったお茶を一気に飲み干した。

しばらくすると、内線が鳴った。タクシーが到着したようだ。

紗英は立ち上がろうとして、急な眠気に襲われた。昨日から一睡もできなかったことに、慣れない車の運転も重なり、緊張の連続だった。疲れが一気に回ってきたのだろう。

ヒカリをタクシーに乗せたらすぐに部屋で横になろう――。

しかし、体がいうことを聞いてくれない。遊園地のコーヒーカップで回された後のように、頭がぐるぐると回っている。水平感覚もなくなっていく――。

霞みゆく視界の中にヒカリの顔が浮かんでいた……。

（三） 誘拐犯の要求

樹里亜を捜しに出かけた圭祐が戻ってきた。家を出てから一時間以上が経過していた。町中を走り回っていたのだろう。真っ黒なTシャツは汗だまりで所々が変色している。

「樹里亜は？」摩耶子は顔を見るなり聞かずにいられなかった。

圭祐は肩で呼吸をしながら悲愴感を浮かべて首を振った。

「酒屋のおっちゃんが、樹里亜が県道で見慣れない女性と一緒にいるのを見かけていたって……」

「見慣れない女性って？」

誰と？　何をしていたのか？

「おっちゃんの話だと、その女性は俺らと同《おな》い歳《どし》ぐらいじゃないかって」

「ということは四十代！」摩耶子は食いついた。

「足立《あだち》ナンバーの車が側道に停まっていたらしい。一応、その場所に行ってみたんだが、樹里亜も女性も車もいなかった」

足立ナンバーと聞いて、真っ先に樹里亜が暮らす北千住の寮を思い出した。だが、足立ナンバーといっても足立区に限定されるわけではない。足立を含み台東《たいとう》、墨田《すみだ》、荒川、江戸川《えどがわ》の五つの区まで管轄されている。

「どこへ行くつもり？」

「まだ遠くへ行っていないはずだ。市内をウロウロしているかもしれない」

圭祐は玄関に向かいかけた。

「ねえ、私も一緒に連れていってもらえないかしら？」

圭祐はしばらく考えてから「いいや」と首を左右に振った。「樹里亜が戻ってくるかもしれない。その時はお前がいてやらないと」

樹里亜がスマホも置いていったことを考えれば、圭祐の判断は正しいだろう。

「そうね、安全運転でね」そう言って圭祐を見送った。

「それと——警察にはまだ通報するなよ。樹里亜の意思で女性と一緒にいるのかもしれないし」

いったい樹里亜と一緒にいた女性は何者なのか。偶然道で会っただけなのか。だが車のナンバーを考えると、女性は東京から栃木の山奥へ足を運んでいるのだ。やはり目的は樹里亜に会うためだったのではないかと結論づけてしまう。もしくは、樹里亜自ら呼び出したのか……。

——ツイッターだ。樹里亜のツイッターに何かヒントが隠されているかもしれない。

摩耶子は先ほど見ていたページをもう一度スマホで開いた。

樹里亜のフォロワーは五十三人いた。そのうち毎回『いいね』をつけてくれている人が数人いる。まずはその人物のプロフィールを片っ端からチェックしていった。四十代……女性……条件に一致する人物が一人だけいた。

だがその女性のプロフィールを調べてみると大阪市在住だった。しかも今日は朝から仕事に出かけている。

念のため他のフォロワーの書き込みにも目を向けるが、樹里亜の行方につながるような情報はなさそうだ。

画面を閉じようとしたところで、脳の奥をくすぐられたような感覚に、思わず指が止まった。そしてもう一つの感情が迫り上がってくる。――樹里亜のツイッターを見れば、彼女の気持ちや行動の真意がわかるかもしれない……。

だが、実際にページを追っていくと後ろめたさがわき上がってくる。

本名を使っていないのだから、まさか摩耶子や圭祐に見られると思って書いてはいないだろう。摩耶子や圭祐に知られたくない秘密だってあるだろう。年頃の女の子にとって、自分の机の引き出しをのぞかれるぐらい抵抗のあることなのかもしれない。こっそり見たことを、もしも樹里亜が知ってしまったら――幻滅されるだろう。

互いのため、これ以上首を突っ込んではいけない。今すぐスマホを置くようにと、必死に脳に指示を出す。

だが、抵抗するように指先が勝手に画面をスクロールしていく。

時を遡るように表示された文章を夢中で目で追っていく。

更新は不定期だ。誰かに見せるというよりは、その日あったことを忘れないためにつけていたのかもしれない。

頻繁に登場する〝サエさん〟という女性は誰なのか？

文章の感じからして、歳は樹里亜とかなり離れている気がする。いや……私に近いのかもしれない。――四十代⁉

しかし、よく栞はこれを見つけ出してくれたなぁ……。感心しながら読み進める。

――5月14日

サエさんが赤ちゃんを誘拐されたってニュース、あれからいろいろと調べてみた。誘拐されてから三ヵ月後にサエさんのところに犯人から送られてきた写真……これって……。

――5月7日

ネットでサエさんの名前を検索してみたら、おそろしい事実を知ってしまった。十六年前、サエさんは生まれたばかりの赤ちゃんを誘拐されている……。サエさんは私のことを、いなくなった娘さんに重ね合わせているのかもしれない。でも……私は娘さんの代わりにはなれないよ。

――5月4日

昨日サエさんの家に初めて行かせてもらった。買い物帰りに店員さんに母娘に間違われた。なんだか嬉しかった。サエさんの本名も知ってしまった。どうやらサエさんの旦那さんはウチの学校の先生らしい。なんでそれを今まで黙っていたの？

――5月3日
世間はゴールデンウィーク真っ只中。明日から実家に帰る予定だったけど、電話があって急遽《きゅうきょ》仕事が入ってしまったので、来月にしてくれって――。いよいよ母は危ないのかもしれない？　本当は今すぐ会いに行きたいよ。最後にお母さんって抱きつきたいよ。でもそんなことしたら、母をもっと苦しめることになるから……。

――4月29日
今日のサエさんは元気がなかった。サエさんも母と同じように心の中に暗い闇を抱えているのかもしれない。でも母の抱えている闇とは違う気がする。サエさんの闇は透明で先の見えない闇。きっと取り除いてあげることができると思う。母が抱えている闇は、深海に突き落とされ二度と浮上することができないような真っ暗な闇。

――4月25日
母はいつまで私に病気のことを隠すつもりだろうか？　私もう高校生だよ。日に日に痩せていく姿を見てたら、どこかに重大な病気を抱えてるんだって疑って調べるに決まってるじゃない。でも母のためを思ったら、私はこのまま知らないふりを貫き通したほうがいいのかもしれない。どうしたらいいの？

――4月22日

小さい頃から私と母の関係は親と娘ではなかった。ベビーシッターやお手伝いさんのような存在に似ているのかもしれない。母にとって子育ては義務のようなもの。どうしてそんな使命感に駆られているの？　それは私が望まれずに生まれてきた子供だから？

――4月18日

小さい頃から、母のことを「ママ」とか「お母さん」と呼んではいけないと言われて育てられた。だから名前に「さん付け」で呼ぶの。なんだかへんだよね。母の名前を呼ぶ時はまず頭のなかで「お母さん」や「ママ」を変換してから口に出すの。まるで私と母は他人みたい。お母さんって呼びたいよ。

――4月12日

今日もシロと河川敷で遊んだ。シロの飼い主はサエさんと言って、母と同い年ぐらいの女性。サエさんといるとなんだかとっても居心地がいい。出会ったばかりなのに初めて会った気がしないのはなぜかしら？

――4月7日
入学式があった。もちろん友達なんてできなかった。誰も私に話しかけてくれない。まあ、そんなの慣れっこなんだけどね……。学校帰りに河川敷でぼーっとしてたら、近所の女性と真っ白なワンちゃんが近づいてきた。名前はシロっていうんだ。私に懐いてなかなか帰ろうとしなかった。友達ができたよ。

――4月4日
母は私のことを一番に考えていてくれた。全寮制の学校に入れてくれたのだって私を守るため。本当は私も母のそばにいたかった。けど、怖くて逃げてきちゃったの。母は命をかけて私を守ってくれた。それなのに私はいつも逃げてばかり……。いつか私も……。父から暴力を振るわれる母を見て見ぬふりをし続けてきた。ごめんなさい。

――4月2日
昨日、家で荷物の整理をしていたら、生まれて間もない赤ちゃんの頃の私の写真を見つけてしまった。本当にこれ、私だろうか？　私というより父にそっくりだ。そういえば、以前、母に「なんで赤ちゃんの頃の写真はないの？」って何気なく聞いた時、母はとても焦っていた。

――4月1日
明日から寮生活。

新しいことにチャレンジしてみたいと思ってツイッターのアカウントを開設してみた。

摩耶子は樹里亜のツイッターをすべて読んだ。途中からずっとこらえていた涙が一粒スマホの画面の上に落ちた。あなたはなんて優しい子なの……。今すぐ抱きしめてあげたかった。自分より他人の幸せを願い、自分より他人の気持ちを尊重し、自分を押し殺して生きてきたのだろう。樹里亜をそうさせてしまったすべての責任は摩耶子にある。

早く樹里亜に真実を伝えて、この葛藤から解放してあげなければ――。

失くなっていた写真は、樹里亜が納戸で上京するための荷物を整理していた時に見つけてしまったのね……。ガムテープを貼り直したような跡があると違和感を覚えたが、摩耶子の思い違いだったようだ。

目の前の通りに車の気配がして、摩耶子は慌ててスマホの画面をオフにした。圭祐にだけはツイッターの存在を隠しておきたかった。

圭祐が玄関へ飛び込むように入ってきた。その表情を見て、摩耶子が期待しているような結果は望めないとわかった。

「樹里亜から連絡は？」圭祐が聞いた。

「いいえ」摩耶子は虚脱したように首を振る。

「駅のほうまで行ってみたけど見つからなかった……」

「あの子どこへ行っちゃったのかしら」

自分がいなくなればなんて早まったことを考えなければいいが――。

その時、スマホが鳴った。

「樹里亜じゃないのか？」圭祐がのぞき見る。

「あの子はスマホを持たずに出ていったのよ」

「誰からだ？」圭祐が急かすように左足で貧乏ゆすりを始めた。

摩耶子は慌ててロックを解除する。

登録されていない番号からのショートメッセージだ。

開封して、目に飛び込んできた文面を見て「えっ⁉」と思わず声をあげた。

「どうした？」圭祐の声は期待と不安で揺れていた。

「……なによ、これ……」

こんなに恐ろしい言葉、摩耶子の口から発せられるはずがない。


一人娘は誘拐させてもらった。

娘を解放する条件はただ一つ——あなたがた夫婦が十六年前に犯した罪を認めろ。

タイムリミットは明後日《あさって》の正午までだ。

それまでに会見を開いてすべての経緯を明らかにし、被害者に謝罪しろ。

私は本気だ。この条件を呑めなければ娘の命はない。


「発信元は？」

「わからない」

「誰かのイタズラじゃないのか！」

　圭祐は苛立ちをぶつけるように画面を睨みつける。

　続けてもう一件メッセージを受信した。メッセージに文章はなく、写真データが添付されていた。

「これって！」摩耶子は目を疑った。

　摩耶子は恐る恐るデータを開いた。

　押し入れのような狭い空間に押し込められ、手足の自由を奪われカメラの前で苦悶の表情を浮かべる樹里亜の姿が――。

　圭祐が摩耶子の手からスマホを奪い取った。

「マジかよ……」顔面蒼白で固まったまま言葉を失くしていた。

「すぐに警察に通報しないと――」

　圭祐の手からスマホを取ろうとするが、圭祐は肩を入れて摩耶子をかわした。

「バカか！　そんなことしたら俺たち捕まるぞ」

「そんなことより……樹里亜の命が……」

「わかってる。明後日までにはなんとかする」

　圭祐は頭を抱えて髪を掻き毟り、身体を丸くした。

「酒屋のおじさんが目撃したっていう、樹里亜と一緒にいた女の人って……」

「あるわけないだろう。お前が口外しない限り絶対――まさかお前……」

　圭祐は摩耶子が口外したとでも疑うように、弾けたように瞳孔《どうこう》を見開いた。

「私じゃない……樹里亜は……樹里亜は気づいていたのよ。そして事実を知ってしまった……あの子は私たちの代わりに自ら被害者である母親に謝罪しようとしていたの……」

「そんなことあるわけないだろ。なぜ二人に接点がある？」

摩耶子は、スマホで十六年前の事件の記事を検索して圭祐の前に差し出した。

「これよ——」


——二〇〇五年十二月十三日　長野県長野市の善光寺で生後一ヵ月の乳児が誘拐された事件から一ヵ月が経過した。依然、乳児の行方はわかっていない。被害者夫婦の自宅には、事件の翌日、犯人から連絡があり身代金を要求されたが、交渉は決裂。その後、犯人からの連絡はない。

東京都内の私立高校に勤める父親が我々のインタビューに応じ、悲痛な胸の内を明らかにし、情報提供を呼びかけた。


「樹里亜を入学させた千住女学院って……どこか昔に聞き覚えがあったの。それで事件のことを調べていたら——被害者の父親が勤めている高校だってわかったの」

「お前——まさか知っていて樹里亜を入学させたのか！」

摩耶子は否定できなかった。

記事を読み終えた圭祐は、摩耶子と樹里亜のスマホをポケットに突っ込んだ。

「これは俺が預かっておく」

焦りの色を浮かべたまま、圭祐は二階の自室に籠もってしまった。

摩耶子の脳裏には、十六年前の善光寺の境内が蘇る。

◆

摩耶子は赤ん坊を抱きながら、善光寺へ向かう仲見世通りを歩いていた。――いや、赤ん坊だと自分に言い聞かせているだけだ。摩耶子が抱いているのは赤ん坊ではない。赤ん坊に見立て毛布で包んだだけの土嚢《どのう》だ。だが、行き交う人も呼び込みの店主も、誰も土嚢を抱えているなんて疑おうとはしない。

すぐ隣には父親のふりをした圭祐がいる。圭祐とは事実上の夫婦であるが、見えない鎖で繋がれているみたいだ。右の頬には前日に圭祐に暴力を振るわれた痛々しい痣《あざ》が残っていたので、ファンデーションを塗りたくって隠した。

圭祐に歯向かえば自分が殺される――まるで背中で操作されている腹話術人形だ。

怯える摩耶子の横で、圭祐は帽子のツバの下から、獲物を見定めるような鋭い眼光であたりを物色していた。

仲見世通りを抜けて、境内の手前で圭祐は立ち止まった。圭祐の視線の先には、お宮参りに来たであろう家族がいる。家族は夫婦とその両親と生後間もない乳児の五人だ。祖母がベビーカーに呼びかけている様子からして女の子だろう。

圭祐は、さっきから携帯の画面をずっと凝視している。周りの参拝客に溶け込んでいるつもりなのか。呑気に女性とメールをしているような画面がちらりと目に入った。

しばらくすると、母親と祖母がベビーカーから離れて御朱印の列に並んだ。

その後、祖父も父親に一声かけて離れていった。これでベビーカーの側にいるのは父親ただ一人――。

しばらくすると、ベビーカーの側にいた父親が電話を耳に当てた。何やら不測の事態が起こったのか？　電話をしながらあたふたとし始める。ベビーカーに背を向けて、一歩、また一歩と離れていく。

「あれだ、行ってこい」圭祐が背中を押すように耳元でささやいた。

抱えていた赤ん坊に見立てた土嚢をそっと圭祐に渡した。

摩耶子はベビーカーまでの四十メートルほどを夢中で歩いた。

振り返って――と、電話に夢中になっている父親に心の中で祈るようにつぶやく。

摩耶子は母親を装ってベビーカーに近づいた。ブランケットに包まれて赤ん坊が眠っている。ベルトを外した。赤ん坊が泣き出したら父親に気づかれてしまう。だが、赤ん坊はすやすやと眠っている。

ベビーカーと赤ん坊の身体のあいだにそっと手を入れて持ち上げた。用意しておいたブランケットに包み、抱き寄せた温かい小さな身体は、わが子を抱いているのかと錯覚してしまうほど愛おしい存在だった。

慌てて我に返る。左手で赤ん坊を抱えながら、右手でポケットに入れておいたメモ書きを取り出し、ベビーカーの上に置いた。

周りから不自然に見られないように、平静を装い境内を通り抜けた。そのまま裏通りを抜けて県道に出た。道なりに五分ほど歩くと、圭祐の見慣れた車が追い抜いていき、三十メートルほど先で止まった。

運転席から降りてきた圭祐は後部座席のドアを開けた。

摩耶子は眠り続ける赤ん坊を抱きかかえて乗り込んだ。母親の区別もつかないこの年齢で、目を覚ました赤ん坊は、摩耶子の顔を見てどんな反応をするだろうか。

「うまくやったな」

圭祐はバックミラー越しに摩耶子の様子をうかがいながらアクセルを踏んだ。

摩耶子は自分が犯した罪の重さにガタガタと震えが止まらなかった。

「私――」

摩耶子が不安と後悔を口にしようとしたところで圭祐が振り返った。

「大丈夫だ。誰も俺たちを誘拐犯だなんて疑っちゃいないよ」

そして摩耶子の腕の中で眠る乳児に言った。

「いいか、今日からお前は矢島家の長女、樹里亜だ」

圭祐の野太い声に、摩耶子の腕の中で眠っていた赤ん坊が目を覚ました。そして、摩耶子の顔を見てはち切れんばかりの泣き声をあげた。

――ごめんね、ごめんね……。摩耶子は必死に背中をさすった。

◆

その夜、圭祐は摩耶子が病気に倒れて以来やめていた酒を浴びるように飲んだ。

以前のように、荒れることもなくそのままリビングでぐっすり眠ってしまった。圭祐はいったいどこに摩耶子と樹里亜のスマホを隠したのか？　ポケットの中にもカバンの中にも見当たらなかった。

摩耶子は意を決して玄関へ向かった。自宅から二百メートルほど離れたところに今は使われていない公民館があり、その前に公衆電話が設置してあった。辿り着けずに途中で倒れてしまうかもしれない。

それでも、樹里亜のためにも行かなければならない。這いつくばってでも行かなければ――。

摩耶子は裸足《はだし》のまま玄関を出た。道の先に電話ボックスの灯りが霞んで見えた。鎧《よろい》をつけているかのように体が重い。一歩を踏み出すたびに、その振動が内臓にずしんずしんと響き、思うように呼吸もできない。それでも足を止めるわけにはいかなかった。

電話ボックスに着いた時には薄っすらと意識が遠くなっていた。

必死に受話器を上げて緊急通報ボタンを押した。

――私は十六年前、長野県善光寺で乳児を誘拐した者です。

――長野県栄《さかえ》村の赤倉《あかくら》集落に今は使われていない古い蔵があります。

――そこに殺害した乳児を遺棄しました……。

（四）捜索

長野県警の畠中は早朝から精鋭部隊を引き連れて、長野県と新潟県の県境にある栄村へ向かっていた。栄村は豊かな自然に囲まれた人口二千人弱の大半を高齢者が占める小さな村だ。広大な面積を有しているが、そのほとんどは山林で、村には駐在所があるだけで警察署はない。外出する際も鍵などかける住民はほとんどおらず、事件とは縁遠いのどかな村である。

昨夜遅くに、十六年前に発生した善光寺乳児誘拐事件の犯人を名乗る女から、栃木県警の一一〇番センターに電話があった。

発信元は栃木県の矢板市内の公衆電話だった。電話を受けた署員の話では、電話口の女性は差し迫った声で、十六年前に遺棄したという場所を具体的に示したという。その後、長野県警に連絡が入り、電話を受けたのが当直中の畠中だった。畠中でなければ、おそらくいたずらとスルーされていたかもしれない。話を聞いて、居ても立ってもいられないもどかしさに駆られた。

女性と聞いて十六年前、上毛高原駅から三好丈治に電話をかけてきた若い女を思い浮かべた。最初、主犯格は男性とプロファイリングしていた。犯人からの二度目の接触でその考えが変わった。

午後から県内で研修会の予定が入っていたが、急遽代役を頼んだ。この春刑事になりたての小嶋《こじま》を連れて栄村へ向かった。管轄内では、酔っ払いの小競り合いや窃盗、空き巣事件など平和な事件が続いていた。事件らしい事件に、小嶋は緊張した面持ちでハンドルを握っている。

長野市内から、日本最長を誇る信濃川《しなのがわ》に沿って一時間ほど進むと、のどかな田園風景が広がり始める。歩行者はおろか、対向車とさえもほとんどすれ違わない。自然とスピードも上がる。

なだらかなカーブを曲がり下り坂に差し掛かったところで、小嶋が「危ない」と声を上げ突然ブレーキを踏んだ。

助手席で軽い睡魔に襲われていた畠中は思わず前のめりになる。

「どうした?」

「すみません。急に何かが飛び出してきて」小嶋は前方を指した。

犬よりも少し大きな茶色の生き物が、軽快な足取りで茂みの中へと消えていった。

「ああ、子鹿《こじか》だ！　轢《ひ》かなくてよかったな」

このあたりでは、餌を求めて山から下りてきた猿、鹿と遭遇することも珍しくない。

「安全運転で頼むな」

畠中の呼びかけに、小嶋はゆっくりとブレーキペダルから足を離した。

それから三十分ほど国道を進むと、道はさらに険しくなっていく。対向車とすれ違うのも困難なほど道幅も狭くなる。街灯もほとんどない。

畠中はふと思った。誘拐犯はこれから向かう赤倉集落の蔵に、あらかじめ目星をつけて栄村を訪れたのか。それとも山奥の人目につかない場所に遺棄しようと車で物色しているうちに、ちょうどよい蔵を見つけたのか。それによって今後の犯人の捜査方法も考えなくてはならない。

　畠中はまだ遺体も見つかっていないのに、発見された後の妄想を膨らませていた。

　小嶋が左折しようと、前方の『赤倉地区』の看板を指した。

「犯人は赤倉集落の蔵とだけ指定してきてるんですよね？」

「ああ、赤倉集落は周りを山に囲まれた三十世帯ほどが暮らす小さな集落だ。地元の人間に確認すると、東日本大震災の翌日に、栄村赤倉地区も震度六強の地震に襲われていた。その際に半壊した蔵はすべて取り壊されている。現存する蔵は一ヵ所しかない」

　小嶋は納得したように相槌を打った。

　今朝のうちに、そこの持ち主に連絡を入れて捜索の許可はとってある。事件当時の話を聞くためにも立ち会いをお願いしたところ、快《こころよ》く引き受けてくれた。

　五十メートルおきぐらいに点々と家が建つ集落を眺めながら車は進んでいく。半分以上が、今は使われていない空き家だろう。山間部に入れば入るほど、主《あるじ》を失って朽ち果てていく哀《あわ》れな家屋を目にする数が多くなる。

　蔵に面する通りの向かいに駐在所の警官が立っていた。赤倉集落に入って初めて目にする村人だ。

　その隣で、笑顔で雑談しているのが持ち主の男だろう。短髪で三十代前半ぐらい、丸太のような太腿で野球の練習着は今にもはち切れそうだ。羨ましいほどに筋肉質な身体をしている。

　先に掘り起こされては困るので、斎藤《さいとう》には捜索理由を伝えていない。現場の緊張感のなさはそのせいだろう。

車を路肩に停めて蔵へ向かった。

「こちら蔵の持ち主の斎藤大輔《だいすけ》さんです。現在は役場で働きながら、青年団に所属していて、少年野球のコーチなどもしてくださっています」

駐在所の警官が丁寧に紹介した。

「どうも」斎藤が軽く頭を下げた。建物の外壁に手をやりながら言った「この蔵はもう長い間使ってないんですよ」

斎藤が壁から手を離すと、ぽろりと塗装が剝がれ落ちた。

「長い間とおっしゃいますと？」

「使っていたのは、オラが小学校にあがる前ぐらいまでだったかな……。オヤジが病気になって働けなくなってからは子供の遊び場でしたよ。──よくオヤジに怒られましたけどね」

斎藤は現在三十二歳だという。彼が小学校にあがる頃というと、二十五年くらいは使われていなかったことになる。となると、十六年前、事件が起きた直後に蔵に遺棄されていても、取り壊されない限り誰も気づかないだろう。

「まあ、どうぞ」

斎藤は扉の持ち手に手をかけた。鉄の扉は錆《さ》びて古くなっていて、内側にもう一つ扉があった。

斎藤が扉を開けると、ひんやりとした空気が顔にふりかかった。その不気味さに汗で湿っていた服が一瞬で冷えて、思わずぶるりと身体が震えた。扉はどこかの銀行の地下倉庫にでもありそうな重厚な造りになっている。

外で小嶋が駐在所の巡査と何か話しているようだが、扉を閉めると外の音は完全に遮断される。

入ってみると、思ったよりも広く感じられた。二十畳ほどはあるだろうか。部屋の四隅《よすみ》を取り囲むように底上げされていて、中二階のようになっていた。

「あのスペースはなんですか？」畠中は聞いた。

「ああ、あれは米や作物をのせて保管しておく場所です。この地方は湿気《しっけ》がひどいんで、地面に直接置いておくとすぐにカビてしまうんです。あそこのフォークリフトで上げるんです」

斎藤は埃《ほこり》と蜘蛛《くも》の巣《す》で、もはや原形もわからないような物体を指した。おそらくエンジンはかからないだろう。その他に農具やガラクタ、腐りかけた段ボール箱が置かれていた。

子供の頃、近所の使われていない蔵に興味本位で立ち入り、両親に叱られたことを思い出した。好奇心旺盛《おうせい》な子供たちにとって、かくれんぼをしたり秘密基地ごっこをするにはもってこいの場所だったのかもしれない。

「当時、鍵はどうしていましたか？」

先ほど斎藤が扉を開けた際も、鍵を開けたような様子はなかったのを思い出し聞いた。

「ああ、米を保管していた時はきちんと閉めていましたが、オラが小学校の頃にはそんなものなくなっていましたね。盗まれるものなんて何もなかったですからね」斎藤は自嘲《じちょう》してから続けた。「昼は近所の子供の遊び場で、夜はラブホ代わりに使っていましたよ」そう言いながら斎藤は内側から扉を閉めてみせた。「この内鍵をかけてしまえば鍵がないと外からは開かないんです。オラたちの中でも鍵がかかっている時は使用中っていう暗黙のルールが……」

斎藤は思い出したようにニヤリと笑った。

話を要約すると、この蔵には誰でも入ることができ、夜中に電気が点いていようと怪しい人影を見ようとも、近所の住民は誰も不審に思わなかった可能性がある。

畠中は、農具を退《の》けながら床の様子を確認していく。

「刑事さん、時間かかりそうですか？」

「ええ、こちらの荷物を一度外に出させてもらってもいいでしょうか？」

「……構いませんが」斎藤は自分も手伝わされるとでも思ったのか、バツが悪そうな顔をした。

「ああ、ウチの若いもんにやらせますから」

斎藤はほっとしたような顔に戻る。

「これから村の子供たちの野球をみなければならないんで」

昼過ぎに一度顔を出すと言って立ち去った。

手分けして機械や工具を一つずつ外に出していく。床のコンクリートを剝がしたり、掘り起こしたような跡がないか入念に確認する。

二時間後、すべての荷物が捌《は》け、まっさらな状態となったが、どう見ても床板を剝がして掘り起こしたような跡は見当たらなかった。

「ガセじゃないっすかね」小嶋が不満をのぞかせて言った。

そこへ野球の練習を終えた斎藤が顔を出した。

「何か見つかりましたか？」

「十五年半ほど前、斎藤さんが高校生だった頃の話なんですが、この蔵で何か異変を感じたことはありませんでしたか？」

斎藤は目を細め、腕を組んでしばらく考え込んだ。

「まあ……あったかもしれませんけど、十五年半も前のことは覚えていませんね」

確かに、使っていなかった蔵で、しかも不特定多数の人が出入りしていたとなれば、多少異変があっても気にならないだろう。

「ですよね。例えば床板を剝がされて、何か掘り起こされたような跡があったとか」

「掘り起こされる――ですか」斎藤はその言葉に反応するように復唱した。

「何か思い当たる節でも？」

「いやあ、そんなのしょっちゅうのことでしたよ。蔵の中に食料があると思っている猫やタヌキが外壁の土を引っかいたりするのは……。ただ」突然思い出したようにゴクリと唾《つば》を呑んだ。「オラが高校生の頃、オヤジが妙なことを言っていたなあ」

「妙なことというのは？」

「この集落に熊が出たんじゃないかって」

「熊ですか？」

「ですが、親父の勘違いだったんですよ。猟友会も何日か見回りをしていましたが、熊が出没したという報告は他にあがりませんでした。それでもオヤジは絶対に熊が出たんだと――周りの雑草も倒れていたし、明らかに猫やタヌキとは違う大きな動物が掘り起こした跡だって主張していましたけどね。絶対に捕まえてやるんだと、蔵の周りに罠をかけたりしていましたよ」

――まさか！　畠中は声を失った。迂闊だった。通報では遺体を蔵に遺棄したと聞いていたので、てっきり侵入して床板を剝がして埋めたものだと思い込んでいたが――そうではなかった。蔵の中ではなく、外に遺体を埋めていたのかもしれない。それを斎藤の父親は熊が掘り起こした跡だと勘違いしていたのだ。

「掘り起こされていた場所というのはどこですか？」

斎藤は蔵を出て裏手に回った。

「ちょうどこのあたりだったかなあ」

その場所は、膝の高さぐらいまで草が生い茂っていた。建物の陰になっていて陽が当たりにくいにもかかわらず、周りに比べて雑草の育ちがよかった。

「おい、スコップ持ってこい！」畠中は小嶋に命令した。

畠中は、建物から少し離れた位置を慎重に掘り進めた。

しばらくすると、黒いビニール袋が土の中から現れた。

「これって――」

掘り出したものを見て小嶋が腰を抜かした。

白骨化した遺体は死後かなりの時間が経過していた。人間かどうかも原形をとどめていなかったが、生き物であったことは確かだ。

「今すぐ鑑識に回してくれ。十六年前に誘拐された三好芽依ちゃんの可能性が高い。それと――通報があった矢板市内の公衆電話近辺の住民との関連性も調べるように」

死因と身元の特定には相当時間がかかるだろう。

通報者が犯人であるかどうかは別として、何かしらの事情を知っている可能性は高そうだ。

だが、十六年経った今になってなぜ？

すぐに両親である三好丈治と紗英の顔が浮かんだ。彼らにとってこの十六年間は後悔と苦悩の連続だっただろう。遺体が発見されたことを区切りとして過去の後悔から解放され新しい道を歩んでくれればよいが。

夫妻はこの事実を受け止めることができるだろうか……。

妻の紗英は十六年経った今でも、心のどこかで娘が生きていてほしいと願っていることであろう。遺体が発見されたという事実は娘の「死」を意味する。わずかに抱いていた希望は儚くも崩れ去っていくことになる。

行方不明者の遺体発見は、災害などで死亡が確定している場合とは状況が違い、必ずしも遺体が発見されることが事件の終わりではない。これまでは誘拐事件として捜査していたのが、殺人事件へと切り替わるのである。

この結果が彼らにとって大きな分岐点となることは間違いない。

畠中は一つ息を吐いた。なんと伝えればよいだろうか——。

（五）遺体発見

丈治はスマホを握ったままソファーでうとうとしていた。

朝になっても紗英は帰らなかった。連絡もない。携帯に何度電話してみても留守電に切り替わってしまう。こんなこと結婚してから一度もなかった。何か事件にでも巻き込まれたのだろうか。それとも……。

玄関脇のシロの餌が、二日分用意してあったことはわずかな救いだった。――自らの意思で出かけ、帰ってこないのかもしれない。

もう一日だけ待ってみることにした。今日の夜、仕事から帰宅した時に、帰っていなければ知人関係を当たるなど本格的に動き出せば大丈夫だ――。次第に膨らんでいく不安を必死に抑え込む。

気づくとすでに出勤時刻になっていた。慌てて家を出て学院に向かう。

職員室に入ったところで筧が近づいてきた。

「お前、昨日と同じシャツじゃねえか？」

「えっ……」筧に言われてガラスに反射した自分の姿を確認する。

頰に手を当てると無精髭《ぶしょうひげ》が伸びていた。紗英のことが心配で身の回りのことに気を遣う余裕すらなかった。

昨夜帰ったままの状態で出勤してしまったようだ。毎朝、紗英がアイロンをかけたシャツとスーツをコーディネートして椅子にかけておいてくれる。丈治が起きるのに合わせて熱々のコーヒーと朝飯が用意されている。結婚してから当たり前のようなルーティンも、紗英が陰で働いてくれていたおかげなのだ。同時に、紗英がいないと自分では何もできないのだと思い知らされた。

それなのに――自分は紗英を裏切り、紗英の脆く儚い心を踏《ふ》み躙《にじ》ったのだ。胸が苦しくなり瞼の裏に熱いものが込み上げてくる。――それだけではない。気づかぬうちに紗英を妻ではなく世話人のように見ていたのだ。

「まさか例の女のところに行っていたのか？」筧が顔を近づけてきた。

「そんなんじゃない……」丈治は放っておいてくれと内心つぶやきながら筧を睨んだ。

「じゃあ嫁と喧嘩でもして出てかれちまったのか？」

「うるさい！　いちいち俺に構わないでくれ！」

前を遮るかたちで立っていた筧の胸を力一杯ど突いた。周り中から注がれる好奇の目に耐えられず、丈治は職員室を飛び出した。

気持ちは上の空だったがなんとか午後まで乗り切った。

五時限目の授業が終わり、ソフト部の練習に顔を出すためにジャージに着替えようとロッカーへ向かった。

私物をロッカーに収めようとしたところでスマホが震えた。

――紗英か！　慌ててスマホを手繰り寄せる。

ディスプレイには、『長野県警・畠中』の表示が。

がっくりと力が抜けるのと同時に、頭を過ったのは、紗英がトラブルに巻き込まれたのではないかという懸念だ。さっと肩に緊張が走る。

〈もしもし、長野県警の畠中です。三好丈治さんのお電話でよろしかったでしょうか？〉

聞き覚えある声だ。頭の中には、十六年前の誘拐犯とやりとりした記憶が鮮明に蘇る。

芽依が誘拐された直後は、ひと月に一度、捜査状況の報告や、様子うかがいの電話がかかってきていた。その間隔が三ヵ月になり、半年になり……事件から数年経っても時々かかってきた。畠中からの電話を受けるたびに、事件当日の自分の行動を責め立てられているような気持ちにさせられた。ここ四、五年は一度も連絡はなかった。最後に電話口で丈治が「もう構わないでくれ」と声をあげたことに起因しているのだろう。番号が登録されていたことが不思議なくらいだ。

「何か……」丈治は恐る恐る聞いた。

〈三好さん、今どちらに？〉

「学校のロッカールームですが」

〈お一人ですね？〉と念を押されたので「ええ」とだけ答えた。

〈落ち着いて聞いてください〉と言ってトーンを落とした畠中の声は、覚悟を促すような独特の響きがあった。

紗英に何かあったのか――押し寄せてくる不安と緊張に、今にも口にしてしまいそうな言葉を必死にこらえる。

〈昨夜、栃木県警に匿名の電話がありました。それは、十六年前に三好さんの一人娘を誘拐した犯人と名乗る人物からでした。――ある場所に遺体を埋めたというものです〉

「はぁ？　――」

予想もしなかった展開にしばらく思考が停滞した。まずは、紗英が事件か何かに巻き込まれたわけではないとわかりほっとした。それと同時に、心臓を鷲摑みされるほどの驚きに、声が裏返り突っかえたまま息を止めて固まっていた。

〈――犯人の証言どおり、その場所から白骨化した乳児の遺体が発見されました〉

畠中は言葉を選ぶように言った。

「……そ、そうですか」そう述べるのがやっとだった。

畠中は予想していた反応と違ったのか、拍子抜けしたような間が空いた。

驚きはあったが、不思議と動揺はしなかった。むしろすんなりと事態を受け入れられた。それは、心のどこかで芽依の誘拐を、すでに過去のものと片付けかけていたからかもしれない。

丈治にとって、十六年前、二度目の犯人からの接触後、連絡が途絶えた時点で芽依は生きていないものと覚悟していた。その後の十六年間で、芽依の存在は丈治の胸の中で少しずつ風化していた。むしろ遺体が発見されたことにより、長い長い呪縛《じゅばく》から解き放たれたような救われた気分になる。

だが、すぐに別の不安が頭の中で竜巻のように渦を巻く。

丈治とは違い、芽依がどこかで生きていると信じている紗英にとって、この宣告は酷な仕打ちとなる。紗英が帰らなかったタイミングでの遺体発見に、紗英がこの件に絡んでいるのではないかという疑念が燻り、鎖のように胸を締め付ける。

〈これから詳しい身元の確認を行わなければなりませんが、死後かなりの年数を経過しているため、死因と最終的な身元の判別にはもう少し時間がかかりそうです。ですが、遺体の骨格などの大きさから、生後一ヵ月程度の乳児であるという点は間違いなさそうです。十六年前から行方がわからなくなっていた芽依ちゃんに――〉

「ちょ、ちょっと待ってください」

丈治は畠中が発した「生後一ヵ月」という単語に即座に反応した。

「刑事さん、芽依は誘拐されてから三ヵ月は生きていたんです。もしも芽依の遺体であれば、生後四ヵ月程度であるはずです」

事件から三ヵ月経った頃に、犯人から送られてきた写真を思い浮かべた。身体も少し大きくなり、髪も伸びて明らかに成長した芽依の姿だった。

〈三好さん、犯人は犯行後すぐに芽依ちゃんを殺害していたと思われます。身代金を取るために、別の赤ん坊の写真を送りつけてきたのではないでしょうか？　我々警察も、当時はあなた方夫妻の証言を信じるしかなかった……〉

芽依の無事を祈るあまり、送られてきた写真をわが子だと思い込まされていたとでも言いたげな口調だった。

「確かに当時の私は父親としての自覚が欠如していました。しかし、妻も写真を見て芽依に間違いないと。……芽依と過ごしたのはわずかな時間でしたが、我が子と他人を間違えたりしませんよ」

丈治は苛立たしさと悲しさで声をあげずにはいられなかった。

〈わが子が生きていてほしいと祈る気持ちは痛いほどわかります。ですが状況から判断して、遺体は芽依ちゃんとしか考えられません……〉

畠中は電話の向こうで唇を嚙み締めた。

「妻に伝えるのは、身元確認が終わってからにしてください。できれば公表するのもそれまでは控えていただけませんか」

畠中から返事はなかった。しばらく空いた間が畠中なりの答えなのだろう。丈治は報道関係者たちに振り回される紗英の姿を想像した。

〈奥様は今、どちらに？〉

「つ、妻は……あ、あの……」不意の質問に返答に困る。

〈昨日からご自宅に帰られていないんじゃないですか？〉

考える時間を与えないつもりなのか、差し迫った口調で問い詰められた。

――はい、と正直に言えなかった。

黙っていると、畠中は続けた。

〈――さきほど、栃木県の矢板市に住む夫婦から、少女が誘拐されたと通報がありました。昨日、犯人が両親に接触する際に使用していた電話が、紗英さんの携帯電話だったんです〉

背中に戦慄《せんりつ》が走り、呼吸するのも忘れて息を呑んだ。脳天に釘《くぎ》を打ちつけられたようなショックで、ぽっかりと頭に穴があいたような喪失感に陥る。続けて、先ほど芽依の遺体が見つかったと告げられた時の衝撃など、まるで比較にならないほどの動揺が全身を嵐のように駆け抜ける。

――紗英が、少女を誘拐……。状況を理解するために何度も頭の中で復唱した。

〈誘拐された少女は、三好さんが教員を務める千住女学院の一年生です〉

やはり……。紗英はヒカリと一緒にいたのだ。ヒカリは丈治が不倫の末にできた子だと、紗英は気づいてしまった。そして丈治とその女に仕返しするために、ヒカリを誘拐したのだ。

〈三好さん、奥さまの行き先に心当たりはありませんか？〉

「…………」丈治が何も言えずに黙っていると、畠中は土俵際に追い込むように声を荒らげた。

〈罪もない一人の少女の命が危険にさらされているんです。十六年前、娘さんを失った三好さんなら、被害者の気持ちが痛いほどにわかるはずです。三好さん、何でもいいんです。奥様の行き先に心当たりは？〉

「誘拐された少女は、十六年前に不倫の末にできてしまった私の娘、です」

　しばらく考え込んでから、意を決して言った。

〈ど、どういうことですか？〉

「ヒカリは、私の実の娘なんです」

〈……ヒカリ？　ですか？〉しばらくぽかんとしたような空白があって畠中は言った。〈ご主人、何か勘違いをされていませんか？　奥さまが誘拐した矢島樹里亜ちゃんの両親は、十六年前にあなたがたご夫妻から芽依ちゃんを誘拐した実行犯と思われます。奥さまは、紗英さんは、その仕返しに、一人娘の樹里亜ちゃんを誘拐したんです——〉

「誘拐の仕返しに……」と言ったまま丈治は固まった。

　それ以降の会話は何一つ耳に入ってこなかった。

　最後に畠中はこう言った。

「十六年前の誘拐直後に、あなたが犯人の可能性があると私に渡した写真の女性ですが、もちろん誘拐犯ではありませんでした。そして、彼女はあなたの子供も産んでいませんし、妊娠などしていなかったと思われます。個人情報に関わることなので、当時お伝えできなかったのですが――あなたがその件で苦しめられていたのであれば、申し訳ないことをしてしまいました。奥様が何かとんでもない勘違いをしているのであれば、今すぐに連絡を――」

畠中は電話の前で詫びていた。

気づいた時には電話は切れていて、放心状態で画面を見つめていた。

丈治や紗英がヒカリだと思い接していた少女は、十六年前に芽依を誘拐した犯人夫婦の娘・樹里亜だというのだ――。

事実を知ってしまった紗英は、十六年前の復讐として、矢島夫妻に自分と同じ苦しみを与えるために、一人娘の樹里亜を誘拐した……。

畠中の話では、ヒカリ（樹里亜）は丈治の実の娘でも何でもなかったというのだ……。

丈治も紗英もとんでもない勘違いをしているというのか？

先月、紗英のバッグにＤＮＡ親子鑑定の送付用封筒を見つけてしまった。紗英が丈治の不倫と隠し子を疑い、ヒカリと丈治の親子鑑定をするために、鑑定キットを取り寄せたのだと確信した。

封筒の中には二つの透明な袋があり、一方には毛髪が入れられていた。ライトに透かしてみると絹糸のように艶やかな黒い毛髪だった。紗英の髪であれば、カラーをしているので明るく薄茶色をしているはずだ。ヒカリのものだと確信した。

もう一方は空だった。紗英はここに丈治の毛髪を入れて鑑定にかけるつもりではないか。

なんとかやめさせる方法はないだろうか。本人の許可なしに勝手にこんなことをするのはよくないと、面と向かって注意できればよいのだが、そんなにタイミングよく事が運ぶとも思えない。変に探りをいれれば余計に問題がややこしくなってしまう。

ヒカリの毛髪を捨ててしまう手もあったが、自然と丈治がやったという結論にたどり着き、余計に怪しまれるだろう。

ヒカリのものと思われる毛髪をそっと袋から取り出した。眺めているうちに恐ろしいことを考えていた自分にぞっとした。

他人の髪の毛と入れ替えてしまえばよいのだ。紗英の気の済むままに鑑定させ、結果はシロだということになれば、これ以上詮索するようなことはないだろう。

丈治はジャケットからハンカチを取り出し、ヒカリの毛髪をそっと包んで自分のカバンにしまった。代わりに家の前のコンビニのトイレで、女性のものと思われる長い毛髪を拾ってきた。それを、入れられていた毛髪と同じくらいの長さに切って袋に入れた。我ながら完璧な偽装ができたと感心した。

そこで終わりにしておけば余計なことを知らずにすんだのだが、念のため遺伝子の研究をしている大学時代の友人に、ヒカリの毛髪と自分の毛髪で親子鑑定を依頼した。

——結果はもちろん親子の判定が出た。ヒカリが丈治の実の娘であることは間違いない。

そこで、もう一つの懸念が頭をかすめる。

紗英がヒカリを丈治の隠し子だと疑っていたことは確かだ。しかし、紗英にはもう一つヒカリとの間で、知りたい事実があったのではないか。

紗英は、ヒカリに出会った当初から、誘拐された芽依ではないかというわずかな疑念を抱いていた。あの日、紗英が親子鑑定にかけようとしていたのは、丈治とヒカリではなく、紗英とヒカリだったのではないか……。

いずれの結果にしても、芽依は十六年前、誘拐直後に殺されていた。紗英とヒカリが親子の判定など出るわけがない。丈治が事実を捻じ曲げたことは何も影響しないはずだ。

紗英は鑑定結果をどのように知ったのだろうか……。郵送……電話……メール……。そうだ！　パソコンのメールだ。そういえばここ数週間、毎回インターネットの閲覧履歴がブラウザから削除されていた。パソコンを調べれば何かしらの痕跡が残っているかもしれない。

丈治は寝室に走り、夫婦で共有しているパソコンを開く。

スリープモードになっていたので、すぐにパソコンは起動して光を放った。目に飛び込んできた画面に、思わず息を呑んで凝視した。たった今丈治が思いを巡らせていた、親子鑑定に関する結果通知のメールの受信一覧が――。『DNA親子鑑定のご報告』という件名が二件あった。紗英は十日ほどのスパンを開けて、二度、親子鑑定を申し込んでいたことになる。

古いほうの鑑定結果のメールから開く。「――0％で親子である可能性はまったくない」というものだった。おそらく、丈治が他人の毛髪と入れ替えた鑑定結果がこれだろう。

続けて新しいメールを開く。二度目の鑑定結果だろう。画面に表示された文面を読んで、目が飛び出しそうなほど衝撃をうけ絶句した。

『――99％以上で親子である可能性が高い』

この結果が意味するものは――。紗英は初めから二度鑑定を受けるつもりだったのだ。

まず初めに、自分とヒカリが親子であってほしいという希望を抱いてDNA鑑定にかけた。

結果は、丈治がヒカリの髪の毛を他人のものと入れ替えてしまったので、親子判定など出るはずがない。

続いて、ヒカリが丈治の隠し子かもしれないという疑念を抱き、二度目の鑑定を受けた。そこで丈治とヒカリは、九十九%以上親子であるという事実を知ることになる。

この二つの鑑定結果から、ヒカリは丈治の隠し子であるという疑惑が確信に変わった。

やがて、不倫相手である女とヒカリに憎悪を抱き始めた紗英はヒカリを誘拐——。

「だが、不倫の復讐として誘拐などするだろうか？」自分に問いかけるようにつぶやいた。

相手の女のところへ乗り込むまでは考えられるが、いくら女への復讐心といえども、罪もないヒカリを巻き込んでまでするほどのことだろうか。

紗英の人柄からして、感情だけで行動するとは信じ難《がた》い。

紗英が誘拐なんてするはずない。何かの間違いであってほしい。

もしも、あの時丈治が姑息な真似なんてしなければ——ヒカリの髪の毛を入れ替えなければ、こんな結果にならなかったはずだ。

やはり紗英は、十六年前の復讐を——。

我々夫婦の幸せを奪った憎き犯人に、同じような苦しみを与えようとしているのか。

丈治は、畠中との会話を思い出していた。

発見された遺体は生後一ヵ月の乳児だった。芽依は誘拐直後に殺されていた。三ヵ月後に我々夫婦のところに送られてきた成長した芽依の写真は別人だ。芽依が生きていてほしいと願うあまり、送られてきた写真を実の娘だと思い込まされていたのだ——と畠中は言った。

紗英は芽依が生きていてくれと心の底から祈っていたが、丈治はそうは思っていなかった。

時間の経過とともに、芽依が生存している可能性は極めて低くなっていた。どんな形であれ、事件が終わりを迎えてほしい。この苦しい日々から解放されたい。そのためには芽依が死んだという証が必要だった。

丈治の中では芽依は死んでいるものと認識していた。だから、写真が送られてきた時、芽依のはずはないと疑った目で見た。しかし、丈治の目に映った乳児の写真は、明らかに成長した芽依だった。芽依は少なくとも誘拐後三ヵ月、生後四ヵ月までは生きていたのだ。

警察は、身体の大きさや成長の過程から、遺体は生後一ヵ月の乳児と断定したのだろう。

乳児にとっての三ヵ月は幼児にすると、三年、四年の発育スピードに近い。身長だって伸びるし、体重だって、一・五倍ぐらいになっていたはずだ。首だってすわってくる。

遺体が白骨化していたとはいえ、生後間もない赤ん坊との見分けぐらい調べれば簡単にわかるはずだ。

芽依は生きているのではないか――？

紗英の直感が当たっていたとしたら――。

十六年前、芽依を誘拐した犯人は、芽依を樹里亜として育てていた……。

不倫の末にできてしまった隠し子だと思っていたヒカリは、実は十六年前に誘拐された芽依だったのだ。

あの日、丈治がすり替えたヒカリの毛髪は、紗英にとっても丈治にとっても、実の娘のものだったのだ。

丈治が毛髪をすり替えてしまったことにより、紗英はとんでもない勘違いを起こしていた。

紗英はその事実を知らないまま、自分の娘を……誘拐犯の娘を芽依とは知らずに誘拐して、今まさに危害を加えようとしている。

一刻も早くこの事実を紗英に伝えなければ——何度も紗英のスマホに連絡を入れる——が繋がらない。

翌朝、丈治のスマホに紗英からメッセージが届いた。

すぐに電話をかけるが、留守電に切り替わってしまった。

本文も何もない。ただアドレスだけが貼り付けられていた。

丈治が触れるとリンク先のホームページへとジャンプした。

——格式ある装いの建物が表示された。画面はスライドショーで数秒おきに切り替わっていく。まるで思い出のアルバムをめくっているような感覚に陥る。どれも頭のどこかに記憶されているような風景ばかりなのだ。

「あっ」気づいた時、思わず声に出していた。

結婚前に紗英と初めて泊まりで出かけた矢板旅館だ。

旅館でプロポーズをするつもりだったが、丈治はなかなかタイミングを見つけられず、プロポーズし損《そこ》ねてしまった。自宅へ紗英を送り届けた際に気持ちを伝えてＯＫをもらったのだが……。

まさか、紗英はそこに立て籠もっているのか——。すでに警察に取り囲まれていて——それを丈治に知らせるために——。

すぐに家を飛び出した。駅前でレンタカーを借りて高速に乗って向かった。

ラジオのニュースをつける。

この後、被害者の両親が会見を開くというのだ。

丈治はさらにアクセルを踏み込んで車を加速させた。

――紗英、早まるな。頼む間に合ってくれ！　お前が誘拐した娘は芽依だ。芽依は、芽依は生きているんだ！

(六)　指名手配

畳に敷かれた布団の中で目を開けた紗英は、いつもと違う景色に戸惑った。

自分がなぜここにいるのか――一瞬わからなくなった。

窓から注ぐ太陽は、スポットライトのように眩しかった。

テレビからは、朝のワイドショーが流れてくる。その音に混じって、窓の外からは涼しげな川のせせらぎが聞こえてくる。

鉛のように重たい身体を起こした。お酒も飲んでいないのに、頭がくらくらとする。

テーブルの上に置いてあったペットボトルの水を口に含む。つっかえていた記憶が、脳の奥から這い上がるように次々と蘇ってきた。

昨日、ヒカリの安否を気遣って、ヒカリの実家がある栃木県矢板市にレンタカーを借りて向かった。その途中でヒカリが車道に飛び出してきて――そうだ！　ヒカリと一緒にこの旅館で休むつもりで立ち寄った。慣れない車の運転に疲れてしまい、旅館に着くなり眠ってしまったようだ。

だがあたりを見回してみても、ヒカリの姿はどこにも見えない。

「ヒカリちゃん――」何度か声をかけてみるがどこからも反応はない。

紗英をおいて、自宅に帰ったのだろうか――そういえば、昨日旅館に入って、ヒカリを抱きしめたことを思い出した。同時にヒカリには紗英ではなく両親がいるのだから、この子は両親のもとにきちんと帰さなければならないと感じた。ヒカリが、正直に自分の気持ちを伝え両親と向き合えば、きっとわかりあえるはず……。紗英はあえて冷たくあしらうようにヒカリを突き放した。直前にタクシーを呼んでおいたので、ヒカリはそれに乗って自宅に帰ったのだろう。

紗英はふと、テレビから流れてくるニュースに耳を澄ました。

――続いてニュースです。一昨日、栃木県矢板市で発生した高校一年生の少女誘拐事件の続報です。警察は容疑者として都内に住む三好紗英容疑者、四十六歳を未成年者誘拐の容疑で全国へ指名手配しました。

――事件当日、三好容疑者は都内でレンタカーを借りて、矢板市内へ向かっていたことが判明しています。レンタカー会社の作業員の話では、三好容疑者が運転する車が山道で故障し、その時誘拐された少女も一緒だったということです。その後、交通手段がなくなった三好容疑者と少女を、作業員が駅へ送り届ける途中で、突然降ろしてほしいと二人は車を降りたとのことです。そこから先の行方はわかっていませんが、数時間後に三好容疑者のスマートフォンから、少女の両親に娘を誘拐したというメッセージと写真が送られています。その時、電波が観測されたのが矢板市内の山林で、警察が今、重点的に付近を捜索しているようです。

――繰り返します。警察は容疑者として東京都内に住む三好紗英容疑者を――。

画面の左下にワイプとして容疑者の顔写真が表示された。

どこか見覚えのある顔だ。知り合いだろうか……。ええっ！　これ、私――。

紗英は驚きのあまり、画面に指を向けていた。

なぜ紗英が、誘拐の容疑者として全国に指名手配されているのか――。

誘拐された少女が、栃木県矢板市の高校一年生と聞いて、今度は腰を抜かしそうになった。

「誘拐された少女って、ヒカリちゃん？」

紗英は悪い夢でも見ているのではないか。自分が置かれた状況が信じられない。

何がどう回って紗英が誘拐犯になってしまったのか？　まさか、紗英が呼んだタクシーで帰る際に、ヒカリは何ものかに誘拐されたのだろうか。それで紗英の犯行に――。

すぐに警察に連絡を入れなければ――。しかし、紗英のスマホはどこにも見当たらない。

ニュースでは、スタジオのコメンテーターが見解を述べていた。紗英が十六年前に娘を誘拐されていることに言及している。

紗英はテレビの上に設置された時計を見て目を疑った。

――六月十二日　午前十時三分。

日付が一日進んでいる。栃木へ来たのが六月十日だった。旅館へ来たのはその日の夕方だ。十一日の間違いではないのか――。だが、テレビの日付も同じように進んでいる。紗英は四十時間以上、一度も起きることなく眠り続けていたことになる。そんなはずは……いや、寝ている途中で尿意を感じ、トイレに行くために一度起きた覚えがある。その後、渇いた喉を潤そうと淹れてあった湯呑みのお茶を飲んで……再び眠ってしまったようだ。

だが、宿泊する際、フロントには一泊と伝えてある。チェックアウトの時間を過ぎても客が現れなければ確認に来るはずだ。

すぐに内線でフロントに確認をすると、「昨日お連れ様からもう一泊していくと連絡がありましたが……」と、受話器の向こうで困惑の声が漏れた。慌てて話を合わせるように「そうでしたね」と言って内線を切った。

まさか、睡眠薬でも飲まされて、犯人に眠らされていたのだろうか。備え付けのゴミ箱には、薬を入れていたと思われる見覚えある空の袋が捨てられている。ヒカリのポシェットに入っていたものだ。まさか、睡眠薬で犯人に眠らされ、その間にヒカリは誘拐され、紗英が誘拐犯に仕立て上げられたのか。

もしくはこの旅館ごと乗っ取られ、紗英まで人質にされているのか――。

窓からそっと外の様子をうかがった。チェックアウトを済ませた親子連れが、名残惜しそうに車に乗り込んでいく。

その時、テレビのアナウンサーの元に原稿が届けられた。それを早口で読み始めた。

――ただいま入った速報です。これから栃木県警で誘拐された少女の両親が会見を行うようです。

中継先の栃木県警の会議室らしき場所に映像が切り替わる。

入り口から会見する机までは、曇りガラスのパーティションが立てられている。しばらくすると、男性が車椅子を押して入ってきた。そして車椅子を所定の位置に止めると並んで座った。画面には女性と男性が映し出されているが、口元から上は曇りガラスで隠されている。

女性は座ったまま軽くお辞儀をして、マイクを摑むと、掠《かす》れかかった声で訴え始めた。

「これから犯人の要求どおりすべての真実をお話しします。お願いします。どうかあの子を、あの子を解放してください」

途中から苦しそうに咳き込んでフラついた。その拍子《ひょうし》に顔がテレビの前に露わになった。

顔の肉は削《そ》げ落ち骨と皮だけだった。目玉だけが気味が悪いほどにギョロリとしていた。マイクを握る手首は木の枝のように細い。娘が誘拐されたショックもあるのだろうが、病的な異様なやつれ方をしていた。

それでも女性はマイクを持ち続けた。同席していた男性は——おそらく夫だろう。女性の肩を抱き会見を中止するように促しているように見えた。

国会中継で、与野党が強行採決をめぐり揉《も》み合っているように、場内は騒然とする。

「摩耶子、もういいよ」

突然、場内に男性の悲痛な叫び声が響く。一気に静まり返る。

カメラが男性をアップで映す。くっきりとした二重まぶたに力のこもった彫りの深い顔、やや日焼け気味の肌に後ろに流すようなロングヘアー。一昔前のアイドルのような風貌をしている。

「もういいんだ……。すべて俺が……すべて俺が悪かったんだ」

男性は妻からマイクを受け取ると、震える声で語り始めた。

「矢島圭祐と申します。すべては、十六年前、私が犯したある罪が引き金となって、今回の事態を引き起こしてしまいました」

圭祐は深々と頭を下げた。

「私は重度のアルコール依存で、酒を飲み気に入らないことがあると、なりふり構わず暴力を振るっていました。当時は娘が生まれたばかりで、そのストレスからか毎日酒に溺れていました。

あの夜も、仕事で疲れきった私は、酒で現実を忘れようと、一升瓶が空になるまで飲み続けていました。

普段から酒がなくなると妻の摩耶子に手を上げていました。それでも彼女は必死に耐えていました。

しかし、あの夜は違っていた。摩耶子に注意された私は、寝室で泣き声をあげる娘の樹里亜にイラっとしてしまった。この子さえいなければ——のんびり暮らせていたのに……嫌いな仕事だって無理してする必要もなかった。俺の人生もっと楽しいはずだったのに……樹里亜が生まれてきたことによりすべてが台無しになってしまった。私は、あろうことか一升瓶を持って樹里亜の寝る部屋に向かっていました。

……気づいた時には、樹里亜の寝ていた寝室は血の海でした。部屋の外では、摩耶子の悲鳴と泣き声が響いていました。

冷静になった私は、取り返しのつかないことをしてしまったと——刑務所に入れられるのが怖くなりました。しかし、娘がいないことが周りに知られれば、いずれ私の犯行がバレてしまう。そこで私は考えました。

娘の代わりを見つければよいのだと。生後一ヵ月の赤ん坊なんてどれも似たようなものだ——と私は他人の子供を誘拐して、樹里亜として摩耶子に育てさせることを考えました。赤ん坊ならどれでもよかった……。

翌日、私はレンタカーを借りて、摩耶子と樹里亜の遺体を乗せて、まず長野県の善光寺に向かいました。

境内で目にした三好夫妻の赤ん坊に目をつけ、タイミングをうかがいました。そして、父親がベビーカーから目を離した隙に摩耶子の背中を押して行かせました。この計画はすべて私が考えたものです。摩耶子は私に脅されマインドコントロールされていただけなんです。もし私に逆らったりしたら——自分が殺される——なので摩耶子に罪はありません。悪いのはすべて私なんです」

圭祐は身悶えるように身体を震わせて、涙をこぼしながら何度も頭を下げた。

圭祐はしばらく呼吸を整えてから再び話し始めた。

「赤ん坊の誘拐に成功した私は、トランクに入った樹里亜の遺体を埋める場所を探しながら、車を走らせ続けました。

長野市内を新潟方面へ向かっている途中で山道に差し掛かりました。すっかりあたりは暮れかけていたので道に迷ってしまったようです。ちょうどその時、通りの先に使われていない古い蔵を発見しました。そのまま五十メートルほど車を走らせ停めました。摩耶子を車に残して、トランクから遺体とスコップを取り出し、私一人で蔵に向かいました。

ここなら絶対に見つからないだろう――と、通りから死角になる蔵の裏手に穴を掘って、黒いゴミ袋に入れた樹里亜の遺体を埋めました。

樹里亜として十六年間育ててきた娘は、私が誘拐した三好夫妻の一人娘、芽依ちゃんなのです。本当に申し訳ございませんでした」

圭祐は息を吐いた。そして、一台のカメラを見るように一、二歩前に出て、テレビの視聴者に話しかけるように叫んだ。

「三好紗英さん、これがすべての真実です。私が十六年間隠し続けてきた罪です。あなたが誘拐した娘は、私たち夫婦の子供ではなく、あなた方夫妻の娘の芽依ちゃんなのです。ですから、どうか樹里亜の命、いや……芽依ちゃんを傷つけないでください。

そして、最後にもう一つだけ謝らなければならないことがあります。妻の摩耶子は末期癌に冒されています。全身に転移していて、その命は残りわずかであると医者から宣告されています。摩耶子は、この会見で、私に代わってすべての罪を自分で被り死んでいくつもりでいました。私は最後まで摩耶子に甘えるつもりでいました。摩耶子は私と樹里亜のためにすべてを犠牲にして家庭を守り続けてくれました。そして最後もこんな私を守ろうと……ですが、摩耶子の苦しそうな姿を見ていたら、いつまで私は甘えているのかと……なんと自分は愚かだったのだろうと気づかされました――すべては私が犯した罪です」

圭祐は肩を落としたまま同席していた刑事の元へ歩み寄ると、両手を差し出した。

「刑事さん、どうか逮捕するのは私だけにしてください。摩耶子は私に命令されていただけです。摩耶子は何も悪くありません……」

刑事は口を結び圭祐を見つめたまま、ぴくりとも反応しなかった。

圭祐は刑事に促されて、会見場を後にしようと歩き始めた。

摩耶子の車椅子も会場の出口のほうに向きがかわっていた。

その時、会見場の後方から若い女性の声がした。

「待って！」

会場の視線が一斉に後方に向けられる。カメラがその姿を捉えた時、紗英は「ええっ！」と胸を突かれたように驚いた。

そこに立っていたのは――樹里亜……ヒカリだ。

――あなたは、誘拐された矢島樹里亜さんじゃ？

報道陣から声が上がる。

「はい、私は矢島樹里亜です」

――犯人から解放されたのですね？

「いいえ、初めから誘拐などされていません。……すべて私の自作自演でした。申し訳ございません」

会場がどよめいた。

ヒカリは首を折るように深々と頭を下げた。

――犯人にそう述べろと脅されていたんですね。

「いいえ、違います」ヒカリはキッパリと否定した。

「お父さん、お母さん、正直に話してくれてありがとう」

ヒカリは涙を浮かべて母のほうに目を向けた。それから涙を拭って、画面越しの紗英に語りかけるように話し始めた。

「母は十六年間、罪の意識に苦しめられていました。母は自分や家庭を犠牲にしてでも、人並みの生活を私に送らせようと必死でした。でもそこに母としての愛はひとつもないということに、物心ついた私は気づきました。それは、私を一人前に成長させなければならないという義務感だったのではないでしょうか。

私は母から抱きしめてもらったことも、優しい言葉をかけてもらったことも一度もありません。——母は私のことが嫌いなんだ、私は望まれずに生まれた子供だから……。この事実を知るまで私はそう思い込んでいました。でもそうじゃなかった……。母は、三好夫妻に後ろめたい気持ちがあったから、私を娘として受け入れられなかったんだと……。本当は私の顔を見るのも辛かったんだと思います。本当は私のことを力一杯抱きしめたかったんじゃないでしょうか。

これだけはわかってほしいんです。

母は決して自分のために罪から逃げていたわけではありません。この事実をどのように私に伝えるべきか葛藤し続けてきたのだと思います。

母の中では、私が大学を卒業して社会人になって、善悪がきちんと判断できる年齢になったら、すべての事実を話すつもりだったのだと思います。すべてを知った私が何を思い、どう選択するか——。

このままこの事実を伏せて、矢島樹里亜として生きることもできる。または、すべてをリセットして三好芽依としてやり直すこともできる。

人生を左右しかねない重大な決断を、私にさせたかったのだと思います。

それが母の考えた社会と三好夫妻、そして私に対する贖罪です。

しかし、昨秋、母の身体に癌が見つかり、余命わずかであると宣告されました。

母にとって十六年前の罪を抱えたまま死んでいくことは……三好夫妻に謝罪もできずに死んでいくことは、この世に残す一番の未練なんだと思います。母は罪を認め心からお詫びしたかった。しかし、私の人生を左右するような重大な選択を、母一人では決断できなかった。そこで、母は、私が十六年前の誘拐の事実に自然と気づくように、実の父親である三好丈治さんのいる学院に入学させた。そして最後の決断を私に委ねたんじゃないのですか？　お母さん？」

ヒカリはうつむき涙を浮かべる母に呼びかけた。摩耶子は顔を上げることもできず、声を詰まらせて嗚咽《おえつ》を漏らした。

「私は赤ちゃんの時の写真がまったくありませんでした。小学生の頃、どうしてないの？　と母に訊ねても、ごまかされるばかりでした。周りの人からも父や母に似ていると言われたこともなければ、母と父と私の顔を見比べてみても、一つも似ている所なんてありませんでした。

四月から東京で寮暮らしを始めた私に、小さい頃から面倒を見てくれていたおばさんが生活用品などの荷物を送ってくれました。その中に生後間もない赤ちゃんの写真が一枚紛れていました。これが私……一瞬、自分の目を疑ってしまいました。

そこに写っていた赤ちゃんは、どこからどう見ても『私』ではありませんでした。むしろ、昔の父にそっくりな眼をしていました。真っ先に思い浮かんだのは、私にはお姉ちゃんがいて、その子は生まれてすぐに事故か病気で死んでしまったのではないか……。私は複雑な事情で養子としてこの家に連れてこられたのかもしれない。私が生まれた前後に乳児の事件や事故がなかったか、ネットや図書館で過去の記事を当たりました。

　すると、十六年前に長野県の善光寺で乳児の誘拐事件が起こっていたことを知りました。その子はまだ行方不明だと記されていました。

　そして、犯人が身代金を要求する際に被害者の両親に送った写真を目にして、心臓が止まりそうになりました。——だって、幼い頃の私にそっくりだったんです」

　ここまで聞いて紗英は一点だけ引っかかった。ヒカリは十六年前に誘拐された芽依だといっているが、ヒカリと紗英はＤＮＡ鑑定で、親子の可能性は限りなくゼロだと判定されたのだ。まだ頭の整理が追いつかない。

「私はこの春から、東京にある全寮制の高校に入学しました。母は父の暴力を心配していました。母が入院して家を空けることになると、父の暴力は私に向けられるのではないか——。

　でも私を東京の高校に行かせたのには、もう一つの理由があったことに気づきました。私が入学した千住女学院は、実の父親である三好丈治さんが教員を務める高校だったのです。母はそれを知った上で、私をその高校に入れたんじゃないかと思います。

　ある日、私は実の母親である紗英さんに出会いました。

　初めは紗英さんが実の母親だなんて知りませんでした。でも会っていくうちに、紗英さんも母と同じような闇を抱えて苦しんでいるのだと気づきました。そして自宅へ行った時に、飾ってあった娘さんの写真を目にして、――あっ、私だと気づきました。

私はそれからの一ヵ月間、自分はどうすればよいのか、どうしたいのか悩み考え続けました。

母の苦しみは病気だけじゃない。十六年前の罪の意識にも苦しめられ続けているのだとわかりました。

そして、紗英さんはそれ以上に苦しめられている。

私がどんな決断をすれば、母も紗英さんも苦しめずに済むのだろうか……。きっと母は自分の手から離れ、三好夫妻のところに行くという決断を、心のどこかで期待していたんじゃないでしょうか……。母の望みどおり、私が矢島の家を捨てて紗英さんのところに行けば、母は思い残すことは何一つなく、残りわずかな人生を穏やかに終わらせることができるのでしょう。紗英さんも私を三好芽依として受け入れてくれるんじゃないかと――この何日か考えました。

となると答えは一つしかない。私が決断しかけた時、自分の気持ちより、母と紗英さんのことを考えてばかりいたことに気づいたんです。

母はそんなことを望み、私に事実を打ち明けようとしていたのではない……。

私は自分の意思でどちらかの母を選ばなければならない。それが母に対する最後の親孝行であると――。

私は自分の気持ちを確かめるために狂言誘拐を決断しました。

そして、紗英さんは私を追って栃木へやってきました。

紗英さんも私がどんな存在であるか気づいていたんじゃないでしょうか。

この会見が開かれる直前まで、私の気持ちは三好家に戻るということで大方決まっていました。でも、父がすべての罪を認め正直に話してくれたので……」

ヒカリは言いかけて言葉に詰まった。顔を真っ赤にして、これまで抑えていた感情を爆発させるように声をあげて泣き始めた。

「がんばれ、がんばれ……」

紗英は拳を握り、画面の両端を掴んで呼びかけていた。

どんな結果になろうともすべてを受け入れる覚悟はある。

だが、ヒカリは答えが出せなかったのかもしれない。沈黙の中に身を沈めるように息を呑んだ。

そこへ車椅子に乗った摩耶子が近づいた。

「樹里亜、ごめんね。私があなたに決断を委ねたもんだから、あなたはずっと苦しみ続けていたのよね。でもいいのよ。自分の気持ちを大切にしなさい」

摩耶子は樹里亜の背中を軽く押した。矢島家を捨てて紗英のところへ行くように促したかったのだろう。

ヒカリが振り返って、母の懐に飛び込むように抱きついた。

「無理だよ。やっぱり無理だよ。十六年間お母さんやお父さんとして私を育ててくれた人を、他人だなんて思えないよ。血が繋がっているとか、そんなことはどうでもいいの。やっぱり私にはお母さんとお父さんしかいないの。殺人犯の子供でもいい。世間から冷たい眼で見られてもいい。私は矢島樹里亜としてこれからも生きていきたいの」

隅でその様子に目をやっていた圭祐が、刑事に促されて部屋を出ていこうとした。

「お父さん」ヒカリが気づいて呼び止めた。

「お父さんが、私をいやらしい目で見ていたなんて嘘だよね。お母さんが入院している間に、私に手を出そうとしていたなんて――嘘だよね。私に指一本触れようとしなかったお父さんが、そんなことするはずないのに……どうして私はお父さんのこと信じてあげられなかったんだろう。ごめんなさい」樹里亜は自分を責めるように顔をしかめた。

圭祐は一旦立ち止まったが、捜査員に身体を引っ張られた。

「私、待ってるから。お父さんのこと樹里亜として待ってるから」

圭祐は肩を震わせていた。ヒカリに何かを伝えようと振り向いた。しかし、捜査員に身体を押されて扉の向こうに消えていった。

圭祐が最後にヒカリに何かを伝えようとしていたのは確かだった。せめて、最後に一言だけ言わせてあげてもいいのに……。

紗英は止めどなく流れてくる涙を抑えるのも忘れて、声をあげて泣いていた。しばらくして、内線のベルが鳴り我に返る。

〈お客様、チェックアウトの時間を過ぎていますがいかがいたしましょうか?〉

「す、すみません。すぐに支度《したく》して出ます」

紗英はテーブルに散らばっていたものを、バッグの中に慌てて詰め込んだ。テーブルの上に小さな写真が置かれていた。ヒカリの生徒手帳のカバーに挟まっていた生まれて間もない頃のヒカリの写真だ。いや、これはヒカリでも芽依でもない。父親に殺された樹里亜だ。

ヒカリがあえて置いていったのか、それとも忘れていったのか……。

紗英はそっと写真を握りしめた。

「ありがとう……」思わず言葉が漏れていた。

それはヒカリがすべて正直に話してくれたことへの感謝か、芽依が生きていてくれたことへの安堵から出たのかわからない。

一つだけはっきりしたことは、この十六年間、背負い続けてきたしがらみから、解放されたようにすーっと身体が軽くなっていた。

（七）娘の気持ち

紗英は、チェックアウトするためフロントに向かった。

応接スペースに設置されたテレビの前には、会計を終えた宿泊客が何組かいた。

この街で誘拐事件が起こったと知り、皆その行く末が気になっているのだろう。

フロントで名前を伝える。旧姓の『副島紗英』を使っていたので、女将もまさか紗英が指名手配犯とは疑いもしなかっただろう。

「誘拐された少女、無事解放されたみたいです」

明細と釣り銭を差し出した女将の視線が、紗英の顔を見て一瞬強張ったような気がした。

「よかったですね」と軽く目配せした。本当はタクシーを手配してもらおうと考えていたが、慌ててフロントを離れた。

旅館のエントランスを出てふと思った。これからどうしよう……。

駅まではかなりの距離があり、山道を越えなければならない。タクシーを呼ぶにもスマホはない。それより、丈治に電話をしなければ——。紗英が二日間も帰らなかったので心配しているだろう。丈治の不倫と隠し子を疑っていたが、それはすべて紗英の誤解だった。

一刻も早く丈治に会って謝りたい。

旅館の駐車場に一台の乗用車が猛スピードで入ってきた。その車は紗英の目の前で停まった。警察か——。紗英が誘拐犯でないことは、先ほどの会見でヒカリが証明してくれた。しかし、何らかの事情は警察署で聞かれるだろうと覚悟する。

運転席から飛び降りてきた見覚えのある顔——えっ、丈治！

「紗英——」

丈治は名前を叫びながら、突進するように走ってくる。そのまま勢いにまかせて力一杯紗英は抱きしめられた。反動で紗英の身体はわずかに宙に浮いた。

「どうしてここが?」丈治の顔を見つめて聞いた。

「今朝、知らない番号からここを示すアドレスが届いたんだ」

ヒカリちゃん——紗英は心の中でつぶやいた。紗英のことを気遣って丈治に連絡を入れてくれたのだろう。

「無事でよかった。本当に無事でよかった。もしも紗英がいなくなったら……」

丈治は紗英を抱きしめたまま泣いていた。紗英は「ごめんね」と言いながら丈治の頭をそっと撫でた。丈治の存在がこんなに愛おしく感じられたのは初めてだ。

「謝らなければならないのは俺のほうだ。紗英に誤解を与えるような行動をとってしまって――」

丈治が身体から離れると紗英の肩に手をのせた。正面から向き合う格好になった。

それから、十六年前の不倫の事実を聞かされた。このまま黙っておくこともできただろう。しかし、丈治の良心がそれを許さなかった。これ以上隠していることが辛くなったのだろう。十六年間、丈治はこの過ちを悔やみ続けて生きてきたのだろう。

話し終えた丈治は、これまでの苦しみを吐き出したようにスッキリした顔をしていた。

そんな顔を見ていると、ちっとも頭にくるようなことはなかった。むしろ丈治が正直に話してくれたことが嬉しかった。きっと丈治は寂しさを埋めるために、他の女に走ってしまったのだろう。当時の紗英にも問題があったのだと反省した。

「十六年も前のことは、もう時効よ――」紗英は笑いながら言った。

だが、もう一つだけ、解消されないまま心の奥に引っかかっていた棘《とげ》があった。

「ヒカリちゃんは誘拐された芽依だった。……なのにどうして私とヒカリちゃんのＤＮＡ親子鑑定は一致しなかったのかしら？」

「それは……」丈治は申し訳なさそうに頭を下げてから続けた。「紗英がＤＮＡ鑑定をしようとしているのを知ってしまって……検査に出す直前に毛髪を他人のものにすり替えたんだ」

紗英がヒカリと自分の鑑定を行おうとしているのを、自分が疑われていると、丈治は早とちりしてしまったようだ。

「どうしてそんなことを？」紗英は意地悪く問い詰めた。

「隠し子を……」と言ったまま丈治はバツが悪そうに顔をしかめた。

「隠し子⁉」と思わず聞き返していた。

「いや、違うんだ」丈治は慌てて両手を振った。「俺の思い違いだった――」

きっと不倫した女との間で何かトラブルがあったのだろう。

だが、これ以上追及する気はなかった。このまま話を掘り下げても互いに傷つくだけかもしれない。紗英だけじゃない。みんな傷つき葛藤していたのだ。一つぐらい夫婦の間で隠し事があったっていいじゃない。

いつからか私たち夫婦は、フィルターをかけるようになっていた。やがてすれ違いが起こり、どんどん互いの溝は深くなる。今回のことだって、初めからきちんと向き合っていれば――大ごとにならずに済んだのだ。

過去のことはすべて忘れてまた一から関係を築いていけばいい。今の丈治とならやり直せる気がしていた。

「もういいのよ」丈治を促すように車に向かった。

運転席に乗った丈治がエンジンをかける。

久しぶりに助手席から眺める丈治の横顔は、結婚前の初々しい頃を思い出させてくれた。なんだか照れくさくなりじっと見ていられなかった。

高速に乗ったところで丈治が真面目な顔で切り出した。

「芽依のことだけど……」

「生きていてくれて本当によかった。もうそれだけで充分よ」

自然と涙が頬をつたっていった。

「本当にいいのか？」丈治がちらりと紗英の顔を確認した。

「いいも何も、あの娘が自分で選んだ道でしょ。娘の決断を尊重し、幸せを願うのは親として当然よ」

丈治は何も言わずにすっと息をついた。それが彼の答えなのだろう。

ヒカリの選択に正解も不正解もない。あの状況で自分だったら……ヒカリと同じ選択ができる自信はない。将来の不安や世間的な感情を考えて、自分の保身に走っていたかもしれない。

だがヒカリは逃げなかった。あえてイバラの道に足を踏み入れた。これからの頑張り次第で、いくらでも道は切り拓《ひら》いていけるのだと教えられた気がした。もしも、ヒカリのような友人に、十代の頃出会えていたら……紗英の人生も変わっていただろう。

今になって思うと、紗英の元にヒカリが現れたのは、偶然ではなかったのかもしれない。ヒカリは紗英と摩耶子を母親として天秤にかけていたのではないか……。天秤というよりは、自分がどちらにとって必要な存在であるか、この数ヵ月間で吟味していたのかもしれない。そして、ヒカリは摩耶子を選んだ。少し寂しい気もするが、十六年間で築きあげた絆は、血が繋がっているなどという生物学的な事実よりも、確かなものだった。

そして紗英に、一番に大切にしなければならないものを気づかせてくれた。ヒカリに出会っていなければ、紗英はそれに気づかずに失っていただろう。

もちろん、矢島夫妻には実の娘である樹里亜を殺害した罪と、芽依を誘拐した罪はきちんと償ってもらいたい。圭祐は会見で、全て自分一人で計画したことで、摩耶子はマインドコントロールされていただけだと語っていたが、摩耶子もすぐに自由の身とはいかないだろう。だが、芽依の、いや樹里亜の気持ちを考えると複雑だった。摩耶子との残されたわずかな時間を大切にしてもらいたい。心からそう願っていた。

紗英は両親を事故で亡くし、叔母夫婦に引き取られうまく関係を築けなかった過去がある。ここで自分が母親だと出しゃばったところで、芽依を混乱させるだけではないか。彼女には、栞という幼い頃から信頼を寄せる存在もいる。きっと自分の力でこの先の未来を切り開き、幸せを摑んでくれるだろう。

「あの娘は私が思っているほど弱くなかったのね」

成人した娘をお嫁に出すような寂しさと嬉しさが入り混じっていた。

初めて出会った時に、昔の自分にそっくりだと感じた紗英の直感は間違っていたのかもしれない。いや、この数ヵ月の間に彼女は成長したのだ。そして紗英自身も。

「シロが待ってるぞ」丈治はアクセルを踏んだ。

東京へ向かう道はどこまでもまっすぐに続いていた。

紗英と丈治の人生のように、まだまだ先は長そうだ。

二週間後、摩耶子は病室のベッドにいた。いよいよ最期が迫ってきたのか、自力で身体を起こすことも困難となってきた。

酸素マスクをつけて、辛《かろ》うじて会話はできるが、それもあとわずかだろう。

圭祐は樹里亜の殺人・死体遺棄容疑で逮捕された。

摩耶子に関しては、芽依の誘拐は事件から十六年が経ち時効が成立していた。死体遺棄についても全て圭祐が行ったもので、摩耶子は関与していなかったと警察は判断した。摩耶子の病状も考慮され、逮捕されることはなく、病室で刑事らの聴取を受けている。

「お母さん、気分はどう？」

樹里亜が摘みたての紫陽花《あじさい》を持って入ってきた。

「いいのよ。毎日顔出してくれなくて」

樹里亜は、千住女学院を休学して地元に帰ってきた。秋からは地元の県立高校へ編入することが決まっている。

慣れない東京の地で、初めての寮生活は心細かったのだろう。栞の助言どおりに千住女学院に通わせてしまったが、あの時もう少し考えてあげていれば……今になって思う。

樹里亜には狂言誘拐の容疑がかかっていた。しかし、樹里亜の置かれた環境や、会見を見た世間の人々からも同情の声が寄せられ、逮捕されることはなかった。

「そうそう、樹里亜のツイッターのぞいちゃった。お母さん嬉しかったわ」

「えっ⁉ 私、ツイッターなんかやってないけど……」

その時、病室のドアを誰かがノックした。

「はーい、どうぞ」

樹里亜が呼びかけると、背広姿の男性二人が入ってきた。度々聴取に訪れている長野県警の畠中とその部下の小嶋だ。いつにも増して神妙な面持ちをしている。

「私、ちょっと買い物行ってくるね」

樹里亜は空気を察して病室の外に出ていった。

畠中は、ドアが閉まるのを確認してから切り出した。

「あれから事件を整理していく中で、ご主人の供述と現場の状況に、いくつか矛盾や曖昧《あいまい》な点が生じまして――」

「どういうことでしょうか？」訊かずにいられなかった。

「本当にご主人がすべて一人で計画していたのかという疑念がわいてきましてね。私は、ご主人が誰かを庇《かば》っているんじゃないかと――」

その言葉に摩耶子はゴクリと唾を呑んだ。

まさか、ここにきて摩耶子が主犯だと疑われているのだろうか――。

「奥様、もう一度聞きますが、芽依ちゃんを誘拐してから三ヵ月後、上毛高原駅近くの公衆電話から、三好丈治さんの携帯に電話をしたのはあなたじゃないんですか？」

「いいえ――ですから、それは前にも言いましたとおり私ではありません。確かに主人はあの朝早くに家を出て、帰ってきたのは午後でした。私はずっと家に――」

摩耶子はそこまで言いかけてハッと息を吞んだ。

「どうしました？」畠中がぐっと顔を近づけた。

「あの朝――」

摩耶子は、ふと思い出した。明け方目が覚めた時、普段は昼過ぎまで寝ている圭祐が隣にいないことに気がついた。玄関からそっとドアの閉まる気配がして、しばらくすると、家の前に一台の車が停まる気配がした。いつも聞き慣れていたクラシックカーのエンジン音――。

「栞です。あの日、主人は栞と一緒に出かけていきました」

二人の刑事の総毛立つような目つきを見てぞっとした。

「栞さんというのは？」

「主人の幼馴染です」

「おそらくその栞さんが、上毛高原駅で三好丈治さんに公衆電話から電話をかけて、身代金を受け取ったのだと思います」

「し、栞まで……主人は栞まで巻き込んでいたんですか……」

栞への申し訳なさから胸が押し潰されそうになる。

「栞さんって左利きですか？」

「そうですけど……」

すぐに栞が箸を持っている姿を思い浮かべて答えた。

畠中と小嶋が呼吸を合わせるように顔を見合わせた。

「十六年前、あなたは生後一ヵ月の樹里亜ちゃんの頭に一升瓶を叩きつけて殺害するご主人の姿を見ましたか?」

小嶋に聞かれて、「はい」と答えそうになったが、もう一度あの晩のことを思い出してみる。あの晩、圭祐は一升瓶を持って摩耶子に向かってきた。そのまま摩耶子を押し倒し、樹里亜がいる寝室のほうへ向かっていたのは確かだが……そこで記憶が途絶えている。

「あの場にご主人の他に誰かいたんじゃないですか?」

摩耶子が意識を失う直前、必死に助けを求めていたところまでは覚えているのだが……。そういえば落ちていた携帯を拾って栞に電話を入れたような——それから、脳裏で「マヤー、——いるの……」と栞の声が幻聴のように聞こえて——。

まさか、かすみゆく意識の中で聞いた栞の声は、幻聴ではなかったというの——。

「栞が……嘘よ——。そんなの何かの間違いよ。栞は圭祐に脅されていただけよ」

摩耶子は自分に言い聞かせるように言った。

畠中が息を大きく吸い込んだ。それからいつにも増して低い声で語り始めた。

「物置に隠されていた凶器の一升瓶からはご主人が握った右手の指紋の上に、別の人間が左手で強く握った跡がありました。手の大きさからして女性ではないかと思われます。そしてそのまま左手に握った一升瓶で、樹里亜ちゃんの右側頭部を何度も叩いていたと思われます。おそらくご主人は、意識が混濁《こんだく》している中で、目の前で血に染まった樹里亜ちゃんとその横に転がった一升瓶を目にして、自分がやってしまったと思い込まされていたのでしょう。ご主人こそ、真犯人にマインドコントロールされていたのかもしれません。事実を隠蔽《いんぺい》するための入れ替わり誘拐、遺体の遺棄、身代金の受け取りまで、すべて真犯人の指示に従ってご主人は操られていたと思われます。三好夫妻から奪った身代金の一千万も、ご主人が使った形跡はありませんでした」

そういえば——十六年前、善光寺で三好芽依を誘拐する直前、圭祐はずっと携帯の画面を凝視していた。あれは栞からの指示を待っていたというのか——。

「栞さんはずっとご主人に気があったのではないでしょうか。ご主人があなたと知り合う前——いや、あなたのお腹に子供ができたとわかった時も、二人は親密な関係にあったんじゃ——」

「えっ！」二人がそんな関係だとは想像もしていなかった。

「そしてご主人は栞さんに別れを告げてあなたと結婚した。しかしその後も二人は——」

畠中はトドメを刺すような自信に満《み》ち溢《あふ》れた声で言った。

まさか——圭祐の不倫相手って栞だったの。不倫じゃない、圭祐は栞に弱みを握られていて断ることができなかったのだ。

圭祐が不倫しているから別れなさいと摩耶子をそそのかしてきたのも栞だ——。

樹里亜が圭祐から暴力を受けているかもしれないと、摩耶子に作り話を植えつけたのも——。

圭祐と同じように、摩耶子も栞にマインドコントロールされていたとしたら……。

千住女学院に樹里亜を入学させたらと勧めてきたのも——。

樹里亜を追いやって、摩耶子が入院したら圭祐と二人きりになるために……。

納戸に隠しておいたアルバムから、例の写真を樹里亜に送ったのも――。

樹里亜になりきってツィッターをやっていたのも――。

樹里亜の狂言誘拐も裏で栞が糸を引いていたとしたら――。

会見で摩耶子が圭祐を庇い、すべての罪を被ることを知っていたから……。

事実を知った樹里亜に幻滅され、失意の果てに死んでいく摩耶子を――それが十六年前、圭祐を奪われた栞の復讐だったとしたら……。

摩耶子が死んだら栞は圭祐と結婚するつもりだった――。

摩耶子の保険金もすべて栞が――。

そして樹里亜を娘として――許せない、そんなの絶対に許せない。

「ハァハァハァ――ウゥゥゥゥゥ――」

急に呼吸が苦しくなってきた。

「奥さん、大丈夫ですか」

畠中が慌てて緊急ブザーに手を伸ばす。

「急変です！　すぐに、すぐに来て下さい」

この胸の苦しみは何？　病気のせい、それとも事実を知ってしまった怒りと恐怖に身体が悶《もだ》えているのか――。

摩耶子は最後の力を振り絞って声を出した。

「刑事さん、栞を、栞を――」

「あなた、コーヒーが入ったわよ」

「おお、ありがとう」

丈治は紗英がコーディネートしてくれたシャツとスーツを着て、二階からリビングへ下りた。

コーヒーカップを片手に朝刊に目を通す。

『栃木県矢板市の乳児殺害事件の犯人を逮捕』

——栃木県警は、十六年前に起きた矢島樹里亜ちゃん（生後一ヵ月）が自宅で殺された事件で、岸谷《きしたに》茉容疑者（四十二）を殺人容疑で逮捕した。なお、十六年前の長野県の善光寺で起こった乳児誘拐事件についても、誘拐教唆の容疑があったが、すでに時効が成立している。

警察の取り調べに対し、岸谷容疑者はおおむね容疑を認めているが、動機については「今は話したくない」と黙秘を続けている。また、捜査関係者への取材で、十六年前に岸谷容疑者が早期流産していたことが明らかとなった。流産のショックから犯行に及んだのか、動機の解明が待たれる。

紙面に掲載された顔写真を見た丈治の頭の中で、「ジョー」という響きが何度もこだました。

驚きのあまり口に入れていたコーヒーを噴き出した。

——芽依の誘拐は偶然じゃなかったのか。

すべてこの女が仕組んだことだったとしたら……。

本書は書き下ろしです。

文縞絵斗
（ふみしま かいと）

東京都在住。

映像制作会社に勤めるかたわら執筆活動を開始。

2020年、『依存』で島田荘司選 第13回ばらのまち福山ミステリー文学新人賞を受賞。

葛藤《かっとう》

2021年11月29日　第一刷発行

著者　文縞《ふみしま》絵斗《かいと》
発行者　鈴木章一
発行所　株式会社講談社
〒112-8001　東京都文京区音羽2-12-21
電話　出版　03-5395-3506
　　　販売　03-5395-5817
　　　業務　03-5395-3615
本文データ制作　講談社デジタル製作
印刷所　豊国印刷株式会社
製本所　株式会社国宝社

ISBN 978-4-06-526204-7
N.D.C.913 301p 19cm